KB201298

야성이
부르는 소리

잭 런던의 클론다이크 소설

야성이
부르는 소리

잭 런던 | 곽영미 옮김

지식의 풍경

일러두기

이 책은 원문에 따라, 도량형의 국제 표준인 미터법이 아니라 영국과 미국에서 사용하는 야드-파운드법을 쓴다.

길이: 마일(1마일은 1,609m), 야드(1야드는 91.44cm), 피트(1피트는 30.48cm), 인치(1인치는 2.54cm)

질량: 파운드(1파운드는 0.4536kg), 온스(1온스는 28.35g)

온도: 화씨(물의 어는점을 32도로, 끓는점을 212도로 하여 그 사이를 180등분한 온도 체계. 섭씨를 화씨로 환산하는 공식은, °F = (9/5×℃)+32이다.)

JACK LONDON

클론다이크 소설

| 글 싣는 순서 |

야성이 부르는 소리

1. 문명 세계에서 원시 세계로

유랑을 향한 오랜 갈망이 솟구쳐
관습의 굴레를 못 견뎌 하더니,
겨울잠에 빠진
야성을 다시 일깨운다.

벅은 신문을 읽지 않았다. 그래서 벅은 자신만이
아니라 퓨젓사운드에서 샌디에이고에 이르는 연안
지대의 억센 근육에 따뜻하고 덥수룩한 털을 가진
모든 개들에게 시련이 닥치고 있음을 알지 못했다.
북쪽 땅의 어둠 속을 탐색하던 사람들이 노란 금속
을 발견하자 증기선 회사와 운송 회사가 그 발견을
요란하게 알렸고, 그러자 수천 명의 사람들이 북쪽
지방으로 몰려들고 있었다. 이 사람들에게는 개가
필요했다. 그것도 고된 일을 할 수 있는 억센 근육

과 모진 추위에도 견딜 수 있는 털이 북슬북슬한 큼
직한 개가 필요했다.

벅은 양지바른 산타클라라 밸리의 큰 저택에 살
고 있었다. 그 집은 밀러 판사 댁이라 불렸다. 집은
한길에서 제법 떨어진 곳에 나무들에 반쯤 가려져
있었고, 그 나무들 사이로는 집을 빙 둘러싼 넓고
시원스러운 베란다가 보였다. 그 집에 가려면 넓은
잔디밭과 가지가 얼기설기 엉킨 키 큰 포플러 사이
로 꼬불꼬불 휘어진 자갈길을 지나야 했다. 저택의
뒤쪽은 정면에서 볼 때보다 훨씬 넓었다. 열두 명의
마부들과 사내아이들이 와자하게 떠들어 대는 큼직
한 마구간들, 담쟁이덩굴로 뒤덮인 하인들의 오두
막집들, 끝없이 질서정연하게 늘어선 헛간들, 긴 포
도 밭, 초록색 목초지, 과수원, 그리고 딸기 밭이 있
었다. 또한 지하수 물을 퍼 올리는 펌프와, 밀러 판
사 댁 아들들이 아침마다 뛰어들고 더운 한낮이면
더위를 식히는 시멘트로 지은 커다란 물탱크도 있
었다.

이 광대한 영토를 벅이 지배하고 있었다. 그는
여기서 태어나, 여기서 4년을 살았다. 사실 벅 말고

다른 개들도 있었다. 이렇게 넓은 땅에 다른 개들이 없을 리 없었지만, 그들은 중요한 축에 들지 않았다. 그 개들은 복잡한 개 사육장을 들락날락하거나 집 한구석에 있는 듯 없는 듯 조용히 살았는데, 일본 개인 투츠나 멕시코 종의 털이 없는 이자벨은 문 밖으로 코를 내밀거나 땅에 발을 내딛는 일이 거의 없는 별종들이었다. 이들과 달리, 스무 마리 정도 되는 폭스테리어〔영국 원산의 애완견으로, 키가 40센티미터 정도 되는 작은 개이다. 여우 사냥에 많이 쓰여서 이 이름이 붙여졌다. 감각이 예민하고 행동이 민첩하며 두뇌가 총명하다〕들은 빗자루와 대걸레를 든 하녀들의 보호를 받으며 창 밖으로 자신들을 쳐다보고 있는 투츠와 이자벨에게 혼을 내 줄 듯이 무섭게 짖어 댔다.

하지만 벅은 집안에만 있는 개도, 개집에만 사는 개도 아니었다. 저택 전체가 그의 것이었다. 그는 물탱크에 뛰어들거나 판사의 아들들과 사냥을 나가기도 했다. 판사의 딸인 몰리와 앨리스가 해질녘이나 이른 아침에 오랜 산책에 나서면 같이 따라나섰다. 겨울밤이면 활활 타오르는 서재의 벽난로 앞에서 판사의 발 밑에 드러누워 있기도 했다. 판사의 손자들을 등에 태우거나 풀 위에 뒹굴려 주기도 했고, 그 아이들이 뒤뚱거리는 걸음으로 마구간 뜰의 분수까지, 혹은 그 너머 작은 목장이나 딸기 밭까지 모험을 떠날 때면 호위를 했다. 벅은 폭스테리어들 사이를 지나갈 때는 으스댔고, 투츠나 이자벨은 아예 무시했다. 그것은 벅이 인간들을 포함해 밀러 판사 댁의 날고 기는 모든 것들 위에 군림하는 왕이었기 때문이다.

벅의 아버지 엘모는 몸집이 큰 세인트버나드 종 〔스위스 원산의 몸집이 아주 큰 개로, 구조견으로 길러졌다. 성 베르나르두스가 페나인 알프스에서 길을 잃거나 위험에 처한 사람들을 구조한 데서 이름을 따왔다. 큰 머리와 힘이 강한 주둥이를 가지고 있으며, 귀는 늘어졌고, 눈은 검은 색이며, 털이 길다〕으로 밀러 판사가 가는 곳이면 어김없이 따라다녔는데, 벅도 아버지의 뒤를 잘 이을 것 같았다. 벅은 몸무게가 140파운드밖에 나가지 않는 그다지 크지 않은 체구였는데, 그것은 어머니 셰프가 스코틀랜드 산 셰퍼드〔원산지는 독일로 영리하고 민첩하여 주로 맹인 인도견이나 경찰견으로 쓰인다. 체격이 좋고 몸이 길다)였기 때문이다. 하지만 140파운드의 체중에 풍족한 생활과 주위의 존경에서 비롯되는 위엄이 더해져서, 벅은 왕족다운 행동을 취할 수 있었다. 태어나서 4년을 사는 동안, 귀족적인 삶을 실컷 누렸다. 시골 신사들이 바깥 세상을 몰라서 가끔 그렇듯이 벅 역시 스스로에 대한 자부심이 상당했다. 그렇다고 아주 응석받이 집 지키는 개가 되지는 않았다. 사냥이나 비슷한 야외 운동으로 비계가 붙지 않았고 근육도 튼튼했다. 냉수욕을 좋아하는 사람들이 으레 그렇듯이, 벅도 물을 좋아해서 늘 기력이 왕성하고 건강했다.

이상이 1897년 가을의 벅의 사정이었다. 그해 클론다이크에서 금이 발견되어 전 세계가 차가운 북쪽 땅으로 몰려들고 있었다. 하지만 벅은 신문을 보지 않았고, 정원사의 조수인 매뉴얼이 탐탁지 않은 사람이라는 것도 알지 못했다. 매뉴얼에게는 한 가지 못된 버릇이 있었다. 그는 중국 도박을 너무 좋아했다. 게다가 도박꾼들에게 따라붙는 일확천금에 대한 확신을 가지고 있었다. 이 때문에 그가 파멸하리라는 것은 자명했다. 도박을 하려면 돈이 필요했지만, 정원사 조수의 임금으로는 아내와 많은 자식들을 먹여 살리는 것도 힘에 부쳤다.

매뉴얼이 배신을 한 그 잊지 못할 밤, 밀러 판사는 건포도 업자 조합 회의에 참석하고 있었고, 아이들은 운동 모임을 꾸리느라 여념이 없었다. 그래서 매뉴얼과 벅이 과수원을 지나는 것을 아무도 보지 못했고, 그때 벅은 산책을 가는 중이라고만 생각했다. 또한 단 한 사람을 제외하곤, 그들이 칼리지 파크라는 작은 간이역에 도착하는 것을 본 사람도 없었다. 그 사나이는 매뉴얼과 이야기를 나눴고, 둘 사이에는 돈 얘기가 오갔다.

"물건을 건네려면 미리 좀 묶고 올 것이지." 낯선 사내가 퉁명스럽게 말하자 매뉴얼은 벅의 목걸이 아래 튼튼한 밧줄을 두 번 감았다.

"묶어요. 그래야 목이 확 졸릴 테니." 매뉴얼이 말하자 그 낯선 사내는 툴툴거리며 그리 하겠다고 했다.

벅은 얌전하고 위엄 있게 밧줄을 받아들였다. 분명 전에 없던 일이었지만, 그는 지금까지 자신이 알고 있는 사람을 믿어야 한다고, 또한 자신보다 나은 인간의 지혜를 믿어야 한다고 배웠다. 그러나 밧줄의 양끝이 모르는 사람의 손에 쥐어지자 위협적으로 으르렁거렸다. 그는 이제까지 으르렁대기만 하면 상대가 굴복한다는 자부심으로 자신의 불쾌감을 알려 왔다. 그런데 놀랍게도 밧줄은 숨을 못 쉴 정도로 그의 목을 꽉 조여 왔다. 벅은 울컥 화가 치밀어 그 사내에게 달려들었는데, 사내는 오히려 벅의 목덜미를 꽉 움켜잡고 잽싸게 비틀어 내동댕이쳤다. 밧줄은 사정없이 조여 왔다. 벅은 너무나 화가 나서 대들었지만, 오히려 혀가 축 늘어지고 숨만 찰뿐이었다. 이런 지독한 대우를 받는 것도, 이렇게 화가 난 것도 난생 처음이었다. 하지만 점차 기운이 빠지고 눈앞이 흐릿해지면서, 기차가 역에 들어와 두 사내가 자신을 화물칸에 던져 넣었을 때는 완전히 의식을 잃었다.

의식이 돌아왔을 때 벅은 혀가 아프다는 것과 자신이 화물 열차 비슷한 것에 실려가고 있다는 것을 어렴풋이 깨달았다. 건널목을 지날 때 울리는 날카로운 기적 소리에 자신이 어디에 있는지를 짐작했다. 판사와 자주 여행을 다녔기 때문에 화물 열차의 느낌을 잘 알고 있었다. 벅은 눈을 떴다. 두 눈에는 납치된 왕의 억제할 수 없는 분노가 서려 있었다. 낯선 사내가 그의 목을 움켜잡으려 달려들었지만, 벅이 더 빨랐다. 이빨로 그 사나이의 손을 물고서 다시 한 번 의식을 잃을 때까지 이빨에 힘을 놓지 않았다.

"아, 발작을 일으켜서요." 싸우는 소리를 듣고 달려온 수하물 관리인에게 그 사내는 물려서 엉망이 된 손을 감추면서 말했다. "샌프란시스코에 있는 주인한테 데리고 가는 길입니다. 거기 있는 일류 수의사라면 병을 고칠 수가 있다는군요."

그날 밤의 기차 여행에 대해 그 사내는 샌프란시스코 해안에 있는 한 술집의 작은 창고에서 자못 웅변조로 지껄였다.

"이 짓으로 내가 받는 몫이 겨우 50달러예요." 그가 투덜거렸다. "이젠 현금으로 천 달러를 준대도 두 번 다시 안 할랍니다."

그의 한쪽 손엔 피로 얼룩진 손수건이 둘러져 있었고, 오른쪽 바지 자락은 무릎에서 발목까지 찢겨져 있었다.

"다른 사람은 얼마나 받았나?" 술집 주인이 물었다.

"백 달러요." 낯선 사내가 말했다. "한푼도 깎아줄 수 없어요, 그러니 좀 봐 주세요."

"그럼 150달러로군." 술집 주인이 계산을 했다. "그만한 값어치가 있겠어. 아님 내 손에 장을 지지지."

벅을 납치한 사내는 피로 얼룩진 손수건을 풀고 찢어진 손을 보았다. "광견병이나 걸리지 말아야 할 텐데……."

"어차피 자넨 교수형을 피할 수 없을 테니 괜찮아." 술집 주인이 웃었다. "자, 떠나기 전에 좀 도와주게."

벅은 숨이 넘어갈 만큼 목이 졸려 눈이 아찔하고 목구멍과 혀가 참을 수 없이 아팠는데도 자신을 괴롭히는 사람들에게 덤벼들었다. 그러나 다시 내동댕이쳐지고 여러 번 목이 졸렸고, 결국엔 목에 무거운 놋쇠 목걸이가 채워졌다. 사람들은 벅의 밧줄을 풀고서 새장 같은 궤짝에 밀어 넣었다.

벅은 궤짝 속에서 분노와 상처 입은 자존심을 달래며 피곤한 밤을 보냈다. 어찌된 노릇인지 알 수가 없었다. 두 낯선 사내는 나를 어쩔 셈인가? 왜 나를 이런 답답한 우리 속에 가두어 놓는 걸까? 왠지 모르게 큰 불행이 닥쳐오고 있다는 막연한 느낌이 벅을 짓눌렀다. 그날 밤 벅은 창고 문이 덜걱거리며 열릴 때마다 밀러 판사나 아이들이 자기를 데리러 온 줄 알고 몇 번씩이나 벌떡 일어났다. 하지만 매번 나타난 것은 가물거리는 촛불을 들고 자신을 쳐다보는 술집 주인의 부은 얼굴이었다. 그때마다 벅의 목에서 튀어나오려던 반가운 짖음은 사나운 으르렁거림으로 변했다.

하지만 술집 주인은 벅을 가만히 내버려 두었다. 날이 새자 네 명의 사내가 와서 궤짝을 들었다. 벅은 사내들의 인상이 험악한 데다 옷까지 남루하고 너저분해서 더 못된 놈들이라고 단정짓고서 창살 사이로 미친 듯이 그들에게 덤벼들었다. 그들은 실실 웃으면서 꼬챙이로 벅을 쿡쿡 찔렀다. 벅은 잽싸게 꼬챙이를 물었는데, 알고 보니 그것이 그자들이 바라는 바였다. 벅은 골이 나서 드러누워 버렸고 궤

16

짝이 수레에 옮겨질 때도 얌전히 있었다. 그리하여 벅과 벅을 가둔 궤짝은 여러 사람의 손을 거치기 시작했다. 먼저 운송 회사 직원들이 그를 받았다. 다음에는 또 다른 짐수레에 옮겨졌고, 그 뒤에는 여러 상자와 짐들과 함께 트럭에 실려 증기선을 탔다. 벅을 실은 트럭은 증기선에서 내린 뒤 큰 철도역까지 갔고, 마지막으로 급행 화물 열차에 옮겨졌다.

이 화물 열차는 이틀 낮 이틀 밤을 날카로운 기적 소리를 울리며 달렸다. 벅은 그 이틀 동안 먹지도 마시지도 않았다. 운송 회사 배달원들을 처음 대면했을 때 벅은 화를 내며 으르렁거렸는데, 그들은 벅을 놀려대며 응수했다. 벅이 몸을 부르르 떨며 입에 거품을 물고 창살에 부딪치면 그들은 그를 비웃고 조롱했다. 밉상스런 개처럼 으르렁대거나 짖기도 했고, 고양이 울음을 흉내내기도 했으며, 팔을 파닥거리며 닭 울음소리를 내기도 했다. 그 모든 것이 자신을 놀리는 짓인 줄 알았기에 벅은 자기 위엄에 대한 모멸감에 더욱 화가 났고, 그 화는 점점 더 커졌다. 게다가 배고픔은 견딜 만했지만, 목이 마른 것은 아주 고통스러워서 그의 분노는 병적인 흥분으로 치달았다. 이렇게까지 된 것은 벅이 긴장을 잘 하고 워낙 예민한 데다 가혹한 대우에 열이 올랐고, 그 열이 바짝 마르고 부은 목과 혀에 염증을 일으켰기 때문이다.

딱 한 가지 기쁜 일은 목을 조이던 밧줄에서 풀려난 것이었다. 밧줄 때문에 불리한 입장이었지만, 밧줄에서 풀려났으니 이제야말로 본때를 보여 주리라. 인간들이 또다시 그의 목에 밧줄을 맬 수는 없을 것이다. 벅은 단단히 결심을 했다. 이틀 밤낮을 먹지도 마시지도 않았고 그 고통스런 시간 동안 분노가 쌓이고 쌓여서, 이제는 누구라도 벅을 건드리기만 하면 화를 입을 판이었다. 눈에 핏발이 선 벅은 미쳐 날뛰는 악마의 모습으로 변해 있었다. 너무 변해서 밀러 판사도 벅을 알아보지 못할 지경이었다. 운송 회사 배달원들도 시애틀에서 벅의 궤짝을 기차에서 내려놓았을 때 안도의 숨을 내쉬었다.

네 사람이 마차에서 조심스럽게 궤짝을 내려, 담이 높이 쳐진 작은 뒤뜰로 옮겼다. 목둘레가 헐렁한 빨간 스웨터를 입은 건장한 사내가 나와 마부의 장부에 서명을 했다. 벅은 그 사내가 다음 고문자라는 사실을 알아채고서 창살에 맹렬히 몸을 부딪쳤다. 사내는 험악하게 웃더니 도끼와 몽둥이를 들고 나왔다.

"지금 꺼내려는 건 아니겠죠?" 마부가 물었다.

"지금 꺼낼 거요." 사내는 이렇게 대답하고서 뚜껑을 열기 위해 도끼로 궤짝을 찍기 시작했다.

궤짝을 들고 갔던 네 명의 사내는 순식간에 흩어져 담 위의 안전한 곳으로 올라갔고, 그곳에서 앞으로의 광경을 지켜볼 태세를 취했다.

벅은 쪼개지는 나무 조각에 달려들어 이빨로 물어뜯고 맞붙어 싸웠다. 밖에서 도끼가 찍힐 때마다 벅은 궤짝 안에서 나가고 싶어 미치겠다는 듯이 무섭게 으르렁거렸다. 그 모습은 벅을 꺼내려고 침착하게 궤짝을 부수는 빨간 스웨터의 사내와는 사뭇 대조적이었다.

"자, 눈이 시뻘건 악마야." 벅이 나올 만한 구멍이 뚫렸을 때 그 사내가 말했다. 그와 동시에 도끼를 내려놓고 오른손에 몽둥이를 들었다.

사내에게 덤벼들려고 털을 곤두세우고 입에는 게거품을 물고 핏발 선 두 눈에 광기를 번뜩이며 도

사리고 있는 벅의 모습은 영락없이 눈이 시뻘건 악마였다. 이틀 밤낮을 벼르고 벼르던 일이라 벅은 140파운드의 분노의 불덩이가 되어 사내에게 곧장 달려들었다. 사내를 물려는 순간 허공에서 벅의 몸뚱이를 저지하는 강타가 날아들었는데, 그 고통스런 일격에 벅은 이를 악다물어야 했다. 벅은 허공에서 빙빙 돌다가 땅에 내동댕이쳐졌다. 몽둥이로 맞아 보기는 난생 처음이었고, 그래서 영문을 알 수가 없었다. 짖는 건지 비명을 지르는 건지 알 수 없는 으르렁거림으로 다시 일어서서 공중으로 뛰어올랐다. 또다시 날아든 한 방에 땅바닥으로 쿵하고 떨어졌다. 이번에도 몽둥이 때문인 줄 알았지만, 미칠 듯한 분노 때문에 앞뒤를 가릴 수 없었다. 벅은 열두 번이나 덤벼들었고, 그때마다 몽둥이에 걷어채여 단숨에 나가떨어졌다.

한번은 아주 심하게 얻어맞고서 땅바닥에 쓰러졌는데, 다시 덤빌 수도 없을 만큼 정신이 아찔했다. 휘청거리며 간신히 일어섰지만, 코와 입과 귀에서 피가 흘렀고 아름다운 털도 피로 물든 침으로 얼룩졌다. 사내는 다시 앞으로 다가와 벅의 콧등을 신

중히 호되게 후려갈겼다. 이 한 번의 격렬한 고통은
앞서 견딘 고통들과는 비교도 되지 않았다. 그 광포
함에 벅은 사자처럼 으르렁대며 또다시 사내에게
달려들었다. 하지만 사내는 몽둥이를 왼손에 바꿔
쥐고는 침착하게 벅의 아래턱을 잡고서 뒤로 거세
게 비틀었다. 벅은 허공에서 한 바퀴 반을 돌고 나
서 머리와 가슴을 땅에 처박았다.

벅은 마지막 돌격을 시도했다. 사내는 이때를 위
해 일부러 아껴 두었던 노련한 일격을 가했고, 벅은
쿵 소리와 더불어 나가떨어져 완전히 의식을 잃어
버렸다.

"저 치 개를 죽여 놓는 솜씨가 여간 아닌데." 담
위에 올라가 있던 한 사람이 열광적으로 소리쳤다.

"나 같으면 차라리 날마다 조랑말을 길들이겠어.
일요일에는 두 번 하는 한이 있더라도 말이지." 마
부는 이렇게 말하고 나서 마차에 올라타 말을 몰기
시작했다.

벅은 의식이 돌아왔지만, 기운은 돌아오지 않았
다. 그는 쓰러진 자리에 그대로 누워서 빨간 스웨터
의 사내를 물끄러미 바라보았다.

"이름이 벅이라고." 사내는 개를 궤짝에 넣어 보낸 술집 주인의 편지를 읽으며 혼잣말을 했다. "자아, 벅, 친구." 사내는 부드러운 목소리로 계속 말했다. "엔간히 싸웠으니 이쯤에서 그만두는 게 좋겠다. 너도 네 처지를 알았을 테고, 나도 내 역할을 잘 안다. 말만 잘 들으면 만사가 순조로울 거야. 대신 말을 안 들으면 내장이 튀어나오도록 두들겨 패 줄 테다. 알겠지?"

이렇게 말하면서 사내는 이제까지 그렇게 두들겨 패던 벅의 머리를 겁도 없이 쓰다듬었다. 벅은 그 손길에 저도 모르게 털이 곤두섰지만, 대들지 않고 참았다. 사내가 물을 가져왔을 때 벅은 정신없이 마셨고, 사내의 손에 올려진 날고기도 한 점 한 점 통째로 삼키면서 배가 부르도록 먹었다.

벅은 졌다(그는 그것을 알았다). 그렇다고 해서 풀이 꺾이지는 않았다. 다만 몽둥이를 든 사람에겐 승산이 없다는 것을 비로소 알게 된 것이다. 그 교훈을 체득한 후 벅은 평생 동안 그것을 잊지 않았다. 그 몽둥이는 하나의 계시였다. 몽둥이는 벅에게 야만의 법칙이 지배하는 세계를 처음으로 일깨워 주었고, 그도 그 세계에 반쯤 입문했다. 냉혹한 현실이 좀 더 뚜렷하게 눈에 들어왔다. 처음에는 그 현실에 겁 없이 달려들었지만, 이제는 감춰졌던 교활한 본성이 눈을 떠 현실에 맞섰다. 날이 갈수록 궤짝에 실려 오고 밧줄에 매인 개들이 속속 몰려왔는데, 순한 놈도 있고 벅처럼 화가 나서 으르렁대는 놈들도 있었다. 그러나 하나 같이 빨간 스웨터 사내의 지배 하에 들어가고 마는 것이었다. 예의 그 참혹한 광경을 거듭해서 지켜볼 때마다 벅의 가슴에 그 교훈이 아로새겨졌다. 몽둥이를 가진 인간은 입법자이므로 비위를 맞출 것까지는 없지만 반드시 복종해야 한다는 것. 벅은 비위를 맞추는 일만큼은 절대 하지 않았다. 그는 몽둥이로 얻어맞은 개가 그 사내에게 알랑거리면서 꼬리를 흔들고 손을 핥는 모습을 보았다. 그리고 알랑거리지도 복종하지도 않던 개 한 마리가 그 사내에게 끝까지 덤벼들다 결국 죽는 것도 보았다.

이따금씩 낯선 남자들이 찾아와서는 흥분하여 말하기도 하고 비위를 맞추는 달콤한 말도 하면서 온갖 방법으로 빨간 스웨터의 사내와 이야기를 나눴다. 그들 사이에 돈이 오갈 때면 낯선 사내들은 개를 한 마리나 몇 마리씩 데리고 갔다. 벅은 그 개들이 어디로 가는지 궁금했는데, 그것은 일단 가 버리면 다시는 돌아오지 않았기 때문이다. 미래에 대한 공포가 벅을 짓눌렀고, 벅은 자신이 뽑히지 않을 때마다 기뻐했다.

하지만 드디어 벅의 차례가 왔다. 얼굴이 쭈글쭈글한 작은 사내가 나타나 서툰 영어를 지껄이며 도저히 알 수 없는 괴상한 감탄사를 연발했다.

"오오 세상에!" 그자는 벅을 보자마자 눈이 휘둥그레지며 이렇게 소리쳤다. "저런 기막힌 개가! 그렇지? 얼만가?"

"300달러. 그만하면 거저예요." 빨간 스웨터 사내가 곧장 응수했다. "공금인데 이렇다 저렇다 군말 할 사람 없을 겁니다. 안 그래요, 페로?"

페로는 싱긋이 웃었다. 뜻하지 않은 수요로 개값이 하늘 높은 줄 모르고 치솟은 상황을 고려한다면, 이렇게 훌륭한 개가 그 정도 값이면 비싼 것도 아니었다. 캐나다 정부가 손해를 보지도 않을 것이고, 정부의 급한 공문서 배달이 더 늦어지지도 않을 것이다. 페로는 개를 보는 안목이 있어서 벅을 보는 순간 천에 하나 있을까 말까 한 개임을 알았다. "만에 하나야……." 그는 속으로 중얼거렸다.

벅은 둘 사이에 돈이 건네지는 것을 보았고, 그래서 온순한 뉴펀들랜드 종〔캐나다 원산의 아주 큰 개로, 방수성이 좋은 두꺼운 이중 털과 물갈퀴 모양의 발을 가지고 있어 수영을 잘한다〕인 컬리와 함께 얼굴이 쭈글쭈글한 작은 사내를 따라가게 되었을 때도 놀라지 않았다. 그것으로 빨간 스웨터 사내와의 만남은 끝이었고, 나윌 호의 갑판에서 컬리와 함께 멀어져 가는 시애틀을 본 것이 따뜻한 남부와의 마지막 대면이었다. 컬리와 벅은 페로를 따라 선실로 들어가 프랑수아라는 얼굴이 검고 덩치 큰 사내에게 넘겨졌다. 페로는 프랑스 계 캐나다 사람으로 얼굴이 가무잡잡했고, 프랑수아는 프랑스 계 캐나다 사람이자 인디언 혼혈로 페로보다 두 배나 더 검었다. 이 두 사람은 벅이 처음 접하는 인간 부류였다 (이후에도 이런 부류의 인간들을 많이 만나게 된다). 애정이 싹트는 수준까지는 아니었지만, 벅은 진심으로 그들을 존경하게 되었다. 그는 페로와 프랑수아가 공명정대한 사람들로 개들을 심판할 때 침착하고 치우침이 없으며, 개들의 습성도 훤히 꿰뚫고 있어서 결코 얕잡아 볼 수 없다는 것을 재빨리 터득했다.

나월 호에서 벅과 컬리는 다른 개 두 마리와 함께 있었다. 그중 한 마리는 스피츠베르겐에서 온 몸집이 크고 눈처럼 하얀 개(이하 '스피츠'라고 부르고 있다)로서, 처음에는 포경선 선장을 따라나섰다가 나중에는 파인배런스까지 지질 조사단을 따라가기도 했다.

이 개는 상냥하면서도 겉과 속이 다른, 다시 말해 겉으로는 웃고 있지만 속으로는 못된 속임수를 꾸미는 놈이었다. 이를테면 처음 식사가 나왔을 때 벅의 먹이를 슬쩍 가져가는 식이었다. 벅이 놈을 혼내 주려고 달려들자 프랑수아의 매가 먼저 날아와 범인을 패 주었다. 벅은 뼈다귀만 되찾고 아무런 매도 맞지 않았다. 벅은 프랑수아의 태도가 공정하다고 생각했고, 그 뒤로는 그 인디언 혼혈인을 존경하기 시작했다.

다른 한 놈은 먼저 접근하지도, 다른 개들의 접

근을 받아들이지도 않았고, 새로 들어온 개의 먹이
를 가로채는 법도 없었다. 그 개는 음울하고 시무룩
했으며, 자신이 바라는 건 오직 가만히 내버려 두는
것이므로 만일 건드리기만 하면 가만두지 않겠다는
듯이 컬리에게 노골적으로 표시했다. 그놈의 이름
은 데이브였고, 먹고 자고 간간이 하품을 하는 일
말고는 어떤 것에도 관심이 없었다. 심지어는 나월
호가 퀸샬럿 해협을 지날 때 배가 이리저리 마구 흔
들려도 녀석은 귀신한테 홀린 듯이 태연스러웠다.
벅과 컬리가 겁이 나서 반쯤 미쳐 날뛸 때도 녀석은
성가시다는 듯이 고개를 들어 무심하게 둘을 힐긋
쳐다보고는 하품을 하고 다시 잠을 잤다.

낮이나 밤이나 지칠 줄 모르는 추진기의 고동에
맞춰 배는 나아갔다. 똑같은 날들이 반복됐지만, 날
씨가 점점 추워지는 것은 분명했다. 그러던 어느 날
아침 추진기가 멈췄고, 나월 호에는 흥분의 기운이
번지기 시작했다. 다른 개들과 마찬가지로 벅도 그
런 기운을 느꼈고, 곧 어떤 변화가 일어나리라는 것
을 알았다. 프랑수아는 개들을 가죽 끈으로 묶어 갑
판으로 끌고 나갔다. 차가운 땅에 발을 내디뎠을 때

벽의 발이 진흙처럼 말랑말랑한 하얀 물질 속으로
쑥 빠졌다. 벽은 놀라서 콧김을 내뿜으며 뒤로 껑충
물러섰다. 이 하얀 물질은 공중에서 자꾸 떨어지고
있었다. 몸을 흔들어 보았지만 그것은 더 많이 몸
위에 떨어졌다. 벽은 신기한 듯이 냄새를 맡고 혀로
핥아 보았다. 불처럼 화끈거리는가 싶더니 이내 사
라졌다. 벽은 어리둥절했다. 다시 한 번 혀를 대 보
았지만 결과는 마찬가지였다. 그 모습을 지켜보던
사람들이 왁자하게 웃었다. 벽은 창피했지만, 웃는
이유를 알 수가 없었다. 이것이 벽이 난생 처음 본
눈이었다.

2. 몽둥이와 엄니의 법칙

다이에 해변에서 보낸 첫날은 벅에게 악몽 같았다. 매 순간이 놀라움과 충격의 연속이었다. 갑자기 문명의 심장부에서 벗어나 원시 세계의 한복판에 내던져진 것이었다. 이곳에서는 햇볕을 쬐며 빈둥거리거나 무료하게 지내는 게으른 생활이라는 게 없었다. 여기에는 평화도 휴식도 한순간의 안전도 없었다. 모든 것이 혼란스럽고 떠들썩했으며, 시시각각 생명과 사지를 위협하는 위험이 있었다. 언제나 정신을 바짝 차리고 있어야 했다. 이곳의 개들과 사람들은 벅의 마을에 사는 개들이나 사람들과는 달랐다. 사람이고 개고 할 것 없이 몽둥이와 엄니의 법칙밖에 모르는 야만인이었다.

벅은 이곳의 늑대 같은 개들이 싸우는 모습을 한번도 본 적이 없었다. 그 싸움을 처음 보고서 벅은 잊지 못할 한 가지 교훈을 얻었다. 물론 간접 경험이었지만, 만일 직접 싸웠다면 살아남지도, 교훈을 얻지도 못했을 것이다. 컬리가 그 희생자였다. 늑대 개들은 땔나무 창고 근처에서 야영을 했는데, 크기가 다 자란 늑대 만했다. 그런데 컬리가 자기 덩치의 반도 안 되는 어느 허스키[시베리아 원산의 썰매끌이 개. 체중 16~27킬로그램으로 체격은 작지만 먼 거리를 일정한 속력으로 달릴 수 있다]에게 평소처럼 친근하게 다가갔다. 아무런 경고도 없이 그 개는 번개처럼 달려들어 딱하는 금속성 소리를 내고는 다시 번개처럼 물러났다. 컬리의 얼굴이 눈에서 턱까지 쭉 찢겨져 있었다.

그것은 확 물어뜯고 곧바로 물러나는 늑대의 싸움법이었다. 하지만 그것으로 끝이 아니었다. 삼사십 마리의 허스키들이 그 자리로 달려와 두 싸움꾼 주위를 둘러싸고는 조용히 지켜보았다. 벅은 그 조용한 긴장도, 개들이 왜 그렇게 열심히 입맛을 다시고 있는지도 이해할 수 없었다. 컬리가 덤벼들자 상대 개는 또 덥석 물고 획 물러섰다. 다시 덤벼들었을 때는 특이한 방식으로 컬리를 가슴으로 받아 넘어뜨렸다. 컬리는 다시는 일어나지 못했다. 구경하던 허스키들이 기다린 것이 바로 이것이었다. 그들은 으르렁대고 캥캥대면서 컬리에게 다가갔다. 컬리는 털을 곤두세운 개 떼 밑에 깔린 채 고통스런

30

비명을 질렀다.

사건이 너무나 갑작스럽고 뜻밖이어서 벅은 당황했다. 스피츠가 비웃는 듯이 붉은 혀를 날름거렸다. 이어서 프랑수아가 도끼를 휘두르며 어수선한 개들 속으로 뛰어들었다. 세 명의 사내가 몽둥이를 들고 와서 개들을 쫓는 것을 도왔다. 시간은 오래 걸리지 않았다. 컬리가 쓰러진 지 2분 만에 개들은 몽둥이를 맞고 모조리 흩어졌다. 하지만 컬리는 피투성이 상태로 바닥에 축 늘어져 있었다. 그야말로 갈가리 찢겨져 있었는데, 피부가 거무스레한 혼혈인 프랑수아가 컬리 옆에 서서 무섭게 욕을 퍼부었다. 그 장면은 종종 꿈으로 등장해 벅의 잠을 방해했다. 이런 것이다. 공정한 싸움은 존재하지 않는다. 일단 쓰러지면, 그걸로 끝이다. 그렇다면, 절대 쓰러져서는 안 된다. 스피츠는 혀를 내밀고 다시 웃고 있다. 그 순간부터 벅은 놈에게 영원히 지워지지 않는 심한 적의를 품게 되었다.

컬리의 비극적인 최후에 대한 충격이 채 가시기도 전에 또 다른 충격이 벅에게 찾아왔다. 프랑수아가 그의 몸에 가죽 끈과 물림쇠를 채운 것이다. 그

것은 고향에서 마부들이 말에게 채우곤 하던 마구
와 비슷했다. 전에는 말이 일하는 걸 보기만 했는
데, 이제는 벅도 그런 식으로 일해야 했다. 프랑수
아를 썰매에 태우고 계곡 근처의 숲까지 가서 땔감
을 싣고 돌아왔다. 그런 식으로 짐을 끄는 짐승이
돼 버리자 자존심이 몹시 상했지만, 반항해 봐야 소
용없다는 것을 잘 알았다. 전혀 낯설고 새로운 일이
었지만 벅은 꿋꿋하게 최선을 다해 일했다. 프랑수
아는 즉각적인 복종을 요구하는 엄격한 사람이어
서, 명령에 따르지 않으면 바로 채찍을 날렸다. 한
편 노련한 썰매 끌이 개인 데이브는 벅이 잘못할 때
마다 엉덩이를 물었다. 스피츠도 마찬가지로 노련
한 길잡이 개였는데, 녀석은 벅에게 다가갈 수가 없
어서 이따금씩 무섭게 으르렁대거나 가야 할 쪽에
교묘하게 체중을 실어 벅을 바른 길로 확 돌렸다.
벅은 금방 배웠고, 두 동료와 프랑수아의 지도 아래
눈에 띄게 발전했다. 그들이 야영지에 도착하기 전
에 벅은 '워'에서 멈추고, '이랴'에서 출발하며, 모
퉁이를 돌 때는 크게 돌고, 짐을 실은 썰매를 끌며
내리막길을 내려올 때는 맨 뒤쪽 썰매 끌이 개를 막

지 말아야 한다는 것을 터득했다.

"세 놈 다 훌륭한 개들이야." 프랑수아가 페로에게 말했다. "저 벅이란 놈, 무서운 힘으로 끈단 말야. 뭐든지 빨리 배워."

속달 공문서를 부치러 서둘러 떠났던 페로가 오후가 다 돼서 개 두 마리를 더 데리고 돌아왔다. 이름이 빌리와 조였는데, 둘은 형제였고 순종 허스키였다. 같은 뱃속에서 났는데도, 그 둘은 낮과 밤처럼 전혀 달랐다. 빌리의 한 가지 흠이 너무 착하다는 것이라면, 조는 정반대로 아주 까다롭고 내성적이며 늘 으르렁대고 악의에 찬 눈빛을 하고 있었다. 벅은 그 둘을 친구로서 받아들였고, 데이브는 상대를 안 했고, 스피츠는 한 놈씩 공격하기 시작했다. 빌리는 스피츠의 환심을 사려고 꼬리를 흔들다가 소용없음을 깨닫고서 도망을 쳤다. 스피츠의 날카로운 이빨에 옆구리를 물렸을 때 빌리는 (여전히 환심을 사려는 듯이) 큰소리로 울었다. 하지만 조는 스피츠가 어떻게 돌며 다가오든 뒷발을 휙 돌려 정면으로 맞섰다. 털을 곤두세우고 귀를 뒤로 바짝 붙인 채 입술을 비틀어 으르렁대면서 총알같이 덥석 물어 버릴 태세로 눈을 악마처럼 번뜩였다. 그야말로 싸움에 목숨을 건 공포의 화신이었다. 조의 표정이 워낙 무시무시해서 스피츠도 놈을 혼내 주려다 말고 포기해 버렸다. 그 불쾌감에 대한 분풀이로 스피츠는 울고 있는 애꿎은 빌리에게 달려들어 야영지 끝까지 쫓아냈다.

저녁 때 페로는 개를 한 마리 더 데리고 왔다. 키가 크고 수척한 늙은 허스키였는데, 얼굴에는 싸워서 생긴 흉터가 있었고 애꾸눈이었다. 그 눈은 상대를 제압하는 용맹한 빛으로 번뜩였다. 이름이 '성난 자'를 뜻하는 솔렉스였다. 데이브처럼 솔렉스는 무엇을 요구하지도, 주지도, 기대하지도 않았다. 녀석이 개들 사이로 천천히 신중하게 걸어올 때면 스피츠도 감히 건드리지 않았다. 솔렉스에겐 한 가지 특이한 버릇이 있었는데, 벅은 호되게 당하고 나서야 그 버릇을 알게 되었다. 솔렉스는 보이지 않는 눈 쪽에서 누가 접근하는 것을 싫어했다. 이런 사실을 알 리 만무한 벅이 실수를 하고 말았는데, 벅은 솔렉스에게 어깨뼈가 3인치나 드러나도록 물어뜯긴 뒤에야 자신의 경솔함을 깨달았다. 그 후로 벅은

34

보이지 않는 눈 쪽으로는 다가가지 않았고, 솔렉스와 지내는 마지막 날까지 아무런 문제도 일으키지 않았다. 솔렉스가 바라는 건 데이브처럼 자신을 가만히 내버려 두는 것이었다. 나중에야 안 일이지만, 그 둘은 각자 다른, 훨씬 더 중대한 야망을 품고 있었다.

그날 밤 벅은 잠자리 문제로 큰 고생을 했다. 초한 자루가 밝히고 있는 텐트는 하얀 평원 위에서 따뜻하게 빛났다. 벅은 예전 습관대로 텐트 안으로 들어갔는데, 페로와 프랑수아가 욕을 퍼붓고 취사 도구를 집어 던졌다. 그제서야 벅은 깜짝 놀라 제 처지를 깨닫고서 추운 바깥으로 쑥스럽게 뛰쳐나왔다. 차가운 바람이 살을 에듯이, 특히 부상당한 어깨를 아주 도려낼 듯이 불어왔다. 벅은 눈 위에 자보려고 했지만, 너무 추워서 발까지 바들바들 떨릴 정도였다. 비참하고 서글픈 심정으로 수많은 텐트 사이를 돌아다녀 보았지만 어느 곳이나 춥기는 매한가지였다. 여기저기서 야생의 개들이 덤벼들었지만 벅이 털을 곤두세우고 으르렁거리자(벅은 그 방법을 재빨리 터득했다) 길을 터 주었다.

마침내 좋은 수가 떠올랐다. 벅은 돌아가서 썰매를 같이 끌었던 동료들이 어떻게 하고 있는지를 보기로 했다. 놀랍게도 그들은 어디론가 사라지고 없었다. 그들을 찾아 다시 한 번 넓은 야영지를 돌아다니다가 그 자리로 돌아왔다. 텐트 안에 있는 건가? 아니, 그럴 리가 없었다. 그 역시 매몰차게 쫓겨나지 않았던가. 그렇다면 도대체 어디 있는 걸까? 벅은 꼬리를 축 늘어뜨리고 온몸을 덜덜 떨면서 그야말로 쓸쓸한 심정으로 텐트 주위를 무작정 맴돌았다. 갑자기 앞발 밑에서 눈이 무너지며 몸뚱이가 쑥 빠졌다. 무언가 발 밑에서 꿈틀거렸다. 벅은 보이지도 않고 알 수도 없는 것에 대한 두려움에 털을 곤두세우고 으르렁대며 뒤로 펄쩍 물러섰다. 그러나 귀에 익은 작은 소리에 안심이 되어 자세히 살펴보려고 되돌아갔다. 한줄기 따스한 바람이 그의 코끝에 와 닿았다. 그곳 눈 밑에서 아늑하게 웅크리고 누워 있는 것은 빌리였다. 빌리는 벅을 안심시키려는 듯이 낑낑거렸고, 호의를 보여 주려고 몸을 꿈틀거렸으며, 심지어는 사이좋게 지내자는 뜻으로 따뜻하고 축축한 혀로 벅의 얼굴을 핥기까지

했다.

또 하나의 교훈이었다. 아아, 이렇게들 자는 거구나! 벅은 자신 있게 한 군데를 고른 후 헛수고도 해 가며 야단스럽게 잠 잘 구덩이를 파기 시작했다. 몸에서 나온 열기가 순식간에 그 좁은 공간을 채웠고 벅은 곧 잠이 들었다. 길고 힘든 하루여서 곤하고 편안하게 잠을 잤다. 가끔씩 악몽으로 으르렁대거나 짖거나 버둥거리기도 했지만.

벅은 야영지가 떠들썩하니 소란스러워졌을 때에야 잠에서 깼다. 처음에는 자신이 어디 있는지를 알지 못했다. 밤사이 내린 눈으로 벅은 완전히 눈에 파묻혀 있었다. 눈 벽이 사방에서 그를 짓누르자 커다란 공포감 —— 야생 동물이 덫에 대해 품는 공포감 —— 이 왈칵 밀려들었다. 그것은 그가 이제까지의 삶을 마감하고 조상들의 삶으로 되돌아갔다는 징후였다. 그도 그럴 것이 벅은 문명화된 개, 그것도 대단히 문명화된 개였으므로 지금까지의 경험상 덫이라는 것을 알 수도, 따라서 그것을 두려워할 수도 없는 노릇이었기 때문이다. 온몸의 근육이 갑자기 수축되면서 목과 어깨의 털이 본능적으로 곤두섰다. 벅이 사납게 으르렁대며 눈부신 세상으로 펄쩍 뛰어오르자 눈송이들이 반짝이는 구름처럼 그의 주위로 흩날렸다. 착지하기 전, 눈앞에 펼쳐지는 하얀 야영지를 보고서야 벅은 자신이 어디에 있는지를 알았고, 매뉴얼과 산책을 하러 나간 일에서부터 간밤에 잠자리를 만들려고 구덩이를 판 일까지 모두 기억해 냈다.

벅이 나타나자 프랑수아가 탄성을 질렀다. "내가 뭐랬어?" 프랑수아가 페로에게 소리쳤다. "저 벅이란 녀석은 뭐든 빨리 배운다고 했지."

페로는 진지하게 고개를 끄덕였다. 중요한 긴급 공문서를 나르는 캐나다 정부의 배달원으로서 그는 최고의 개를 구하려고 애를 써 왔는데, 벅을 손에 넣게 되어 특히 기뻤다.

한 시간도 안 돼 허스키 세 마리가 더 합류하여 팀은 모두 아홉 마리가 되었다. 그리고 나서 십오 분 안에 개들은 마구를 차고 다이에 캐니언을 향해 기운차게 달리기 시작했다. 벅은 일을 하러 나선 것이 기뻤다. 일은 힘들었지만 그 일이 별로 싫지 않다는 생각이 들었다. 팀 전체에 흘러넘치는 활기와 자신에게도 전해지는 그 활기에 벅은 무척 놀랐다. 그보다 더 놀란 것은 데이브와 솔렉스의 변화였다. 그들은 마구를 두르자 전혀 새로운 개로 돌변했다. 소극성과 무관심이 깨끗이 자취를 감췄다. 그 둘은 민첩하고 적극적이었으며, 일이 잘 되기를 몹시 바랐고, 행여 지체나 혼란으로 일이 지연되기라도 하면 무섭게 성질을 부렸다. 그들에겐 썰매 끄는 일이 자신의 존재에 대한 최상의 표현이자, 사는 보람과 기쁨을 느끼게 해 주는 유일한 것인 듯했다.

데이브는 맨 뒤쪽, 다시 말해 썰매 끝이 개였고, 그 바로 앞에 벅이, 그 다음에는 솔렉스가 섰다. 나머지 개들은 일렬로 쭉 늘어섰고 길잡이 개 역할은 스피츠가 맡았다.

벅을 굳이 데이브와 솔렉스 사이에 세운 것은 지시를 받게 하기 위해서였다. 벅도 우수한 학생이었지만, 그 두 마리 역시 유능한 스승이었다. 벅이 실수를 하면 꾸물거릴 틈을 주지 않고 날카로운 이빨로 가르쳐 주었다. 데이브는 공정하고 아주 현명했다. 이유 없이 벅을 무는 법이 없었고, 필요하다 싶을 때는 반드시 물었다. 데이브 뒤에는 프랑수아의

채찍이 대기 중이었기 때문에 벅은 대들기보다는
잘못을 바로잡는 편이 더 낫다는 것을 깨달았다. 한
번은 잠깐 멈춘 사이 벅이 줄을 엉키게 하여 출발이
지연되자 데이브와 솔렉스가 덤벼들어 호되게 벌을
주었다. 그 결과 엉킴은 더욱 심해졌지만 그 뒤로
벅은 줄이 엉키지 않도록 세심한 주의를 기울였다.
날이 저물기 전까지 벅이 일을 아주 잘했으므로 두
동료는 더 이상 그를 건드리지 않았다. 프랑수아의
채찍이 날아오는 횟수도 줄어들었고, 페로는 벅의
발을 쳐들어 세심하게 살펴주는 영광을 주기까지
했다.

  그날 하루는 몹시 고되게 달렸다. 다이에 캐니언
을 올라 쉽 야영지, 스케일즈, 삼림 경계선을 지났
고, 수백 피트나 되는 빙하와 눈 더미를 가로질러
거대한 칠쿠트 분수령을 넘었다. 그 분수령은 바다
와 호수 사이에 우뚝 서서 황량하고 쓸쓸한 북쪽 땅
을 의연하게 지키고 있었다. 그들은 사화산의 여러
분화구에 생긴 잇따른 호수들을 신나게 내려가서
밤늦게 베넷 호 입구에 들어선 대규모 야영지에 도
착했다. 그곳에는 금을 찾아 나선 수천 명의 사람들

이 얼음이 녹는 봄을 기다리며 보트를 만들고 있었다. 벅은 눈 속에 구덩이를 파고서 피로에 지쳐 곯아떨어졌지만, 춥고 어두운 이른 새벽에 일어나 동료들과 함께 썰매를 끌어야 했다.

그날은 길이 다져져 있어서 40마일을 갔다. 그 뒤 며칠 간은 길을 내면서 가야 했으므로 아주 애를 먹었고 속도도 많이 느려졌다. 대개는 페로가 맨 앞에 서서 개들이 달리기 편하게 거미집 모양의 신발로 길을 다져 주었다. 프랑수아는 썰매 채를 잡고 방향을 이끌었는데, 가끔 페로와 교대하기는 했지만 자주는 아니었다. 페로는 길을 서두르고 있었다. 그는 얼음에 대한 자신의 지식을 자랑스러워했다. 그 지식은 반드시 알아야 하는 것이었다. 그도 그럴 것이 가을철 얼음은 살얼음이고 물살이 센 곳은 아예 얼지도 않았기 때문이다.

날이면 날마다 쉬지 않고 벅은 썰매를 끌었다. 언제나 날이 새기도 전에 야영지를 떠나 먼동이 터올 때면 벌써 수 마일씩 새로운 길을 닦아 놓곤 했다. 텐트를 치는 것은 반드시 해가 진 뒤였고, 제 몫의 생선을 먹고 나면 눈 속에 기어 들어가 잠을 잤다. 벅은 게걸스럽게 먹었다. 하루분 양식인 볕에 말린 연어 1파운드 반이 순식간에 없어지는 듯했다. 한번도 배불리 먹어 본 적이 없었고, 늘 배고픈 고통에 시달렸다. 그러나 다른 개들은 벅보다 체중이 가볍고 날 때부터 썰매 끌이 개로 태어나서 1파운드의 생선을 먹고도 건강 상태가 좋은 편이었다.

벅은 예전의 까다로운 식 습관을 재빨리 버렸다. 맛을 가리고 있노라면, 동료들이 제 것을 먹어 치우고는 그의 것을 뺏어 먹었다. 막을 도리가 없었다. 두세 마리를 상대로 실랑이를 벌이고 있으면 먹이는 다른 놈들의 목구멍으로 사라졌다. 이를 막으려면 빨리 먹을 수밖에 없었고, 배고픔을 이길 수 없을 땐 다른 개들의 몫까지 아무렇지 않게 가로채게 되었다. 벅은 다른 개들을 보고 배웠다. 새로운 개들 중 꾀병 잘 부리고 도둑질에 능한 파이크가 페로가 등을 돌린 사이 베이컨 한 조각을 슬쩍 훔치는 걸 보고서 벅도 다음 날 같은 수법으로 먹이를 통째로 갖고 달아났다. 큰 소동이 벌어졌지만 벅은 의심을 받지 않았고, 그 대신 실수 잘하고 늘 붙잡히기만 하는 덥이 벅의 못된 짓에 대한 벌을 받았다.

이 첫 도둑질은 벅이 끔찍한 북쪽 땅의 환경에서 살아남을 수 있는 적격자임을 입증했다. 그것은 벅의 적응성, 다시 말해 변화하는 환경에 적응하는 능력을 나타냈다. 그런 능력이 없다는 건 당장에 무참히 죽을 수 있다는 뜻이었다. 더 나아가 그것은 벅의 도덕성 —— 가차없는 생존 싸움에서는 무익한 허영이자 약점에 불과한 —— 이 약화되고 무너졌음을 나타냈다. 사랑과 우정의 법칙이 중시되는 남쪽 지방에서는 사유 재산이나 개인의 감정을 존중하는 것이 아주 좋은 일이었지만, 몽둥이와 엄니의 법칙이 지배하는 북쪽 지방에서는 그런 걸 생각하는 놈은 바보 멍청이였고, 그런 걸 지키려 들면 절대 살아남을 수 없었다.

벅은 이것을 논리로 안 것이 아니었다. 다만 적격자였기 때문에 무의식적으로 새로운 생활양식에 적응해 나갔다. 일생 동안 제아무리 승산이 없더라도 싸움을 피해 본 적이 없었다. 하지만 빨간 스웨터 사내의 몽둥이가 그에게 보다 중요하고 원시적인 생활 방식을 심어 주었다. 아직도 문명의 세계에 있었다면, 밀러 판사를 지키는 것과 같은 도덕적 문제를 위해 목숨을 바쳤을 것이다. 하지만 도덕 규범을 무시하고 벌을 피할 줄 아는 것으로 보아, 벅은 문명에서 완전히 벗어나 있었다. 그는 재미가 아니라 순전히 배가 고파서 남의 것을 훔쳤다. 몽둥이와 엄니가 무서워 공공연히 훔치지는 않고 교묘하게 슬쩍 훔쳤다. 한마디로 그가 한 짓들은 그렇게 하지 않는 것보다 하는 편이 더 나았기 때문이다.

벅의 진보(어쩌면 퇴보)는 실로 빨랐다. 근육은 쇠처럼 단단해졌고, 어지간한 고통에는 무뎌졌다. 외모뿐 아니라 속으로도 알차졌다. 아무리 역겹고 소화가 안 되는 음식이라도 가리지 않고 먹을 수 있었다. 일단 음식이 들어가면 위액이 양분이 될 만한 것을 모조리 흡수했다. 혈액이 그 양분을 몸 구석구석까지 운반하여 신체 조직을 가장 단단하고 튼튼하게 만들어 주었다. 시각과 후각이 놀랄 만큼 예민해졌고, 청각도 아주 날카로워져서 잠자는 동안에도 아주 작은 소리에 그것이 안심해도 좋은지 위험을 뜻하는지를 구별해 냈다. 발가락 사이에 얼음이 끼면 이빨로 깨무는 법도 알게 되었다. 목이 마른데 웅덩이에 얼음이 두껍게 얼어 있으면, 뒷발로 서서 딱딱한 앞발로 얼음을 깨뜨리기도 했다. 가장 두드러진 특징은 바람 냄새를 맡고 그날 밤 날씨를 예측하는 능력이었다. 벅이 나무나 둑 옆에 잠자리를 팔때는 바람이 없다가도 나중에 어김없이 바람이 불었고, 그때마다 녀석은 바람을 등지는 쪽에 아늑하게 잠들어 있었다.

벅은 경험으로 배울 뿐 아니라, 오랫동안 잠자고 있던 야성의 본능에 눈을 뜨기 시작했다. 인간 세상에서 대대로 길들여진 습성이 떨어져 나갔다. 그는 희미하게나마 저 먼 야성의 시절, 들개들이 무리를 지어 원시림을 돌아다니며 먹이를 잡아먹던 시절을 기억해 냈다. 물어뜯고, 베고, 늑대처럼 덥석 물어싸우는 법을 배우는 것은 일도 아니었다. 이런 식으로 옛 조상들은 싸웠던 것이다. 그들이 벅 속에 있던 야성을 일깨웠고, 조상 대대로 내려온 옛 기술들이 이제는 벅의 것이 되었다. 그 기술들은 늘 그에게 있었던 것처럼 별다른 노력 없이 찾아왔다. 고요하고 추운 밤에 벅이 별을 향해 늑대처럼 길게 울부짖는 모습은 이미 죽어 흙이 된 조상들이 몇 백 년을 거슬러 와서 그의 몸을 빌려 별을 향해 울부짖는

것이었다. 벽의 울부짖음은 조상들의 울부짖음이었
다. 그들의 슬픔과, 그들이 겪은 고요와 추위와 어
둠이 함께 실린 소리였다.

　그리하여 '삶이 참으로 꼭두각시다'라는 것을
증명이나 하듯, 옛 노래가 벽의 몸 속으로 흘러들었
고 벽은 다시 본래의 모습을 되찾았다. 벽이 이렇게
된 것은 사람들이 북쪽에서 황금을 발견했기 때문
이며, 매뉴얼이 자신의 봉급만으로는 아내와 자식
새끼 여럿을 부양할 수 없는 정원사 조수였기 때문
이다.

3. 야수성을 되찾은 벅

벅에게 잠재돼 있던 강한 야수성은, 썰매 끌이 생활의 험난한 여건 때문에 점점 더 강해졌다. 하지만 겉으로 드러나지는 않았다. 새롭게 익힌 노련함으로 벅은 침착성과 자제력을 얻었다. 새로운 생활에 적응하는 데 너무 바빠 마음 편히 쉴 수가 없어서 벅은 싸움을 걸지도 않았으며, 되도록 싸움을 피했다. 신중한 태도가 눈에 띄게 나타났다. 무분별한 행동과 성급한 짓을 하지 않았다. 스피츠와는 사이가 좋지 않았지만, 절대 성급하게 굴지 않았고 공격적인 행동도 일체 삼갔다.

반면에 스피츠는 벅이 위험한 적수임을 알아채고서 기회만 엿보이면 으르렁거렸다. 벅을 골려 주려고 일부러 자기 자리를 이탈하면서까지 어느 한쪽이 죽어야만 끝이 날 수 있는 싸움을 걸려고 끊임없이 애썼다. 예기치 않은 사건이 일어나지만 않았어도 여행 초기에 그런 사투가 벌어졌을 것이다. 그날 밤 그들은 래비지 호숫가에서 처량하고 비참한 야영을 했다. 눈보라와 살을 에는 칼날 같은 바람과 캄캄한 어둠 때문에 그들은 야영할 곳을 일일이 더듬어 찾아야 했다. 최악의 날이었다. 등뒤엔 깎아지른 암벽이 버티고 있었고, 페로와 프랑수아는 어쩔 수 없이 언 호수 위에 불을 지피고 침구를 펼 수밖에 없었다. 짐을 가볍게 하려고 다이에에 텐트를 버리고 온 것이다. 버려진 나뭇조각들을 주워 모아 불을 지폈지만, 그 불도 얼음이 녹으면서 꺼져 버렸고 어둠 속에서 저녁을 먹었다.

벅은 바람을 막아 주는 암벽 바로 밑에 잠자리를 마련했다. 그 자리가 너무 따뜻하고 아늑해서 프랑수아가 맨 처음 불에 데운 생선을 나누어 줄 때도 자리를 뜨기가 싫을 정도였다. 그런데 벅이 식사를 마치고 돌아와 보니, 다른 놈이 그 자리를 차지하고 있었다. 위협적인 으르렁거림으로 보아 그 침입자는 스피츠였다. 이제까지 벅은 스피츠와의 싸움을 피해 왔지만, 이번만큼은 참을 수가 없었다. 잠재되어 있던 야수성이 끓어올랐다. 벅은 스스로도 놀랄 만큼 무서운 기세로 스피츠에게 덤벼들었다. 스피츠는 더 놀랐는데, 그도 그럴 것이 이제까지 지켜본 바로는 적수인 벅이 유난히 겁쟁이며, 단지 무거운

체중과 큰 몸집 덕분에 간신히 썰매를 끄는 것이라
고만 생각했기 때문이다.

두 녀석이 짓뭉개진 잠자리에서 서로 뒤엉켜 튀
어나왔을 때 프랑수아도 깜짝 놀랐지만, 싸움의 원
인을 금새 알아챘다. "아-아-하!" 그가 벅에게 소
리쳤다. "그놈을 혼내, 기필코! 그 더러운 놈에게
본때를 보여 줘!"

스피츠도 질 수 없다는 태세였다. 녀석은 덤벼들
기회를 노리려고 이쪽저쪽으로 빙빙 돌면서 분노와
투지를 불태우며 짖어 댔다. 벅 역시 기회를 엿보려
고 이리저리 빙빙 돌면서 투혼을 불태우고 신중을
기했다. 바로 그때 뜻밖의 사건이 터졌다. 그 일로
인해 둘의 패권 다툼은 훨씬 뒤에, 썰매를 끌면서
힘들고 지친 수십 마일을 간 뒤에야 다시 시작된다.

페로의 욕지거리와 함께 어떤 놈의 뼈를 강타하
는 몽둥이 소리가 들렸고, 뒤이어 날카로운 캥 소리
가 들렸다. 그것은 대혼란을 예고하는 신호탄이었
다. 야영지는 갑자기 살금살금 다가오는 털 짐승들
로 우글거렸다. 팔십 마리에서 백 마리쯤 되는 굶주
린 허스키들이 인디언 마을에서 냄새를 맡고 온 것

이었다. 녀석들은 벅과 스피츠가 싸우고 있는 사이 슬그머니 접근했는데, 두 사나이가 굵은 몽둥이를 휘두르자 으르렁대며 맞서 싸웠다. 그 개들은 음식 냄새를 맡고 미쳐 날뛰었다. 페로는 식량 상자에 머리를 처박고 있는 놈을 발견했다. 몽둥이로 놈의 앙상한 갈비뼈를 내리치자 식량 상자가 땅바닥에 뒤집혔다. 바로 그 순간 스무 마리 가량의 굶주린 개들이 빵과 베이컨을 먹으려고 앞다투어 달려들었다. 몽둥이를 아무리 맞아도 녀석들은 아랑곳하지 않았다. 빗발치는 몽둥이 세례에 깨갱거리고 울부짖으면서도, 마지막 한 조각을 먹어 치울 때까지 미친 듯이 달려들었다.

한편 깜짝 놀란 썰매 끌이 개들은 잠자리에서 벌떡 일어나 뛰쳐나갔지만 사나운 침입자들이 먼저 공격을 했다. 벅은 지금까지 그런 개들을 본 적이 없었다. 뼈가 가죽 밖으로 금방이라도 튀어나올 것만 같았다. 이글거리는 눈과, 침이 질질 흐르는 이빨에다, 더러운 가죽을 뒤집어쓴 해골 같은 형상이었다. 그러나 굶주림에서 비롯된 광기에 그들은 무시무시하고 물리칠 수 없는 상태가 되어 있었다. 그들을 상대하기란 불가능했다. 썰매 끌이 개들은 첫 공격을 받고서 벼랑 끝까지 밀렸다. 벅은 세 마리의 허스키들의 습격을 받고서 순식간에 머리와 양어깨가 찢어지고 깊이 베였다. 소름끼치는 소동이었다. 빌리는 평소처럼 울고 있었다. 데이브와 솔렉스는 수십 군데 부상을 입어 피를 흘리면서도 용감하게 싸우고 있었다. 조는 악에 받쳐 적을 물어뜯고 있었다. 한번은 허스키의 앞발을 뼈가 드러날 정도로 물어뜯었다. 꾀병쟁이 파이크는 절름발이 개에게 덤벼들어 목덜미를 콱 물고 비틀어서 목을 부러뜨렸다. 벅은 입에 거품을 물고 달려드는 상대의 목을 물었는데, 급소를 물어뜯었을 때 피가 솟구쳤다. 입안에서 느껴지는 따뜻한 피 맛이 벅을 더욱 사납게 몰아쳤다. 그는 다른 개에게 덤벼들었고, 그와 동시에 자기의 목을 물어뜯겼다. 기가 막히게도 스피츠가 옆에서 공격을 해 온 것이다.

페로와 프랑수아가 자신들을 공격하던 개들을 쫓아내고서 썰매 끌이 개들을 구하러 달려왔다. 그들이 다가서자 굶주린 개들의 사나운 물결이 뒤로 물러섰고, 벅은 적의 공격에서 벗어났다. 하지만 그

것도 잠시였다. 두 사람은 식량을 구하러 돌아가야
만 했고, 그들이 떠나자마자 허스키들이 다시 떼지
어 달려들기 시작했다. 겁에 질렸다가 용감해진 빌
리는 광포한 개들의 포위를 뚫고 얼음 위로 도망쳤
다. 파이크와 데이브가 그 뒤를 따랐고, 나머지 썰
매 끌이 개들도 뒤를 따랐다. 벅도 막 뒤쫓아가려고
했을 때 스피츠가 자신을 쓰러뜨릴 속셈으로 달려
오는 것을 보았다. 넘어져서 허스키들의 무리에 깔
리는 날엔 모든 게 끝장이었다. 하지만 벅은 스피츠
의 공격에 대한 충격에도 마음을 다잡고서 호수 위
로 달아나는 무리에 합류했다.

나중에 아홉 마리의 썰매 끌이 개들은 함께 모여
숲 속에 피난처를 찾았다. 더 이상 쫓기지는 않았지
만, 그들의 몰골은 딱하게도 형편없었다. 네댓 군데
다치지 않은 개가 한 마리도 없었고, 몇 마리는 중
상이었다. 덥은 뒷다리를 몹시 다쳤고, 다이에에서
맨 나중에 합류한 허스키 돌리는 목을 심하게 물렸
다. 조는 한쪽 눈을 잃었고, 마음 좋은 빌리는 한쪽
귀를 갈기갈기 찢겨 밤새도록 울부짖고 낑낑거렸
다. 새벽에 다리를 절뚝거리며 조심스레 야영지로

돌아가 보니 약탈자들은 사라지고 두 인간은 화가
나 있었다. 식량이 반이나 없어진 것이다. 썰매를
묶는 가죽 끈도 썰매 덮개도 뜯겨져 있었다. 사실,
침입자들은 도저히 먹을 수 없을 것들까지 죄다 먹
어 치웠다. 그놈들은 페로의 무스〔말코손바닥사슴.
수컷의 거대한 뿔이 가지를 쳐서 마치 손바닥 모양을
하고 있다〕가죽으로 만든 모카신〔북아메리카 인디
언의 가죽신. 신바닥이 발등을 덮는 가죽 조각과 주름
잡힌 솔기로 연결되어 있다〕한 켤레와 가죽 끈 여러
덩어리를 먹어 치운 것도 모자라, 프랑수아의 채찍
마저도 2피트나 먹어 버렸다. 프랑수아는 침울하게
채찍을 바라보다가 부상당한 개들을 둘러보았다.

"오, 녀석들." 그는 부드럽게 말했다. "그렇게들
많이 물렸으니 미쳐 버리겠지. 정말로 미쳐 버릴거
야. 빌어먹을! 안 그래, 페로?"

그 우편 배달부는 믿기지 않는다는 듯 고개를 저
었다. 도슨까지는 아직 400마일이나 남았는데, 지
금 개들이 미치면 큰일이었다. 두 시간 동안 욕을
해 대며 겨우겨우 마구를 채운 끝에 부상으로 몸이
뻣뻣해진 개들을 출발시켰다. 그들은 이제까지 온

길 중에서 가장 힘든 길을 고통스럽게 나아갔다. 도
슨까지 가는 길에서 그때가 가장 힘들었다.

서티마일 강은 넓게 트여 있었다. 물살이 빨라서
강물이 잘 얼지 않았고, 그나마 얼음이 단단한 곳은
소용돌이치는 곳과 물살이 약한 곳뿐이었다. 이 무
시무시한 30마일을 건너는 데 꼬박 엿새 동안 죽을
힘을 다해야 했다. 정말로 끔찍했다. 한 발짝 내딛
는 것이 개들이나 인간들에게 목숨을 위협하는 일
이었기 때문이다. 앞장을 선 페로는 얼음 다리를 건
너다가 열두 번이나 물에 빠졌는데, 들고 있던 장대
덕분에 목숨을 건지곤 했다. 물에 빠질 때마다 손에
꼭 쥔 장대가 얼음 구멍 위로 걸쳐져서 목숨을 건진
것이었다. 하지만 화씨 -50도〔섭씨로는 대략 영하
45.5도〕에 달하는 한파 때문에 강물에 빠질 때마다
몸을 데우기 위해 불을 피우고 옷을 말려야만 했다.

페로는 어떤 일에도 굴하지 않았다. 절대 굴하지
않는 성격 때문에 정부의 우편 배달부로 뽑힌 것이
었다. 그는 그 작고 쭈글쭈글한 얼굴을 찬 서릿발에
단호하게 내밀고서 어스레한 새벽부터 밤까지 계속
길을 가면서 온갖 위험을 무릅썼다. 그는 밟기만 해

도 금이 가서 감히 발을 내디딜 수 없는, 얼음이 얇게 긴 강 가장자리는 피해 다녔다. 한번은 데이브와 벅이 썰매와 함께 물에 빠졌는데, 끌어올려졌을 때 두 녀석은 꽁꽁 얼어서 거의 죽을 지경이었다. 녀석들을 구하려면 불을 피워야 했다. 개들의 몸이 얼음범벅이어서, 두 사람은 개들이 땀을 흘려 얼음을 녹일 수 있도록 모닥불 주위를 달리게 했는데, 너무 가까이 가서 불에 데일 뻔했다.

또 한번은 스피츠가 빠졌다. 이때는 벅 앞에 있던 모든 개들이 스피츠에게 끌려갔다. 벅은 미끄러운 가장자리에 앞발을 놓고서 있는 힘껏 그들을 뒤로 끌었다. 그 근처의 얼음이 흔들리면서 우지직 갈라졌다. 하지만 벅 뒤에 선 데이브가 있는 힘껏 줄을 당겼고, 썰매 뒤에선 프랑수아가 힘줄이 끊어질 정도로 줄을 잡아당겼다.

또다시 강의 가장자리 안쪽의 얼음이 깨지자, 이제는 절벽을 타는 도리밖에 없었다. 페로는 기적적으로 절벽을 올랐고, 그동안 프랑수아는 페로가 무사히 오르기만을 기도했다. 페로는 모든 가죽 끈과 썰매 줄과 남아 있는 마구를 긴 밧줄로 한데 꿰어 개들부터 한 놈씩 절벽 위로 끌어올렸다. 썰매와 짐을 올리고 마지막으로 프랑수아가 올랐다. 그런 다음 내려갈 장소를 물색했고, 내려갈 때도 그 밧줄을 타고 내려갔다. 다시 강 위에 내려섰을 땐 이미 밤이었고, 그날의 이동 거리는 고작 1/4마일이었다.

얼음이 단단한 후타린카에 이르렀을 무렵 벅은 녹초가 되었다. 다른 개들도 마찬가지였다. 하지만 페로는 낭비한 시간을 메우기 위해 아침 일찍부터 밤늦게까지 개들을 몰아부쳤다. 첫날은 빅새먼까지 45마일을 갔고, 이튿날은 리틀새먼까지 35마일을 달렸다. 사흘째는 40마일을 강행군하여 파이브핑거즈 근방까지 갔다.

벅의 발은 허스키들만큼 단단하지 못했다. 그의 발은 마지막 야생의 조상이 동굴이나 강에 사는 원시인에게 길들여진 후 여러 세대를 거치면서 부드러워졌다. 벅은 하루종일 고통스러워하며 절뚝거렸고, 밤이 되면 죽은 듯이 드러누웠다. 배가 고파도 먹이를 받으러 갈 힘이 없어서 프랑수아가 갖다 주어야만 했다. 프랑수아는 매일밤 저녁 식사가 끝나면 30분 동안 벅의 발을 주물러 주었고, 벅을 위해 자신의 모카신 목 부위를 잘라서 신을 만들어 주었다. 신을 신고부터는 다니기가 훨씬 수월했다. 한번은 프랑수아가 신을 신겨 주는 것을 잊자 벅은 벌렁 드러누워 애원하듯이 네 발을 허공에 대고 흔들며 신이 없으면 꼼짝하지 않겠다는 뜻을 보였다. 그 모습에 늘 인상만 쓰던 페로도 싱긋이 웃고 말았다. 이후 벅의 발은 단단해졌고 신발은 더 이상 쓸모없어졌다.

어느 날 아침 펠리에서 두 사람이 개들에게 마구를 채우고 있는데, 이제까지 얌전하게만 있던 돌리가 갑자기 미쳐 버렸다. 녀석은 다른 개들이 너무 놀라 털이 쭈뼛 설 만큼 비통한 긴 늑대 울음을 내지른 후, 곧바로 벅에게 달려들었다. 벅은 미친개를 본 적이 없었고, 그래서 미친개를 무서워할 이유가 없었다. 그러나 사태의 끔찍함을 직감하고서 허겁지겁 도망쳤다. 쏜살같이 도망을 치는데, 돌리가 거품을 물고 숨을 헐떡거리며 바로 뒤에서 쫓아왔다. 벅이 워낙 겁을 집어먹고 도망을 쳐서 돌리는 벅을 따라잡지 못했고, 벅은 벅대로 돌리가 완전히 미쳐서 녀석을 따돌리지 못했다. 벅은 그 섬의 숲 속을 지나 아래쪽 끝까지 내달렸고, 울퉁불퉁한 얼음으로 가득 찬 후미진 강바닥을 건너 다른 섬에 이르렀다. 다음에는 세 번째 섬으로 건너가 강의 본줄기로 방향을 돌려서 필사적으로 강을 건너기 시작했다. 뒤돌아보지는 않았지만 돌리가 바로 뒤에서 으르렁대며 쫓아오는 소리가 계속 들렸다. 프랑수아가 1/4마일 떨어진 데서 그를 부르는 소리가 들려 속력을 배로 올렸지만, 돌리는 여전히 그의 뒤를 바짝 쫓았다. 벅은 고통스럽게 숨을 헐떡거리면서 프랑수아가 자신을 구해 주리라 굳게 믿었다. 프랑수아는 한쪽 손에 도끼를 들고 있었는데, 벅이 자기 옆을 쏜살같이 지나쳤을 때 미친 돌리의 머리 위에 도끼를 내리찍었다.

벅은 비틀거리며 썰매에 기댔고, 숨을 헐떡거리며 녹초가 돼 쓰러졌다. 스피츠에게는 절호의 기회였다. 녀석은 벅에게 달려들어 저항도 못하는 적을 두 번이나 뼈가 드러날 정도로 물어뜯었다. 그때 프랑수아가 매를 날렸다. 벅은 스피츠가 이제까지 보지 못한 가장 심한 매질을 당하는 꼴을 보면서 만족스러워했다.

"악마야, 저놈의 스피츠는." 페로가 말했다. "언젠가는 벅을 죽이고 말거야."

"벅은 악마가 두 마리나 들었어." 프랑수아가 대꾸했다. "늘 벅을 봐 와서 잘 알아. 두고봐. 언젠가 날이 풀리면 저놈은 미친 듯이 스피츠를 갈가리 물어뜯어 눈 위에 팽개칠 거야. 두고봐."

그 후 둘 사이에는 싸움이 끊이질 않았다. 길잡이 개이자 팀이 인정하는 우두머리인 스피츠는 이 이상한 남쪽 지방의 개에게 패권의 위협을 느꼈다. 사실 스피츠에겐 벅이 참 이상한 놈이었다. 남쪽 지방의 개들을 여럿 보았지만, 야영 생활이나 썰매 끌기를 제대로 해내는 놈은 한 놈도 없었다. 하나같이 너무 약해서 힘든 일과 혹독한 추위와 굶주림에 죽기 일쑤였다. 하지만 벅은 달랐다. 벅은 잘 견디고 잘 자랐으며, 힘이나 야수성이나 노련함이 허스키들 못지 않았다. 게다가 벅에게는 지배자다운 기질이 있었다. 그런 지배욕에도 불구하고 벅이 가만히 있는 것은 빨간 스웨터 사내의 몽둥이가 무분별한 용기와 성급한 행동을 하지 못하게 가르쳤기 때문이었다. 벅은 어떤 놈들보다 영특했고, 타고난 인내력으로 때를 기다릴 줄 알았다.

주도권을 차지하는 싸움은 불가피했다. 벅은 그 싸움을 원했다. 그것이 그의 본성이었고, 또한 그는 썰매 끌이 개로서의 뭐라 말할 수도, 이해할 수도 없는 자부심에 단단히 사로잡혀 있었다. 마지막 숨을 거둘 때까지 개들을 일하게 만들고, 마구에 매여서라면 달게 죽음을 받아들이고, 마구를 벗게 되면 비탄에 빠지는 그런 자부심에. 이것은 썰매 끌이 개로서의 데이브의 자부심이자 전력을 다해 썰매를 끄는 솔렉스의 자부심이기도 했다. 또한 야영지를 출발할 때마다 개들을 사로잡아, 뚱하고 음울한 짐승에서 부지런하고 열성적이며 의욕적인 썰매 끌이 개로 바꾸어 놓는 자부심이면서, 하루종일 그들을 질주시켰다가 캠프를 치는 밤이면 사라져서 그들을 침울한 불안과 불만에 빠뜨리는 자부심이었다. 이러한 자부심이 스피츠를 견디게 해 주고, 실수를 하거나 게으름을 피우거나 아침에 마구를 채울 때 달아나는 개들을 혼낼 수 있게 해 주었다. 바로 이 자부심 때문에 스피츠는 벅에게 길잡이 개의 지위를 빼앗길까 두려워했다. 이것은 또한 벅의 자부심이

기도 했다.

　벅은 공공연히 스피츠의 주도권을 위협했다. 스피츠가 게으름 피우는 개를 혼내 주려고 하면 끼어들었다. 벅은 고의적으로 그런 행동을 취했다. 어느 날 밤 큰 눈이 내렸는데, 아침에 꾀병쟁이 파이크가 나타나지 않았다. 파이크는 1피트 아래 눈 속에 꼭 숨어 있었다. 프랑수아가 녀석을 부르고 찾아도 헛일이었다. 스피츠는 몹시 화가 나서 날뛰었다. 수상쩍은 곳마다 냄새를 맡고 파헤치면서 야영지를 미친 듯이 헤집고 무섭게 으르렁댔는데, 그 소리에 눈 속에 숨어 있던 파이크는 벌벌 떨었다.

　마침내 파이크가 발견되었을 때 스피츠는 녀석을 혼내 주려고 덤벼들었다. 그런데 벅이 그에 못지않게 잽싸게 끼어들었다. 전혀 예상 밖의 일인 데다 워낙 잽싼 행동이었기 때문에 스피츠는 뒤로 벌렁 나자빠졌다. 기가 죽어 떨고 있던 파이크는 이 공공연한 반격에 용기를 얻어 나둥그러진 대장에게 덤벼들었다. 신사적인 싸움의 규칙을 잊은 지 오래된 벅도 같이 덤벼들었다. 그러나 프랑수아는 이 광경을 보고 킬킬 웃으면서도 공정하고 엄격한 법 집행을 위해서 있는 힘껏 벅에게 채찍을 날렸다. 그런데도 벅이 쓰러진 적에게서 물러서지 않자, 이번에는 더욱 세게 채찍을 날렸다. 이 타격에 정신이 아찔해진 벅은 뒤로 나가떨어져 계속해서 매를 맞았고, 그 사이 스피츠는 몇 번이나 규율을 어긴 파이크를 호되게 혼내 주었다.

도슨에 가까워지는 그 뒤 며칠 동안 벅은 스피츠와 규율을 어기는 개들 사이에 계속 끼어들었다. 하지만 영악하게도 프랑수아가 없을 때만 그렇게 했다. 벅의 은밀한 반란에 다른 개들도 영향을 받으면서 스피츠에게 반항하기 시작했다. 데이브와 솔렉스는 영향을 받지 않았지만, 다른 개들은 점점 더 말을 듣지 않았다. 일이 제대로 될 리 만무했다. 말다툼과 싸움이 끊이질 않았다. 늘 골칫거리가 생겼고, 그 배후엔 벅이 있었다. 프랑수아는 벅 때문에 한시도 감시를 늦출 수 없었다. 그것은 조만간 두 녀석 사이에 목숨을 건 싸움이 벌어지리라는 염려 때문이었다. 다른 개들이 다투는 소리만 들려도 벅과 스피츠가 싸우는 게 아닌가 싶어 자다 말고 뛰쳐나오는 일이 한두 번이 아니었다.

하지만 기회는 오지 않았고, 그들은 결전의 날을 남겨 놓은 채 어느 쓸쓸한 오후 도슨에 도착했다. 도슨에는 사람도 많고 개도 셀 수 없이 많았는데, 개들은 저마다 일을 하고 있었다. 개란 족속은 모름지기 일을 해야 할 운명을 타고난 것처럼. 개들은 온종일 썰매 부대를 이끌고 한길을 왔다 갔다 했고, 밤에도 여전히 방울 소리를 딸랑거리며 지나다녔다. 개들은 오두막용 통나무와 장작을 싣고서 광산까지 운반했고, 산타클라라 밸리에선 말들이 하던 온갖 노역을 그들이 대신했다. 여기저기서 남쪽 지방의 개들과 마주치긴 했지만, 대개는 사나운 늑대 같은 허스키들이었다. 그들은 매일 밤 일정하게 9시, 12시, 3시면 섬뜩하고 기괴한 밤 노래를 불렀는데, 벅도 그 대열에 기꺼이 합류했다.

북극의 오로라가 머리 위로 차갑게 타오르거나 별들이 추운 하늘에서 춤을 출 때, 그리고 대지가 하얀 눈의 음침한 장막에 덮여 꽁꽁 얼어 있을 때, 허스키들이 불렀던 이 노래는 삶에 대한 도전이었는지도 모른다. 하지만 그 노래는 길게 꼬리를 끄는 울부짖음과 흐느낌이 섞인 단조의 가락이었는데,

도전이라기보다 삶에 대한 탄원이자 생존의 고달픔
을 말하는 것이었다. 그것은 태곳적부터 내려온 옛
노래— 노래로 슬픔을 표현했던 원시 시대의 최초의
노래 중 하나— 였다. 그 노래 속에는 무수한 조상
들의 슬픔이 깃들여 있었고, 그 슬픔은 이상하게 벅
을 흥분시켰다. 벅이 울부짖고 흐느낄 때, 그것은
그의 야생의 조상들이 겪은 삶의 고통과 같은 고통
에서 나오는 소리였으며, 야생의 조상들이 느낀 추
위와 어둠에 대한 공포와 신비에서 나오는 소리였
다. 또한 벅이 밤 노래에 흥분하는 것은 그가 벽난
로와 지붕이 있는 문명의 품을 떠나 거침없이 울부
짖는 태곳적의 야생의 개로 완전히 되돌아갔음을
의미했다.

도슨에서 이레를 머문 후 그들은 배럭스의 가파
른 비탈을 내려가 유콘 강 행로를 따라 다이에와 솔
트워터로 향했다. 페로는 도슨에 배달한 것보다 더
급한 공문서를 배달 중이었다. 또한 그는 장거리 여
행에 대한 자부심이 대단했고 그해의 최고 여행 기
록을 수립할 작정이었다. 이번에는 몇 가지 유리한
점들이 있었다. 일주일 간의 휴식으로 개들이 원기

를 회복하고 건강 상태가 완벽했다. 그리고 그들이 도슨으로 오면서 낸 길이 나중에 온 여행자들에 의해 단단하게 다져져 있었다. 게다가 경찰에서 개와 사람을 위해 식량 저장소를 두세 군데 설치해 주어서 짐을 덜 수 있게 되었다.

첫날은 50마일을 달려 식스티마일즈에 이르렀다. 이튿날은 열심히 달려 펠리로 가는 길목인 유콘 강까지 갔다. 그러나 이런 좋은 성적을 거둔 데는 프랑수아의 엄청난 노고와 마음고생이 따랐다. 벅이 주도한 엉큼한 반역으로 팀의 단결이 깨진 것이다. 대열을 이탈하는 개가 한두 마리가 아니었다. 벅의 부추김으로 개들은 온갖 짓궂은 짓들을 저질렀다. 스피츠는 더 이상 두려운 대장이 아니었다. 이제까지의 두려움은 사라지고 모두들 그의 권위에 도전할 정도가 되었다. 어느 날 밤 파이크가 스피츠의 고기를 반이나 빼앗아 벅의 호위 아래 그것을 꿀꺽 삼켰다. 또 한번은 덥과 조가 스피츠에게 대들었는데, 마땅히 받아야 할 벌을 교묘히 피했다. 마음 착한 빌리마저 성질이 사나워졌고 옛날처럼 동정을 구하듯 애처롭게 울지 않았다. 벅은 스피츠에게 접근할 때마다 으르렁대면서 털을 곤두세웠다. 사실 벅은 거의 싸움 대장처럼 행동했고, 스피츠의 코앞을 으스대며 지나다니길 좋아했다.

규율이 무너지자 개들 사이에도 문제가 생기기 시작했다. 개들끼리의 싸움이 전보다 빈번해졌고, 어떤 때는 야영지가 개 짖는 소리로 아수라장이 되기도 했다. 데이브와 솔렉스만이 끝도 없는 다툼에 짜증을 내면서도 한결같았다. 프랑수아는 혼을 내주겠다며 별의별 심한 욕을 퍼부었고, 화가 나서 괜스레 눈을 쾅쾅 짓밟고 머리카락도 쥐어뜯었다. 개들에게 쉴 새 없이 채찍을 날려 보아도 별 소용이 없었다. 프랑수아가 돌아서기가 무섭게 개들은 다시 싸우기 시작했다. 그가 채찍으로 스피츠를 응원하면, 벅은 반대로 다른 동료들을 편들었다. 프랑수아는 이 모든 말썽의 배후에 벅이 있다는 것을 알고 있었고, 벅도 그가 알고 있다는 것을 알았다. 하지만 벅은 워낙 영리해서 꼬투리 잡히는 일을 절대 하지 않았다. 벅은 썰매 끄는 일을 충실히 수행했는데, 그것은 그 일이 즐거웠기 때문이다. 하지만 두 사람의 눈을 피해 동료들 간에 싸움을 부채질하고 썰매 줄을 엉키게 만드는 일이 훨씬 더 재미있었다.

어느 날 밤 탈키트나 강어귀에서 저녁 식사 후에 벅이 눈덧신토끼〔겨울에는 온몸이 하얗지만, 여름에는 발만 하얗고 나머지는 다색이어서 눈 신발을 신은 것처럼 보이는 토끼〕를 발견했는데 우물쭈물하다 놓치고 말았다. 순식간에 개들이 일제히 짖기 시작했다. 백 야드쯤 떨어진 곳에 서북 지구 경찰의 임시 주둔지가 있었는데, 그곳에 있는 50마리의 허스키들도 추적에 가세했다. 토끼는 강으로 급히 내려가서 작은 시내로 방향을 틀어 꽁꽁 언 강바닥을 따라 계속 달렸다. 토끼는 눈 위를 경쾌하게 달리는 반면 개들은 온힘을 다해 눈을 헤치며 나아갔다. 벅은 60마리나 되는 개들의 선두에 서서 이쪽저쪽으로 계속 쫓았지만 따라잡지를 못했다. 벅은 아주 낑낑대며 자세를 낮춰 달렸는데, 멋진 몸매가 앞으로 도약할 때마다 파리한 달빛에 비쳤다. 마찬가지로 토끼도 깡충깡충 뛸 때마다 창백한 유령처럼 번뜩였다.

사람들을 주기적으로 소란한 도심에서 벗어나 숲과 들에 나가 총알로 사냥감들을 쏘아 죽이고 싶게 하는 저 꿈틀대는 오랜 본능, 피를 보고 싶은 욕구, 살생에 대한 기쁨, 이 모든 것이 벅의 욕망이었지만, 그의 욕망은 인간들보다 훨씬 더 본질적이었다. 그는 개들의 선두에 서서 살아 있는 야생의 먹이를 쫓아 이빨로 물어뜯고 그 따뜻한 피로 주둥이를 적시고 싶었다.

삶의 극치를 이루는, 혹은 삶의 극치를 넘어선 황홀경이 있다. 이런 황홀경이 가장 살아 있을 때, 그리고 살아 있다는 사실마저 완전히 망각했을 때 찾아온다는 것은 분명 삶의 모순이다. 이 황홀경, 곧 살아 있음에 대한 망각은 창작열에 사로잡혀 그 불길에 자신을 잊어버리는 예술가에게 찾아오며, 공포에 휩싸인 전장에서 미쳐 날뛰며 항복을 거부하는 군인에게 찾아온다. 그런 황홀경이 개들의 선두에 서서 태곳적의 늑대 울음소리를 내며 달빛 사이로 눈앞에서 잽싸게 도망치는 먹이를 필사적으로 쫓고 있는 벅에게 찾아왔다. 벅은 그의 가장 깊은 본성, 시간의 태동기로 거슬러 올라가 자신도 알지 못하는 저 먼 옛날의 본성에서 울부짖고 있었다. 삶에 대한 지극한 격동, 출렁이는 본성의 요동, 각각의 근육과 관절과 힘줄의 완벽한 환희가 벅을 사로

잡았다. 모든 것이 살아 있었다. 모든 것이 저마다 들썩거리고 별빛 아래 움직이지 않는 죽은 대지 위를 기뻐 날뛰면서 달아오르고 요동쳤다.

그러나 스피츠는 극도로 흥분한 상태에서도 냉정하게 계산을 하여 무리를 떠나 강이 크게 구부러지는 좁은 길목을 가로질렀다. 벅은 스피츠의 행동을 눈치채지 못했다. 벅은 하얀 유령 같은 토끼를 여전히 눈앞에서 쫓으며 그 긴 굽이를 둘러서 갔는데, 쑥 튀어나온 둑 위에서 더 큰 하얀 물체가 튀어나와 앞선 토끼를 덮치는 것을 보았다. 스피츠였다. 토끼는 진로를 바꿀 수가 없었고, 스피츠의 하얀 이빨이 공중에서 등을 물어뜯자 총에 맞은 사람처럼 날카로운 비명을 질렀다. 이 소리, '죽음'의 손아귀에서 마지막 '생명'의 절규를 내질렀다가 잠겨드는 '생명'의 외침을 들었을 때, 벅을 따르던 모든 개들이 무시무시한 환희의 함성을 내질렀다.

벅은 소리 지르지 않았다. 그는 자신을 억누르지 않고 곧바로 스피츠에게 달려들었는데, 어깨와 어깨가 너무 심하게 부딪쳐서 스피츠의 목을 놓치고 말았다. 그 둘은 눈가루를 날리며 엎치락뒤치락 뒹

굴었다. 스피츠는 뒹군 적도 없다는 듯 벌떡 일어나 벽의 어깨를 덥석 물고는 뒤로 휙 물러섰다. 얄팍한 입술을 위로 일그러뜨려 으르렁대면서 적당한 자리로 물러섰을 때, 강철 덫이 맞물릴 때처럼 이빨을 두 번 딱딱거렸다.

순간 벽은 알았다. 드디어 때가 온 것이다. 목숨을 걸어야 할 때가. 벽과 스피츠는 귀를 뒤로 착 붙인 채 으르렁대고 열심히 기회를 노리면서 빙글빙글 돌았다. 벽은 그 광경이 친숙하게 느껴졌다. 하얀 숲, 땅, 달빛, 그리고 싸움의 전율이 전부터 익히 알고 있었던 것만 같았다. 무시무시한 정적이 고요한 순백의 세계를 뒤덮었다. 희미한 바람 소리조차 들리지 않았다. 아무것도 움직이지 않았고 나뭇잎 하나 떨리지 않았다. 들리는 것이라곤 추위 속에서 천천히 들이쉬고 내쉬는 개들의 숨소리뿐이었다. 개들은 토끼를 삽시간에 먹어치웠는데, 길들여지지 않은 늑대와도 같았다. 이제 그들은 싸움의 결과를 기대하며 벽과 스피츠를 빙 둘러쌌다. 그들은 눈만 번득인 채 침묵을 지키며 천천히 숨결을 높였다. 벽에게는 이 광경이 오래 전부터 봐 왔던 것처럼 새롭

지도 이상하지도 않았다. 늘 있어 왔던, 익숙한 삶의 모습 같았다.

스피츠는 노련한 싸움꾼이었다. 스피츠베르겐에서 북극을 거쳐 캐나다와 파인배런스에 이르기까지 스피츠는 온갖 종류의 개들과 접촉하면서 어떤 개든지 제 앞에 무릎을 꿇게 했다. 스피츠는 몹시 화를 내면서도 무분별하게 설치지 않았다. 상대를 찢어 죽이겠다는 격앙된 순간에도, 상대 역시 같은 생각을 하고 있으리란 사실을 잊지 않았다. 적의 돌격을 받아칠 준비를 할 때까지는 절대 먼저 덤비지 않았고, 상대의 공격을 받아치고 나서야 공격을 가했다.

벅은 이 크고 흰 개의 목을 물려고 했지만 헛일이었다. 엄니로 상대의 부드러운 살을 물려고 할 때마다 스피츠의 엄니가 반격을 가했다. 엄니와 엄니가 심하게 부딪치자 입술이 터지고 피가 흘렀지만, 벅은 상대의 방어를 뚫을 수가 없었다. 벅은 흥분하여 회오리바람처럼 스피츠를 에워싸면서 돌진했다. 몇 번이고 상대의 생명이 끓고 있는 하얀 목덜미를 노렸지만, 그때마다 스피츠는 벅을 확 물고는 물러섰다. 그래서 벅은 목을 물 듯이 덤비는 척하다가 갑자기 방향을 옆으로 비틀어 상태를 쓰러뜨리기 위해 망치처럼 어깨로 스피츠의 어깨를 덮치려고 했다. 그러나 이번에도 벅은 어깨를 물렸고, 스피츠는 가볍게 물러섰다.

스피츠는 상처 하나 없었지만 벅은 피를 뚝뚝 흘리며 몹시 헐떡거렸다. 싸움은 점점 필사적으로 변했다. 두 놈이 싸우는 동안 빙 둘러선 허스키들은 어느 하나가 쓰러지기만을 조용히 기다렸다. 벅이 몹시 헐떡거리자 이번에는 스피츠가 덤벼들었고, 녀석은 계속해서 벅을 휘청거리게 했다. 한번은 벅이 벌렁 나자빠지자 빙 둘러선 60마리의 개들이 일제히 다가오기 시작했다. 하지만 벅이 기운을 차리고 자세를 바로잡자 놈들은 다시 주저앉아 결과를 기다렸다.

벅에게는 위대해질 수 있는 한 가지 자질, 즉 상상력이 있었다. 벅은 본능으로 싸웠지만, 머리로도 싸울 수 있었다. 그는 오래된 수법인 어깨 치기를 쓰는 척하면서 마지막 순간에 몸을 숙여 스피츠에게 달려들었다. 벅의 이빨이 스피츠의 왼쪽 앞다리를 물었다. 우두둑 뼈가 부러지는 소리가 들렸고 스피츠는 세 발로 벅과 맞섰다. 벅은 세 차례나 상대를 넘어뜨리려고 하면서 예의 그 수법으로 상대의 오른쪽 앞다리마저 분질렀다. 스피츠는 고통스럽고 무력한 상황에서도 쓰러지지 않으려고 미친 듯이 버둥거렸다. 스피츠는 빙 둘러선 개들이 눈을 반짝이고, 혀를 축 늘어뜨리고, 하얀 입김을 내뿜으며 자신에게 몰려드는 것을 보았다. 그것은 일찍이 본 적 있는, 패한 자에게 접근하는 개들의 모습이었다. 다만 이번에는 그 자신이 패자였다.

스피츠에게는 희망이 없었다. 벅은 냉혹했다. 자비는 따뜻한 남쪽 지방에서나 통하는 얘기였다. 벅은 마지막 계략을 짰다. 원은 점점 더 좁아져서 허스키들의 숨소리가 바로 옆에서 들렸다. 벅은 스피츠의 맞은편과 양쪽에서 개들이 언제라도 덤벼들 태세로 반쯤 웅크린 채 자신을 주시하고 있는 것을 보았다. 한순간 모두가 얼어붙었다. 모든 동물이 돌덩이처럼 꼼짝도 하지 않았다. 오직 스피츠만이 이리저리 휘청거리면서 임박한 죽음을 위협으로 쫓아낼 듯이 무섭게 으르렁대며 몸을 부들부들 떨고 털

을 곤두세웠다. 그때 벅이 확 덤벼들었다가 물러섰
다. 하지만 다시 덤벼들어 마침내 어깨와 어깨가 정
면으로 부딪쳤다. 검은 원이 환한 달빛 아래 한 점
이 되자 스피츠의 모습이 사라졌다. 벅은 가만히 서
서 그 모습을 지켜보았다. 그것은 승리자, 살인을
하고 좋아하는 일인자로서의 야수의 모습이었다.

4. 새로운 일인자

"봐? 내가 뭐랬어? 벅은 악마가 두 마리나 들었다고 했지."

다음날 아침 스피츠는 보이지 않고 온몸이 상처투성이인 벅을 발견했을 때 프랑수아가 한 말이었다. 프랑수아는 벅을 불 가까이 끌고 가서 불빛에 상처를 비춰 보았다.

"스피츠 놈이 지독하게 싸웠는걸." 페로는 크게 찢어지고 벌어진 벅의 상처를 살펴보면서 말했다.

"벅은 곱절로 지독하게 싸웠을 거야." 프랑수아가 대꾸했다. "이젠 만사가 잘될 거야. 스피츠가 없으니 더 이상 말썽도 생기지 않을 테니까."

페로가 야영 장비를 꾸려 썰매에 싣는 동안 프랑수아는 개들의 마구를 채우기 시작했다. 벅은 이제까지 스피츠가 차지했던 선두 자리로 뚜벅뚜벅 걸어갔다. 그러나 벅을 보지 못한 프랑수아가 벅이 탐내는 그 자리에 솔렉스를 세웠다. 프랑수아의 판단으로는 남은 개들 중에서 솔렉스가 길잡이 개로서 가장 적당했다. 벅은 무지 화를 내며 솔렉스에게 덤벼들어 녀석을 쫓아내고 자기가 그 자리를 차지했다.

"어, 어?" 프랑수아는 허벅지를 기분 좋게 치면서 소리쳤다. "이놈 좀 보게. 이놈이 스피츠를 죽였군. 선두 자리를 차지하려고 말이지."

"저리 가, 이놈아!" 프랑수아가 소리쳤지만 벅은 꿈쩍도 하지 않았다.

프랑수아는 벅의 목덜미를 잡고서 녀석이 아무리 무섭게 으르렁거려도 끌어내고 그 자리에 솔렉스를 대신 세웠다. 늙은 솔렉스는 그 자리가 싫었고 벅이 무섭다는 것을 노골적으로 표시했다. 프랑수아는 요지부동이었다. 하지만 그가 돌아서자마자 벅이 다시 솔렉스를 쫓아냈고, 솔렉스는 군말 없이 물러났다.

프랑수아는 화를 냈다. "너, 이놈, 혼을 내 줄 테다!" 이렇게 소리치고서 그는 묵직한 몽둥이를 들고 돌아왔다.

순간 벅은 빨간 스웨터 사내가 생각나서 천천히 물러섰다. 솔렉스가 다시 선두 자리에 섰는데도 감히 덤비지 않았다. 다만 원통함과 분노로 으르렁대면서 몽둥이가 닿지 않는 범위에서만 빙빙 돌았다. 그렇게 돌면서도 프랑수아가 몽둥이를 날리면 잽싸게 피하기 위해 몽둥이를 주시했다. 몽둥이에 관한 한 벅은 도가 터 있었다.

프랑수아는 다시 작업에 들어갔고, 벅을 본래 자리인 데이브 앞에 세울 준비가 됐을 때 그를 불렀다. 벅은 두세 걸음 뒤로 물러섰다. 프랑수아가 쫓아가자 다시 물러섰다. 몇 번을 이러다가 프랑수아는 벅이 몽둥이에 맞는 걸 무서워한다고 생각하여 몽둥이를 버렸다. 하지만 벅은 공공연한 항의를 하고 있었다. 몽둥이를 피하려는 게 아니라 선두 자리를 원했던 것이다. 그 자리는 마땅히 그의 것이었다. 실력으로 그것을 쟁취했으므로 그보다 못한 자리는 성에 차지 않았다.

페로도 프랑수아를 거들었다. 둘이서 거의 반시간 넘게 벅을 쫓아다녔다. 몽둥이를 던지기도 했지만, 녀석은 잽싸게 피했다. 그들은 벅만이 아니라, 벅의 에미 에비, 먼 훗날 생길 벅의 자식새끼들, 심지어는 벅의 몸뚱이 털 하나하나, 혈관 속의 핏방울에 대해서까지 욕을 퍼부었다. 벅은 그 욕설에 으르렁거림으로 대꾸하며 여전히 붙잡히지 않았다. 벅은 달아나려고도 하지 않고 멀찌감치 야영지 주위를 빙빙 돌았다. 제 요구만 들어주면 돌아가서 말을 잘 듣겠다는 의사 표시를 분명하게 하고 있었다.

프랑수아는 주저앉아서 머리를 긁적거렸다. 페로는 시계를 보며 욕을 퍼부었다. 시간이 쏜살같이 흐르고 있었다. 예정대로라면 한 시간 전에 떠났어야 했다. 프랑수아는 다시 머리를 긁적였다. 그가 머리를 흔들며 페로에게 멋쩍게 웃어 보이자, 페로도 자기네가 졌다는 표시로 어깨를 으쓱해 보였다. 프랑수아는 솔렉스가 선 자리로 가서 벅을 불렀다. 벅은 개들이 흔히 지어보이는 웃음을 보이면서도 여전히 가까이 오지 않았다. 프랑수아는 솔렉스의 끈을 풀어 녀석을 원래 자리로 돌려보냈다. 이제 개들은 나란히 썰매에 매어지고 출발 준비가 갖춰졌다. 벅이 들어갈 곳은 선두 자리뿐이었다. 프랑수아는 다시 한 번 벅을 불렀다. 벅은 다시 웃기만 할 뿐 가까이 오지 않았다.

"몽둥이를 던져 버려." 페로가 명령하듯 말했다.

프랑수아가 시키는 대로 하자, 벅은 의기양양하

게 웃으면서 얼른 걸어와서 선두 자리로 빙 둘러 갔다. 벅의 마구가 채워지자마자 썰매가 움직이기 시작했고, 달리는 두 사내와 함께 썰매는 타키나 강 길로 달음박질쳤다.

프랑수아는 벅에게 악마가 두 마리나 들었다며 일찍부터 벅을 높이 평가하고 있었지만, 몇 시간도 되지 않아 그마저도 과소평가였음을 깨달았다. 벅은 길잡이 개의 역할을 단숨에 수행해 냈다. 판단과 빠른 사고와 민첩한 행동이 요구될 때, 벅은 프랑수아가 다시없다고 생각한 스피츠보다도 훨씬 더 잘해냈다.

벅의 우수성은 규율을 정해 동료들에게 지키게 하는 것이었다. 데이브와 솔렉스는 선두 자리가 바뀐 것에 전혀 개의치 않았다. 그런 것은 알 바가 아니었다. 그들이 할 일은 썰매를 끄는 것, 그것도 힘껏 끄는 데 있었다. 제 일에 방해를 받지 않는 한, 두 녀석은 무슨 일이 일어나든 상관이 없었다. 마음 좋은 빌리가 선두에 선다 해도 질서만 바로잡는다면 아무 상관없었다. 하지만 스피츠가 선두를 맡았던 후반기에 제멋대로 굴던 나머지 개들을 벅이 서서히 제구실을 하게 만드는 것을 보고 두 녀석도 상당히 놀랐다.

벅 바로 뒤에 선 파이크는 필요한 만큼이 아니면 가슴걸이에 더 이상의 힘을 싣지 않았는데, 빈둥거리지 말라는 벅의 눈총을 재차 받게 되자 그날 하루가 채 지나기도 전에 그 어느 때보다 열심히 썰매를 끌었다. 야영지에서의 첫날 밤, 성질이 까다로운 조가 호되게 벌을 받았다. 이것은 스피츠도 좀처럼 하지 못했던 일이었다. 벅은 육중한 체중으로 조를 간단하게 깔아뭉갠 후 녀석이 반항을 멈추고 낑낑대며 용서를 빌 때까지 혼을 내줬다.

팀의 사기가 곧 살아났다. 이전의 결속을 되찾아 개들은 다시 한 몸이 되어 썰매를 끌었다. 링크래피즈에서 두 마리의 순종 허스키 틱과 쿠너가 팀에 합류했다. 민첩하게 그들을 다루는 벅의 솜씨에 프랑수아도 경탄을 금치 못했다.

"내 생전 벅 같은 놈은 처음이야!" 프랑수아가 소리쳤다. "정말, 처음이야. 저놈은 분명 천 달러는 나갈 거야! 응? 안 그래, 페로?"

페로도 고개를 끄덕였다. 그는 이미 신기록을 세

왔고 나날이 기록을 좁히고 있었다. 길은 단단하게 다져서 있어서 다니기에 그만이었고, 새로 눈이 내려 애를 먹는 일도 일어나지 않았다. 날씨도 심하게 춥지 않았다. 화씨 −50도로 떨어진 기온은 여행 내내 그 기온을 유지했다. 두 사람은 교대로 썰매를 끌고 달렸고, 개들은 어쩌다 잠시 쉬는 것 빼고는 계속 달렸다.

서티마일 강은 얼음이 비교적 두껍게 얼어서 올때는 열흘이나 걸린 거리를 돌아갈 때는 단 하루 만에 건넜다. 래비지 호 기슭에서 화이트호스래피즈까지 60마일의 거리를 단숨에 달렸다. 마쉬, 타기쉬, 베넷(70마일에 걸친 호수)을 가로지를 때는 너무 빨리 달려 썰매를 타지 않는 사람은 썰매 줄에 매달려 가야 했다. 두 주가 되는 마지막 날 밤, 그들은 화이트패스를 넘어, 스캐그웨이와 선박의 불빛을 굽어보며 해안의 비탈길을 내려갔다.

그것은 기록적인 주행 거리였다. 그들은 14일 동안 하루 평균 40마일을 달린 것이다. 사흘 동안 페로와 프랑수아는 가슴을 펴고서 스캐그웨이 거리를 다니며 각종 술자리에 초청되었다. 개들은 개들대

로 몰려든 조련사들과 여행객들의 숭배의 대상이
되었다. 서너 명의 서부 악당이 이 도시를 털려고
나타났다가 허탕만 치고 만신창이가 되었을 뿐, 사
람들의 관심은 다른 우상들에게 쏠렸다. 이어 정부
에서 지시가 내려졌다. 프랑수아는 벅을 불러 두 팔
로 끌어안고서 울었다. 그것이 프랑수아와 페로와
의 마지막이었다. 다른 사람들처럼, 그 두 사람도
벅의 인생에서 영원히 사라졌다.

스코틀랜드 혼혈인이 벅과 동료들의 새 주인이
되었다. 이 사내는 다른 열둘의 썰매 부대와 함께
도슨으로 돌아가는 피곤한 여행을 시작했다. 이번
에는 가벼운 여행도, 기록을 세우는 여행도 아니었
고, 다만 무거운 짐을 끄는 중노동이 날마다 계속되
었다. 그도 그럴 것이 이 일은 북쪽 땅의 음지에서
금을 찾는 사람들에게 세상 소식을 전하는 우편 수
송이었기 때문이다.

벅은 그 일이 마음에 들지 않았지만, 데이브와
솔렉스를 본받아 일에 자부심을 느끼면서 잘 버티
어 냈다. 또한 동료들이 자부심을 느끼든 말든 각자
가 제 몫을 해내는지를 살폈다. 기계처럼 규칙적으

로 되풀이되는 단조로운 생활이 이어졌다. 그날이 그날 같았다. 매일 아침 일정한 시간에 요리사가 나와 불을 지피면 아침을 먹었다. 식사가 끝나면 몇 사람은 야영지를 치우고 몇 사람은 개들을 썰매에 묶고는, 동이 트려면 아직도 한 시간 정도 남은 어두운 새벽에 길을 나섰다. 밤에는 다시 야영 준비를 했다. 누구는 텐트를 치고, 누구는 잠자리에 쓸 장작과 소나무 가지를 꺾었고, 누구는 요리를 위해 물이나 얼음을 날랐다. 개들에게 먹이를 주는 사람도 있었다. 개들에겐 이때가 하루의 낙이었다. 생선을 먹고 나서 백여 마리나 되는 다른 개들과 한 시간 가량 어슬렁거리는 것은 그 다음으로 좋았다. 개들 중에는 사나운 싸움꾼도 몇 놈 있었는데, 벅이 그중 제일 사나운 놈과 세 번을 싸워 이겼다. 그 후 벅이 털을 곤두세우고 이를 드러내면 개들은 길을 비켜 주었다.

벅이 제일 좋아한 일은 모닥불 옆에 누워 뒷발을 오므리고 앞발은 쭉 뻗은 채 고개를 들어 눈을 깜박이며 꿈꾸듯이 모닥불을 쳐다보는 것이었다. 이따금씩 벅은 양지바른 산타클라라 밸리에 있는 밀러 판사의 커다란 저택이며, 시멘트로 된 물탱크며, 털이 없는 멕시코 산 이자벨과 일본 개 투츠를 생각하곤 했다. 하지만 그보다는 빨간 스웨터 사내와, 컬리의 죽음, 스피츠와의 대결투, 그리고 이제까지 먹었거나 앞으로 먹고 싶은 맛있는 것들에 대해 더 많이 생각했다. 벅은 향수병에 걸리지는 않았다. 양지바른 남쪽 지방은 너무나 멀고 희미했고, 그곳에서의 추억은 그에게 아무런 힘도 미치지 못했다. 벅을 더 강렬하게 사로잡는 건 실제로 본 적도 없는 것이 친숙하게 느껴지는 원시 조상에 대한 기억이었다. 그것은 세월이 흐르면서 퇴화됐지만 여전히 잠재돼 있고 나중에 다시 빠르게 되살아나는 본능이었다 (이 본능은 이제 버릇이 되어 버린 원시 조상에 대한 기억일 뿐이었다).

때때로 불 옆에 웅크리고 누워 눈을 깜박이며 꿈 꾸듯이 불길을 보고 있노라면 그 불길이 전혀 다른 곳의 불길로 보였고, 그 다른 불길 옆에 누워 있으면 눈앞의 혼혈 요리사는 전혀 다른 사람으로 변했다. 이 다른 사람은 요리사보다 다리가 더 짧고 팔은 더 길었으며, 근육은 포동포동하다기보다 힘줄이 불거져 나와 울퉁불퉁했다. 사내의 머리칼은 길고 헝클어졌으며, 머리는 눈 위에서부터 뒤쪽으로 경사져 있었다. 그는 이상한 소리를 냈고 어둠을 몹시 무서워했는데, 무릎과 발 사이까지 내려오는 손에 묵직한 돌을 달아맨 몽둥이를 쥐고서 어둠 속을 끊임없이 응시했다. 그는 불에 그을린 해어진 가죽을 등에 걸치고 있을 뿐 벌거숭이나 다름없었고, 몸에는 털이 많았다. 어떤 부위는, 그러니까 가슴에서 어깨, 그리고 팔과 허벅다리 바깥쪽을 쭉 내려가며 마치 두꺼운 모피를 덮고 있는 것처럼 털이 덥수룩했다. 그는 똑바로 서질 않고, 엉덩이에서부터 자세를 앞으로 숙이고 무릎은 구부린 채 엉거주춤 서 있었다. 그런데도 그의 몸에는 이상한 탄력성, 즉 고양이 같은 탄력성이 있었고, 또한 보이거나 보이지 않는 것들을 늘 두려워하며 사는 사람에게 나타나는 예민한 경계심이 있었다.

가끔씩 이 털보 인간은 두 무릎 사이에 머리를 묻고서 웅크린 채 불 옆에서 잘 때도 있었다. 그럴 때면 마치 털북숭이 팔로 비를 피하는 것처럼 팔꿈치를 무릎에 대고 두 손을 머리 위로 깍지 끼었다.

그 모닥불 너머 어둠 속에서 둘씩, 언제나 둘씩 쌍으로 번득이는 불꽃이 있었는데, 벅은 그것이 큰 맹수들의 눈임을 알았다. 벅은 그 맹수들이 덤불 속을 헤치는 소리와 밤중에 내는 소리도 들었다. 유콘 강가에 누워 몽롱한 눈으로 모닥불을 쳐다보면서 꿈을 꾸노라면, 다른 세계의 소리와 광경이 등줄기를 오싹하게 하면서 어깨와 목덜미의 털을 곤두서게 했다. 마침내 그가 나지막하게 끙끙거리거나 조용히 으르렁거리면 혼혈인 요리사가 "어이, 벅, 눈 떠!" 하고 그에게 소리쳤다. 그 순간 다른 세계는 사라지고 현실 세계가 눈앞에 펼쳐지며, 벅은 일어나 이제껏 자고 있었다는 듯이 하품을 하고 기지개를 펴곤 했다.

우편물을 끄는 일은 아주 힘들었고, 고된 일에 개들은 녹초가 되었다. 도슨에 도착했을 때 개들은 살도 빠지고 기력도 좋지 않아서 열흘 내지 최소한 일주일은 쉬어야 했다. 하지만 이틀 후 그들은 바깥세상으로 보내는 편지를 싣고서 배럭스에서 유콘 강을 따라 내려갔다. 개들은 지쳤고, 개 몰이꾼들은 툴툴댔으며, 엎친 데 덮친 격으로 날마다 눈까지 왔다. 눈이 오면 길이 단단하지 않아 썰매 날에 마찰이 심해졌고, 개들도 더 힘을 주어 썰매를 끌어야 했다. 하지만 개 몰이꾼들은 언제나 공평했고 개들을 위해 최선을 다했다.

밤이면 그들은 개들을 먼저 보살폈다. 개들이 먼저 밥을 먹었고, 사람들은 자신들이 부리는 개들의 발을 살펴주고 나서야 잠을 잤다. 그렇게 하는데도 개들의 기력은 떨어졌다. 겨울 초입부터 그들은 무려 1천 8백 마일을 여행했는데, 무거운 썰매를 끌고 가기엔 진이 빠지는 거리였다. 1천 8백 마일은 제아무리 튼튼한 개도 지칠 수밖에 없는 거리이다. 벅도 몹시 지쳤지만, 동료들이 일을 해내고 규율을 지키게 하면서 고통을 견뎠다. 빌리는 밤마다 잠자리에서 끙끙거리며 울었다. 조는 전보다 더 까다로워졌고, 솔렉스는 눈이 안 보이는 쪽이든 보이는 쪽이든 누구도 접근하지 못하게 했다.

가장 힘들어하는 건 데이브였다. 녀석은 어딘가 좋지 않았다. 전보다 더 시무룩해지고 성을 잘 냈으며, 텐트를 치면 자리에 드러눕기 바빠서 개 몰이꾼이 먹이를 갖다 주어야만 했다. 데이브는 마구를 풀고 자리에 누우면 다음 날 아침 마구를 채울 때까지 일어나지 않았다. 때때로 썰매를 끌다가 썰매가 급정거하거나 갑자기 출발할 때면 데이브는 고통스럽게 비명을 질렀다. 개 몰이꾼이 녀석을 살펴보았지만 아무 이상이 없었다. 개 몰이꾼들 모두 데이브의 증상에 관심을 가지게 되었다. 식사 때도, 자기 전 마지막으로 담배를 피울 때도 데이브가 화제에 올랐다. 그러던 어느 날 밤 그들은 의논을 했다. 그들은 데이브를 불 옆으로 데리고 와서 눌러도 보고 찔러도 보았는데, 녀석은 여러 번 소리를 질렀다. 몸 안에 문제가 생긴 것 같았지만, 어디가 부러졌는지, 무엇이 잘못됐는지는 알 수가 없었다.

캐시어 바에 도착할 무렵 데이브는 너무나 쇠약해져서 썰매를 끌다가 몇 번이나 넘어졌다. 스코틀랜드 계 혼혈인이 썰매를 멈추라고 한 뒤 데이브의 마구를 풀고서 솔렉스를 그 자리에 세우려 했다. 그는 데이브를 썰매 끝이에서 풀어 주고 자유롭게 달리게 하여 쉬게 해 줄 작정이었다. 하지만 그렇게 아픈데도 데이브는 마구를 푸는 동안 으르렁대면서 제 자리를 뺏기는 것에 분개했다. 그리고 그렇게 오랫동안 지키고 있던 제 자리를 솔렉스가 차지하는 것을 보고서 상심하여 낑낑거렸다. 썰매를 끄는 것이 그의 긍지였기 때문에 아파서 죽을 지경인데도 다른 개가 제 일을 대신 하는 것이 견딜 수 없었던 것이다.

썰매가 출발하자 데이브는 단단하게 다져진 길을 따라 부드러운 눈 위를 허덕대며 걸으면서 솔렉스를 물거나 부딪치거나 반대편으로 밀치거나 했고, 썰매 줄 사이로 뛰어들어 솔렉스와 썰매 사이에 끼어들려고도 했다. 그렇게 하는 동안 녀석은 슬픔과 고통으로 낑낑거리고 소리지르고 울부짖었다. 스코틀랜드 혼혈인이 채찍으로 데이브를 쫓아 보았지만, 매서운 채찍질에도 녀석이 끄덕하지 않자 그 사내는 더 이상 세게 때릴 엄두가 나지 않았다. 데이브는 썰매 뒤를 조용히 따라오는 편이 더 편할 텐데도 한사코 그렇게 하지 않고 가장 달리기 어려운 푹신한 눈길을 따라 허덕대며 달리다가 끝내는 녹초가 되었다. 녀석은 눈 위에 쓰러진 채 긴 썰매 대열이 눈보라를 일으키며 지나갈 때 애처롭게 울부짖었다.

데이브는 혼신의 힘을 다하여 썰매가 다시 한 번 멈출 때까지 휘청대면서 여러 대의 썰매를 지나쳐 간신히 솔렉스 옆에까지 갔다. 그러나 데이브의 몰이꾼은 뒷사람에게 담뱃불을 빌리기 위해 잠시 정지한 것뿐이었다. 담뱃불을 빌리자마자 그는 다시 개들을 출발시켰다. 힘껏 썰매를 끄는데도 이상하게 힘이 느껴지지 않자 개들은 걱정스레 뒤를 돌아보았고 모두를 깜짝 놀라 멈춰 섰다. 개 몰이꾼도 놀랐다. 썰매는 멈춘 자리에 그대로 서 있었다. 그는 동료들을 불러 이 광경을 좀 보라고 했다. 데이브가 솔렉스의 줄을 양쪽 다 물어뜯고서 썰매 바로 앞쪽의 제 자리에 들어가 있었다.

데이브의 눈은 그 자리에 있게 해 달라고 애원하고 있었다. 개 몰이꾼은 당황했다. 동료들은, 죽는 한이 있어도 일을 못하게 됐을 때 개들이 얼마나 비관하는지에 대해, 그리고 너무 늙어 일을 못하거나 부상을 당한 개들이 썰매를 더 이상 끌지 못하게 됐을 때 죽은 사례들에 대해 이야기했다. 또한 데이브는 어차피 죽을 테니까 썰매를 끌다 마음 편히 죽게 해 주는 것이 자비를 베푸는 것이라고 말들 했다.

그래서 데이브에게 다시 마구가 채워졌고, 녀석은 몸 안의 병 때문에 저도 모르게 여러 번 비명을 지르면서도 전처럼 자랑스럽게 썰매를 끌었다. 녀석은 몇 번이나 쓰러져 질질 끌려갔는데, 한번은 넘어졌다가 썰매에 부딪쳐 그 뒤로는 한쪽 뒷발을 절뚝거리며 걸었다.

하지만 데이브는 야영지에 도착할 때까지 끝까지 버텼고, 개 몰이꾼은 불 옆에 녀석의 자리를 만들어 주었다. 이튿날 아침 데이브는 너무 약해져서 썰매를 끌 수가 없었다. 마구를 채울 시간이 되자 녀석은 겨우 일어서서 비틀대며 걷다가 푹 쓰러졌다. 그리고는 동료들의 마구가 채워지고 있는 썰매 쪽으로 벌레처럼 천천히 기어갔다. 녀석은 앞발을 내밀어 몸을 앞으로 확 끌어당겼고, 다시 앞발을 내밀어 몸을 확 끌어당겨 조금 앞으로 나아갔다. 곧이어 완전히 쓰러졌다. 눈 속에서 숨을 헐떡거리며 동료들 곁으로 가고 싶다는 듯이 쳐다본 것이 데이브의 마지막 모습이었다. 하지만 데이브는 강가의 숲 뒤로 썰매가 사라질 때까지 애처롭게 울부짖었다.

갑자기 썰매가 멈췄다. 스코틀랜드 계 혼혈인이

방금 떠나온 야영지로 천천히 되돌아갔다. 사람들의 얘기 소리가 그쳤다. 그리고 한 방의 총성이 울렸다. 그 사내는 서둘러 돌아왔다. 채찍 소리가 나고 방울 소리가 딸랑딸랑 울리자 썰매는 눈보라를 일으키며 출발했다. 그러나 강가의 숲 뒤에서 무슨 일이 일어났는지 벅도 다른 개들도 알고 있었다.

5. 썰매를 끄는 고통

도슨을 떠난 지 30일 만에 솔트 워터 우편대는 벅이 이끄는 썰매 부대를 선두로 스캐그웨이에 도착했다. 개들은 지치고 지쳐서 상태가 비참했다. 벅은 몸무게가 140파운드에서 115파운드로 줄었다. 나머지 개들은 벅보다 가벼웠는데도 상대적으로 더 많이 빠졌다. 지금까지 몇 번이나 발을 다친 척했던 꾀병쟁이 파이크는 이번에는 진짜로 다리를 절고 있었다. 솔렉스도 절뚝거렸고, 덥은 어깨뼈가 부러져 고통스러워했다.

개들 모두 발이 지독하게 아팠다. 뛰거나 내디딜 힘도 남아 있지 않았다. 무거워진 발을 땅에 디디면 온몸이 떨리면서 여행의 피로가 배로 증폭되었다. 완전 녹초가 돼 버린 것 외에 개들에게 다른 문제는 없었다. 단기간의 과로에서 온 기진맥진이 아니었다. 그 정도라면 회복은 시간 문제였다. 하지만 이번의 피로는 몇 달 동안 서서히 진을 빼며 일한 결과였다. 이 피로에는 회복할 힘도, 더 낼 만한 기력도 없었다. 마지막 남은 한 방울의 힘까지 전부 써

버리고 만 것이다. 모든 근육과 조직과 세포가 완전히 녹초가 되었다. 당연한 결과였다. 거의 다섯 달 동안 그들은 2천 5백 마일을 달렸고, 그중 마지막 1천 8백 마일을 달리는 동안에는 닷새밖에 쉬지 않았다. 스캐그웨이에 도착했을 때는 걸음조차 떼기 힘들 지경이었다. 개들은 썰매 줄을 팽팽히 당기지도 못했고, 내리막길에서는 썰매에 부딪치지 않고 겨우 앞에 가는 게 고작이었다.

"어서 가자, 발이 아프겠지만." 개 몰이꾼은 개들이 스캐그웨이의 큰 거리를 비틀거리며 걸을 때 개들을 격려했다. "이게 마지막이다. 앞으론 오랫동안 쉴 수 있어. 응? 정말이다. 오래 쉬게 해 주마."

개 몰이꾼들은 오랫동안 쉴 수 있으리라 확신했다. 그들 역시 1천 2백 마일을 이틀만 쉬고 달려왔기 때문에 이론적으로나 상식적으로나 어느 정도 휴식을 취하는 게 마땅했다. 하지만 클론다이크로 몰려온 사람들이 워낙 많아서 그곳까지 따라오지 못한 애인과 부인과 친척들이 보낸 우편물이 산더미같이 쌓여 있었다. 게다가 정부의 명령서들도 있었다. 썰매를 끌 수 없는 개들은 허드슨 만의 기운

찬 개들과 교대하게 되었다. 쓸모없어진 개들은 처분을 해야 했다. 돈에 비하면 개들은 거의 중요하지 않아서 지체없이 팔아 치워야 했다.

사흘이 지날 무렵 벅과 동료들은 자신들이 정말로 지치고 약해졌다는 것을 알았다. 나흘째 되는 날 아침 미국에서 온 두 사내가 개들과 마구와 일체의 장비를 헐값으로 샀다. 그들은 서로를 "핼"과 "찰즈"라고 불렀다. 찰즈는 살결이 흰 중년의 사내로 시력이 약해 보이는 희부연 눈에 위로 힘차게 비틀려 올라간 콧수염이 있었는데, 수염 밑에 가려진 축 늘어진 입술과 아주 대조적이었다. 핼은 열 아홉이나 스무 살쯤 돼 보이는 젊은이로, 탄약통이 잔뜩 꽂힌 혁대 위에 대형 콜트식 자동 권총과 사냥 칼을 차고 있었다. 이 혁대가 그에게서 가장 눈에 띄는 물건이었다. 그것은 그 젊은이의 미숙함 — 뭐라 말할 수 없는 완전한 미숙함 — 을 보여 주었다. 두 사람 다 이런 곳에 전혀 어울리지 않았는데, 이런 사람들이 왜 위험을 무릅쓰고 북쪽 땅에 발을 들여 놓았는지 이해할 수 없는 수수께끼였다.

벅은 흥정하는 소리를 듣고 그 사람과 정부 관리

사이에 돈이 오가는 것을 보았을 때 스코틀랜드계 혼혈인과 우편대의 개 몰이꾼들이 페로나 프랑수아, 또 그 전에 스쳐 지나간 사람들처럼 그의 삶에서 사라지리라는 것을 알았다. 동료들과 함께 새 주인의 야영지로 끌려가 보니, 텐트는 반쯤 펼쳐져 있고 접시는 씻지도 않은 채 모든 것이 어수선하고 지저분했다. 벅은 한 여자를 보았다. 두 사람은 그녀를 "머시디즈"라고 불렀다. 그녀는 찰즈의 아내이자 핼의 누나로, 단란한 가족 일행이었다.

벅은 그들이 텐트를 걷고 썰매에 짐을 싣는 모습을 걱정스레 쳐다보았다. 무진 애를 쓰고는 있었지만, 일하는 방법이 영 아니었다. 텐트는 아무렇게나 뚤뚤 말아서 제대로 접었을 때보다 크기가 세 배나 컸다. 놋접시는 씻지도 않은 채 썰매에 실었다. 머시디즈는 두 사람 사이를 계속 왔다 갔다 하면서 쉴 새 없이 잔소리와 충고를 늘어놓았다. 썰매 앞부분에 옷 보따리를 실으면 뒤에 놓는 것이 좋겠다 하고, 보따리를 뒤에다 놓고 그 위에 두세 가지 다른 짐을 얹어 놓으면 보따리 속에 꼭 넣어야 할 물건을 넣지 않았다며 다시 짐을 내리게 했다.

이웃한 텐트에서 세 남자가 나와 이 모습을 보며 서로에게 눈짓을 해 가며 히죽거렸다.

"짐이 정말 굉장하군요." 한 사내가 말했다. "주 제넘은 말 같지만 나 같으면 텐트는 안 가지고 가겠어요."

"말도 안 돼요!" 머시디즈는 화들짝 놀라 두 손을 치켜들며 소리쳤다. "도대체 텐트 없이 어떻게 지낸단 말이에요?"

"봄인데요 뭐. 날이 더 이상 춥지 않을 겁니다." 그 사내가 말했다.

머시디즈는 단호하게 고개를 흔들었고 찰즈와 햄은 태산 같은 짐 위에 마지막 잡동사니들을 실었다.

"그래 가지고 움직이겠어요?" 한 사내가 물었다.

"못 갈 건 뭡니까?" 찰즈는 다소 무뚝뚝하게 말했다.

"오, 그래요, 그래요." 그 사내는 곧바로 점잖게 말했다. "단지 걱정이 돼서요. 짐이 너무 많아 보여서 말입니다."

찰즈는 돌아서서 있는 힘껏 줄을 당겼는데, 솜씨가 엉망이었다.

"물론 그 개들은 그만한 짐을 끌고도 온종일 갈 수 있겠죠." 또 다른 사내가 말했다.

"그럼요." 핼은 한 손에는 썰매 채를 쥐고 다른 한 손으로는 채찍을 흔들면서 냉정하면서도 깍듯하게 말했다. "이랴!" 핼이 소리쳤다. "달리자, 이랴!"

개들은 가슴걸이에 힘을 주고서 몇 분 간 열심히 썰매를 끌다가 힘을 늦췄다. 썰매는 꿈쩍도 하지 않았다.

"이 게으른 놈들, 본때를 보여 주마." 핼이 채찍으로 개들을 때리려고 했다.

그 순간, 머시디즈가 끼어들었다. "오, 핼, 그러면 안 돼." 그녀는 그에게서 채찍을 빼앗았다. "가엾은 것들! 앞으로 여행하는 동안 개들을 학대하지 않겠다고 약속해. 아니면 한 발짝도 움직이지 않겠어."

"개에 대해 아주 잘 아는 것 같군 그래." 핼은 누나를 비꼬았다. "참견하지 마. 이놈들은 게으르단 말야. 패 주지 않음 제대로 일을 안 한다고. 그게 개들이 사는 방식이야. 길 가는 사람한테 물어봐. 저 사람들한테 물어봐."

머시디즈는 말 대신 개들이 맞는 게 싫다는 고통
스런 표정을 지으며 애원하듯이 세 사람을 쳐다보
았다.

"솔직히, 개들이 아주 지쳐 있군요." 세 사람 중
한 명이 말했다. "완전 녹초예요. 그게 문젭니다. 휴
식이 필요해요."

"휴식은 무슨 얼어죽을." 수염도 안 난 젊은 핼이
말했다. 머시디즈는 그 욕설에 고통과 탄식에 찬 목
소리로 "오!"라고 말했다.

하지만 팔은 안으로 굽는다고, 그녀는 곧 동생을
변호했다. "저 사람 말 신경 쓰지마." 그녀는 노골
적으로 말했다. "우리 개는 네가 부리니까 네가 가
장 좋다고 생각하는 대로 부려."

핼의 채찍이 다시 개들을 내리쳤다. 개들은 가슴
걸이에 힘을 싣고 다져진 눈이 패일 정도로 발에 힘
을 주면서 바짝 엎드려 젖 먹던 힘까지 끄집어냈다.
그러나 썰매는 닻처럼 꿈쩍도 하지 않았다. 두 번이
나 시도했지만 썰매는 요지부동이었고 개들은 숨을
헐떡거렸다. 채찍이 잔혹하게 날아들고 있었고, 머
시디즈가 또다시 끼어들었다. 그녀는 눈물을 글썽

이며 벅 앞에 무릎을 꿇고서 두 팔로 벅의 목을 끌어안았다.

"아아 가엾은 것들." 그녀는 안타까워서 소리쳤다. "왜 좀 더 힘껏 끌지 못하니? 그러면 얻어맞지 않을 텐데." 벅은 이 여자가 맘에 들지 않았지만, 기분이 너무 비참해서 그녀를 뿌리칠 수도 없었고, 그런 동정심도 그날의 비참한 일의 일부로 받아들였다.

이제까지 거친 소리를 내지 않으려고 이를 악다물고 있던 구경꾼이 드디어 말문을 열었다.

"당신들이 어찌 되건 내 알 바 아니지만, 개들을 위해 한마디 해야겠소. 바닥에 딱 붙어 있는 썰매를 떼어 주면 개들이 수월할 게 아니오. 썰매 날이 얼어 붙었잖소. 썰매 채를 좌우로 흔들어 보시오. 그러면 썰매 날이 떨어질 테니."

세 번째로 썰매를 움직이기 전에 핼은 그 사람의 충고에 따라 얼어붙은 썰매 날을 떼어 냈다. 태산 같은 짐을 실은 썰매가 천천히 움직이기 시작했고, 벅과 동료들은 비오듯 떨어지는 채찍을 맞으며 미친 듯이 버둥거렸다. 백 야드 앞에서 길이 꺾어지면서 중심가 쪽으로 가파른 내리막을 그었다. 엄청난 짐을 실은 썰매를 제대로 몰려면 노련한 사람이 필요했지만, 핼은 그렇지 못했다. 꺾어진 길을 돌 때 썰매가 옆으로 기울어지면서 느슨하게 묶인 짐들이 흘러내렸다. 개들은 마구 달렸다. 가벼워진 썰매는 옆으로 쓰러진 채 개들 뒤에서 끌려갔다. 개들은 지금까지 받은 학대와 엄청난 짐 때문에 화가 나 있었다. 벽은 미친 듯이 날뛰었다. 벽이 갑자기 뛰기 시작하자 다른 개들도 뒤를 따랐다. 핼이 "워어! 워어!"하며 멈추라고 소리쳤지만, 개들은 들은 척도 하지 않았다. 핼은 발을 헛디뎌 쓰러졌다. 뒤집혀진 썰매가 쓰러진 그를 뭉개고 지나갔고, 개들은 거리를 마구 달려 번화가 여기저기에 나머지 짐들을 뿌려 놓으며 스캐그웨이 사람들의 즐거움을 더해 주었다.

　친절한 주민들이 개들을 붙잡아 주고 흩어진 짐을 모아 주었다. 그리고 충고도 해 주었다. 도슨까지 갈 작정이라면 짐을 반으로 줄이고 개의 수를 배로 늘리라고 했다. 핼과 누나와 매형은 그 충고에 따라 마지못해 텐트를 내리고 짐을 풀었다. 통조림이 나오는 것을 보고 사람들이 모두 웃었다. 그도 그럴 것이 장거리 여행에서 통조림은 전혀 어울리지 않는 음식이었기 때문이다. 일을 거들어 주던 한 남자가 웃으면서 말했다. "호텔에나 어울리는 담요들이군요. 반만 가져가도 많겠어요. 다 버려요. 텐트고 접시고 다 버려 버려요. 대체 누가 설거지를 하겠소? 세상에, 무슨 침대차로 여행하는 줄 아시오?"

이렇게 해서 쓸데없는 물건은 사정없이 버려졌다. 머시디즈는 자기 옷 보따리가 땅바닥에 던져지고 물건들이 하나씩 버려지는 것을 보고 울었다. 그녀는 계속 울었는데, 특히 물건이 던져질 때마다 크게 울었다. 양손을 무릎에 깍지 낀 채 몸을 이리저리 흔들며 가슴 아파했다. 그녀는 아무리 동생을 위하는 일이라 해도 한 발짝도 움직이지 않겠다고 단언했다. 그녀는 모든 사람, 모든 물건에게 하소연하다가 끝내는 눈물을 거두고 정말로 필요한 옷가지까지 버리기 시작했다. 흥분한 나머지 자기 물건을 다 버리고 나서는 남자들의 소지품에까지 달려들어 순식간에 그 물건들을 버려 버렸다.

이것으로 짐이 반으로 줄긴 했지만, 여전히 엄청난 부피였다. 찰즈와 헬은 저녁 때 나가서 개 여섯 마리를 사 왔다. 그리하여 애초의 여섯 마리에다, 기록 경주 대회에서 얻은 허스키 틱과 쿠너를 더하여 팀은 도합 열 네 마리가 되었다. 하지만 새로 합류한 여섯 마리의 개들은 북쪽 땅에 와서 실제적인 적응 훈련을 받았는데도 그다지 쓸모가 없었다. 세 마리는 털이 짧은 포인터〔에스파냐 원산의 꿩 사냥개. 후각이 예민하여 사냥감을 발견하면 오른쪽 앞발을 처들어 사냥감을 가리키는('포인트') 데서 이름이 유래되었다〕였고, 한 마리는 뉴펀들랜드 종이었고, 나머지 두 마리는 태생이 분명하지 않은 잡종이었다. 새로 들어온 개들은 아무것도 모르는 것 같았다. 벅과 동료 개들은 그들을 몹시 싫어했다. 벅은 그들에게 각자의 위치와 해서는 안 되는 일들에 대해서는 빨리 가르칠 수 있었지만, 해야 할 일들은 가르칠 수가 없었다. 그들은 썰매 끄는 일에 제대로 적응하지 못했다. 잡종 개 두 마리를 제외한 나머지 개들은 자신들이 처한 이상하고 야만적인 환경과 이제까지 받은 학대 때문에 어쩔 줄 모르고 기가 죽어 있었다. 두 잡종 개는 기력이라곤 없었으며, 물 어뜯을 곳도 뼈밖에 없었다.

신참 개들은 부실하고 절망적인 데다, 고참들은 이미 지나온 2천 5백 마일의 장정에 녹초가 되어 있어서, 앞으로의 여행 전망이 전혀 밝지 못했다. 그런데도 두 사내는 아주 쾌활했다. 게다가 우쭐해하기까지 했다. 그것은 자신들이 개를 열 네 마리나 부리고 있기 때문이었다. 고개를 넘어 도슨으로 가거나 도슨에서 오는 여러 썰매들을 보았지만, 열 네 마리가 이끄는 썰매 부대는 하나도 없었다. 북쪽 지방을 여행할 때, 한 대의 썰매를 열 네 마리의 개가 끌어서는 안 되는 이유가 있었다. 그것은 한 대의 썰매로는 그 많은 개들의 식량을 나를 수가 없기 때문이다. 하지만 찰즈와 핼은 이 사실을 알지 못했다. 그들은 펜을 굴리면서, 개 한 마리의 식량이 얼마나 되고, 이 정도 숫자면 얼마의 식량이 필요하며, 시간은 얼마나 걸릴지 계산했다. 머시디즈는 이들의 어깨 너머로 그 계산을 보면서 잘 알겠다는 듯이 고개를 끄덕였다. 계산은 실로 간단해 보였다.

이튿날 아침 늦게 벅은 긴 썰매 부대의 선두에

섰다. 그 대열에는 활기라곤 없었고, 벅과 동료들은 한 발짝 내디딜 기운도 없었다. 그들은 거의 기진맥진이었다. 벅은 이제까지 솔트 워터와 도슨 사이를 네 번이나 왕복했다. 그런데 이렇게 지친 상태로 또다시 길을 나서야 하는 것이 몹시 화가 났다. 일할 마음이 나지 않았고, 그것은 다른 개들도 마찬가지였다. 신참 개들은 소심하고 겁이 많았으며, 이전 개들은 새 주인을 믿지 못했다.

벅은 왠지 모르게 이 두 사내와 여자를 믿을 수가 없었다. 이 사람들은 일을 제대로 할 줄 모르는 데다, 날이 갈수록 배울 줄도 모르는 인간들이라는 것이 분명해졌다. 모든 일 처리가 느슨하고 원칙이나 질서가 없었다. 텐트를 치는 데만도 반나절이나 걸렸고, 텐트를 거둬 짐을 썰매에 싣는 데 아침나절을 보냈으며, 짐을 엉성하게 실어서 썰매를 세우고 짐을 다시 싣는 데 낮 시간을 다 보냈다. 이런 형편이라 어떤 날은 10마일도 못 가는가 하면 어떤 날은 아예 출발조차 못했다. 개들의 식량을 계산하여 원래 가기로 계획한 주행 거리의 반 이상을 달려 본 적이 단 하루도 없었다.

개들의 식량이 바닥날 것은 뻔한 일이었다. 그런데도 이들은 개들을 필요 이상으로 많이 먹여서 식량이 줄어들 날을 그만큼 빨라지게 했다. 오래 계속된 배고픔에다, 최소의 양을 최고로 이용하는 훈련을 받지 못한 신참 개들은 왕성한 식욕을 보였다. 여기에다 지친 허스키들이 힘없이 썰매를 끄는 것을 보고서 핼은 정해 놓은 먹이가 너무 적다고 판단하여 양을 배로 늘렸다. 거기다 머시디즈는 예쁜 눈에 눈물을 글썽이며 떨리는 목소리로 개들에게 먹이를 더 주라고 애원했고, 그것도 안 되면 자루에서 생선을 몰래 꺼내 개들에게 주었다. 그러나 벅과 다른 개들에게 필요한 것은 먹이가 아니라 휴식이었다. 천천히 가긴 했지만, 그들은 무거운 짐을 실은 썰매의 무게에 진이 빠지고 있었다.

드디어 먹이의 양을 줄일 때가 왔다. 어느 날 아침 핼은 개의 식량이 반이나 줄었는데도 아직 4분의 1밖에 가지 못했다는 사실을 깨달았다. 또한 개를 아무리 사랑하고 돈이 있다 해도 식량을 구할 수 없다는 것도 알았다. 그래서 핼은 먹이의 양을 줄이고 더 빨리 가려고 애썼다. 그의 누이와 매형도 동의했다. 하지만 무거운 짐과 그들의 무능력으로 그 계획은 좌절되었다. 개들의 먹이를 줄이기는 쉬웠지만, 개들을 더 빨리 달리게 할 수는 없었다. 게다가 그들이 아침에 늑장을 부렸기 때문에 여행 시간은 더 줄어들었다. 그들은 개를 부릴 줄도 몰랐을 뿐 아니라 어떻게 처신해야 하는지도 몰랐다.

맨 처음에 쓰러진 것은 덥이었다. 어줍잖게 도둑질을 하다 늘 붙잡혀 벌을 받긴 했지만, 덥은 성실한 일꾼이었다. 덥은 어깨뼈를 삔 데다 치료도 못받고 제대로 쉬지도 못해서 병이 악화된 것이었다. 결국 햄이 대형 콜트 권총으로 녀석을 쏘아 죽였다. 북쪽 땅에서는 외지에서 온 개가 허스키들이 먹는 만큼만 먹으면 굶어 죽는다고들 했다. 그 말 대로라면 벅 휘하의 여섯 마리의 외지 개들은 허스키 먹이의 반밖에 먹지 못했으므로 죽을 수밖에 없었다. 뉴펀들랜드 종이 맨 먼저 쓰러졌고, 다음에는 세 마리의 털이 짧은 포인터 종이 죽었고, 두 마리의 잡종은 좀 더 끈질기게 버티다가 결국에는 죽었다.

이 무렵이 되자 이들 세 사람에게선 남쪽 사람 특유의 상냥함과 온순함이 사라졌다. 북쪽 땅 여행의 매력과 낭만적인 분위기가 사라지자 남성에게나 여성에게나 여행은 너무나 가혹한 현실로 다가왔다. 머시디즈는 자신의 불행을 한탄하며 남편과 남동생과 다투는 데 정신이 팔려서 더 이상 개들을 불쌍히 여기지도 않았다. 그들이 유일하게 지치지 않고 하는 것이 바로 말다툼이었다. 그들의 짜증은 불행에서 비롯되었는데, 그 짜증이 불행과 더불어 커지고 합쳐지면서 오히려 불행을 자초하고 말았다. 힘들고 고통스러운 상황에서도 부드러운 말투와 친절을 잊지 않는 개 몰이꾼의 훌륭한 인내심이 이들에게는 없었다. 그런 인내심의 기미도 보이지 않았다. 오직 경직되어 있고 고통스러워했다. 근육도 아프고 뼈도 쑤시고 마음도 아팠다. 그런 고통 때문에 말씨는 더욱 거칠어지고 아침부터 밤까지 입씨름만 계속되었다.

찰즈와 핼은 머시디즈가 기회만 만들어 주면 서로 싸웠다. 둘 다 자신이 더 많은 일을 한다고 믿어서 틈만 나면 이 문제를 놓고 다퉜다. 머시디즈는 때로는 남편의 편을 들고, 때로는 동생 편을 들었다. 그 결과 진저리 나는 가족 싸움이 되어 버렸다.

모닥불을 피우기 위해 누가 장작을 팰 것인가로 논쟁(순전히 찰즈와 핼 두 사람만 관련된 논쟁)을 시작했다가, 나중에는 다른 가족 성원들, 어머니, 아버지, 삼촌, 사촌들, 심지어는 몇 천 마일이나 떨어진 사람들과 죽은 사람들까지 들먹였다. 핼의 예술관이나 그의 외삼촌이 쓴 사회극이 장작을 패는 것과 무슨 관계가 있는지 도무지 알 수 없는 노릇이었다. 그런데도 그들의 논쟁은 그런 방면이나 찰즈의 정치적 편견으로 흐르기 일쑤였다. 우스운 것은 찰즈의 누이가 남의 말을 옮기고 다니는 것과 유콘 강가에서 불을 피우는 것이 머시디즈에게는 분명히 관련이 있었다. 머시디즈는 그 주제에 대해 연신 떠들어 대고 나서 그에 덧붙여 남편 집안의 몇 가지 흠도 늘어놓았다. 그동안 불은 지펴지지 않고, 텐트는 치다 만 채 있으며, 개들은 쫄쫄 굶고 있어야 했다.

머시디즈에게는 특별한 불만이 자라고 있었다. 그것은 여성으로서의 불만이었다. 그녀는 예쁘고 연약했으며, 지금까지 남자들의 보호를 받아왔다. 그런데 남편과 남동생의 요즘 태도는 기사도와는 거리가 멀었다. 그녀는 예나 지금이나 무력했다. 두 사람은 그 점을 불만스러워했다. 그녀는 여성의 가장 본질적인 특권을 침해당했다고 생각하여 두 사람을 못살게 괴롭혔다. 더 이상 개들은 생각지도 않고 자기가 아프고 피곤하니 썰매를 타고 가겠다고 우겼다. 예쁘고 약하다 해도 그녀의 무게는 120파운드나 나갔다. 그것은 지치고 굶주린 개들의 마지막 진을 빼는 무게였다. 그녀가 며칠이나 계속 탄 끝에, 개들은 결국 쓰러져서 더 이상 썰매를 끌지 못했다. 찰즈와 핼이 그녀에게 내려서 걸어가자고 부탁하고, 간청하고, 애원했지만, 그녀는 울면서 두 사내의 잔혹함을 하나님에게 계속 호소했다.

한번은 두 사람이 힘으로 그녀를 끌어내렸다. 그 후론 두 번 다시 그런 짓을 할 수 없었다. 그녀가 떼쓰는 아이처럼 길바닥에 주저앉아 버린 것이다. 두 사람이 나 몰라라 하고 계속 가도 그녀는 꼼짝하지 않았다. 두 사람은 3마일 가량 갔다가 썰매에서 짐을 내린 후, 힘으로 그녀를 다시 썰매에 태웠다.

자신들의 상황이 극에 달하자 그들은 개들의 고통에 대해서 무감각해졌다. 핼이 다른 이들에게 가르친 지론은 사람은 강해져야 한다는 것이었다. 그는 우선 그 지론을 누나와 매형에게 설교하기 시작했다. 그것이 실패하자 이번에는 개들에게 몽둥이를 휘두르며 그것을 가르쳤다. 파이브핑거즈에서 개들의 식량이 바닥났다. 때마침 이가 빠진 인디언 할머니가 언 말가죽을 핼이 엉덩이에 차고 있던 큰 사냥 칼과 콜트 권총과 바꾸자고 제안했다. 이 언 말가죽은 여섯 달 전에 죽은 말의 가죽이었기 때문에 한심하기 짝이 없는 대용 식품이었다. 얼어 버린 말가죽은 양철 조각 같아서, 개들이 간신히 씹어 삼키면 위 속에서 녹아 아무 영양분도 없는 얄팍한 가죽 끈으로, 또 자극적이고 소화도 안 되는 짧은 털 뭉치로 변해 버렸다.

이러는 동안 벅은 악몽 속을 헤매는 기분으로 선두에 서서 휘청대며 걸었다. 썰매를 끌 수 있을 때는 끌었다. 더 이상 끌 수 없을 때는 쓰러졌다가 몽둥이나 채찍이 날아오면 다시 일어섰다. 그 아름답던 털도 뻣뻣함과 윤기를 잃었다. 털은 축 늘어지고 흐느적거렸고, 핼의 몽둥이에 맞은 상처에는 마른 피가 엉겨 붙었다. 근육은 매듭이 많은 끈처럼 말라 빠지고 살이라곤 없었는데, 살이 빠진 곳의 주름지고 늘어진 가죽 사이로 갈비뼈와 다른 뼈들이 앙상하게 드러나 보였다. 가슴 아픈 몰골이었지만, 벅은 절대 굴하지 않았다. 이는 빨간 스웨터 사내도 인정한 사실이었다.

다른 개들의 사정도 벅과 마찬가지였다. 그들은 걸어다니는 해골이었다. 벅을 포함해서 모두 일곱 마리가 남았다. 너무나 비참한 지경에 놓이게 되자 개들은 채찍이 날아들어도 몽둥이로 얻어맞아도 무감각해졌다. 눈에 보이고 귀에 들리는 것에 둔감해지는 것처럼 맞는 고통에도 둔해지고 아득해졌다. 그들은 반쯤, 아니 사분의 일쯤 살아 있었다. 그들은 정말이지 생명의 불꽃이 가냘프게 타고 있는 일곱 마리의 해골바가지였다. 쉴 때는 죽은 듯이 그대로 픽 쓰러졌는데, 생명의 불꽃이 금방이라도 꺼질 것만 같았다. 몽둥이나 채찍이 날아들면 그 불꽃이 가냘프게 타올랐고, 개들은 가까스로 일어나 휘청대며 걸었다.

그러다가 마음 좋은 빌리가 쓰러져 다시 일어설 수 없는 날이 닥쳤다. 핼은 이미 권총을 먹을 것과 바꿨기 때문에 도끼를 꺼내 쓰러진 빌리의 머리를 내리쳤다. 그리고는 마구를 풀어 시체를 한쪽으로 끌고 갔다. 벅과 동료들은 그 광경을 지켜보았고, 머잖아 자신들에게도 그런 날이 닥치리라는 걸 알았다. 다음 날은 쿠너가 죽었고 이제는 다섯 마리만 남았다. 조는 너무 지쳐서 심술을 부리지도 못했다. 발을 다쳐 절뚝거리던 파이크는 반쯤 정신이 나가서 꾀병을 부릴 정신도 없었다. 애꾸눈 솔렉스는 여전히 충실하게 썰매를 끌면서도 끌 기운이 이 정도까지 없어진 것을 슬퍼했다. 지금까지 겨울 장거리 여행 경험이 없던 틱은 신참인 만큼 다른 개들에 비해 더 기진맥진했다. 벅은 여전히 선두 자리에 있었지만, 동료들에게 더 이상 규율을 강요하지 않았다. 기력이 떨어져 거의 눈이 침침한 채로 뿌옇게 보이는 길을 발의 감각만으로 더듬어 갔다.

화창한 봄날이 왔다. 하지만 개도 사람도 날씨의 변화를 알아차리지 못했다. 날마다 해돋이는 빨라지고 해넘이는 늦어졌다. 새벽 3시면 동이 텄고 땅거미는 밤 9시나 되어서야 찾아왔다. 긴긴 낮 시간 동안 강렬한 햇빛이 내리쬐었다. 소름 끼치는 겨울의 침묵이 끝나고 소생하는 위대한 봄의 웅성거림이 찾아왔다. 이 웅성거림이 생명의 환희로 가득 찬 대지 전체에서 솟아났다. 그것은 매섭게 춥던 긴 겨울 동안 죽은 듯이 꼼짝 않고 있던 것들이 다시 소생하여 움직이기 시작하는 소리였다. 소나무에서는 수액이 올라왔고, 버드나무와 미루나무는 어린 싹을 틔우기 시작했다. 덤불과 넝쿨은 초록색 옷으로 갈아입는 중이었다. 밤이면 귀뚜라미가 울었고 낮이면 온갖 종류의 벌레들이 양지쪽으로 부지런히 기어갔다. 숲에서는 자고와 딱따구리들이 울고 나무를 쪼아댔다. 다람쥐들은 조잘거리고, 새들은 지저귀고, 남쪽에서 온 기러기들은 창공을 가르며 멋있는 브이 자를 그리며 머리 위에서 울어 댔다.

도처의 언덕에서 물이 졸졸 흐르는 소리가 들리면서 보이지 않는 샘의 음악이 흘러나왔다. 모든 것들이 녹고 휘어지고 부러졌다. 유콘 강은 물을 가두어 놓은 얼음이 깨지려 하고 있었다. 강은 아래서부터 얼음을 녹이고 태양은 위에서 얼음을 녹였다. 여기저기 공기 구멍이 생기고 금이 생기고 얼음이 갈라졌고, 한편으로 얇은 얼음 조각은 통째로 물 속에 잠겼다. 이처럼 터지고 갈라지고 맥박치며 생명이 한창 소생할 때, 빛나는 태양과 부드럽게 간질대는 바람 속에서 두 사내와 한 여자와 허스키들이 죽음의 세계로 가는 나그네들처럼 휘청대며 걸어갔다.

개들은 쓰러졌고, 머시디즈는 썰매를 탄 채 울었고, 핼은 별 뜻 없이 욕지거리를 퍼부었으며, 찰즈의 눈은 수심에 잠겨 있었다. 그들은 화이트 강어귀에 있는 존 손턴의 야영지에 가까스로 도착했다. 썰매가 멈추자 개들은 금방이라도 숨이 넘어갈 듯이 푹 쓰러졌다. 머시디즈는 눈물을 닦고 존 손턴을 바라보았다. 찰즈는 쉬기 위해 통나무에 걸터앉았다. 그는 몸이 뻣뻣해져서 고통스러워하며 아주 천천히 앉았다. 핼이 존 손턴에게 말을 걸었다. 존 손턴은 자작나무로 만든 도끼 손잡이를 마지막으로 다듬고 있었다. 그는 손잡이를 다듬으면서 이야기를 들었는데, 짧은 대답밖에 하지 않았고 질문을 받으면 간단하게 충고를 했다. 그는 상대가 어떤 부류의 인간인지 파악했기 때문에 조언을 해 줘 봤자 따르지 않으리라는 걸 알고서 충고했다.

얼음이 녹기 시작해서 위험하니 더 이상 가지 말라는 손턴의 충고에 핼은 이렇게 대꾸했다. "위쪽 사람들도 얼음이 녹고 있으니 당분간 떠나는 걸 보류하라고 하더군요. 거기 사람들은 우리가 화이트 강까지도 못 갈 거라고 했지만 이렇게 온 걸요." 핼의 이 마지막 말에는 의기양양함이 배어 있었다.

"그 사람들 말이 맞는 말이요." 손턴이 말했다. "언제 물 속으로 빠질지 모르는 거요. 바보들, 다시 말해 무턱대고 요행을 바라는 바보들이나 그런 짓을 할 수 있는 거요. 솔직히 나 같으면, 알래스카의 금덩이를 다 준대도 그런 위험한 짓을 하지 않겠소."

"그야 당신은 바보가 아니니까." 핼이 말했다. "하지만 우리는 도슨으로 갈 겁니다." 그는 채찍을 휘둘렀다. "일어나, 벅! 어이! 일어나! 가자!"

손턴은 계속 도끼 손잡이를 다듬었다. 그는 바보에게 어리석음을 얘기해 봤자 헛일이라는 것을 알고 있었다. 더구나 세상에 바보가 두세 명쯤 늘고 준다고 해서 세상이 바뀔 것도 아니었다.

그러나 개들은 핼의 명령을 듣지 않았다. 그들은 이미 오래 전부터 매를 맞지 않고는 일어나지 않는 상태에 와 있었다. 무자비한 일을 시키기 위해 채찍이 사정없이 날아들었다. 존 손턴은 입술을 지그시 깨물었다. 솔렉스가 제일 먼저 가까스로 일어서기 시작했다. 다음에는 틱이 일어섰다. 이번에는 조가 아파서 끙끙거리며 일어섰다. 파이크의 노력은 애처로웠다. 녀석은 두 번이나 반쯤 일어섰다가 쓰러졌고, 세 번째에야 겨우 일어섰다. 벅은 일어날 노력조차 하지 않았다. 쓰러진 채 꿈쩍도 하지 않았다. 채찍이 연신 날아들었지만, 소리를 지르지도 버둥대지도 않았다. 손턴은 몇 번이나 무슨 말인가 하려다가 마음을 바꾸었다. 손턴의 눈에 눈물이 어렸고, 채찍질이 계속되자 일어나서 마음을 정하지 못한 채 왔다 갔다 했다.

벅이 명령을 따르지 않은 것은 이번이 처음이었다. 그 사실 자체가 핼을 화나게 만들기에 충분했다. 채찍 대신 이번에는 몽둥이를 들었다. 채찍보다 더 아픈 몽둥이 세례를 받으면서도 벅은 꿈쩍도 하지 않았다. 다른 개들처럼 어떻게든 일어설 수 있었지만, 그들과 달리 벅은 일어서지 않겠다고 결심을 한 것이다. 벅은 죽음이 다가오고 있음을 막연히 느끼고 있었다. 그 느낌은 강둑에 들어섰을 때 강하게 느껴졌고, 그 뒤로도 계속 떠나질 않았다. 온종일 밟고 지나온 녹아 가는 얇은 얼음의 감촉에서, 그는 주인이 몰고 가려는 앞으로의 얼음 위에 재난이 기다리고 있음을 감지했다. 그는 요동도 하지 않았다. 너무 고통스러워서, 또 너무 지쳐서 몽둥이를 아무리 맞아도 그다지 아프지 않았다. 몽둥이가 날아들 때마다 몸 안의 생명의 불꽃이 타올랐다가 꺼졌다. 그 불꽃은 거의 꺼져 있었다. 몸이 이상하게 마비되는 것을 느꼈다. 맞고 있다는 사실이 아득하게만 느껴졌다. 고통을 느끼는 최후의 감각마저 없어졌다. 이제는 아무것도 느껴지지 않았고, 몽둥이가 몸에 부딪치는 소리만이 아주 희미하게 들릴 뿐이었다. 그러나 그 몸마저도 제 것이 아니라, 아주 멀리 있는 다른 누군가의 몸 같았다.

그때 갑자기 존 손턴이 알아들을 수 없는 짐승 같은 소리를 내지르며 몽둥이를 휘두르는 사내에게 달려들었다. 핼은 쓰러지는 나무에 얻어맞은 것처럼 뒤로 자빠졌다. 머시디즈는 비명을 질렀다. 찰즈는 수심에 찬 얼굴로 바라보면서 눈물을 닦을 뿐, 몸이 뻣뻣해서 일어서지를 못했다.

존 손턴은 벅을 굽어보았고, 말문이 막힐 정도로 화가 나고 부르르 떨렸지만 참으려고 애썼다.

"한 번만 더 저 개를 때리면 당신을 죽여 버리고 말겠소." 그는 목이 메여 겨우 말을 꺼냈다.

"이건 내 개요." 핼은 다가오면서 입가의 피를 닦았다. "간섭하지 말아요. 안 그러면 가만 두지 않겠소. 난 도슨으로 갈 거요."

손턴은 핼과 개 사이에 버티고 서서 물러설 기색을 보이지 않았다. 핼은 긴 사냥 칼을 뽑아 들었다. 머시디즈는 비명을 지르고 엉엉 울다 웃으면서 정신이 혼미한 히스테리 증세를 보였다. 손턴은 도끼 손잡이로 핼의 손가락 마디를 세게 쳐서 칼을 땅에 떨어뜨렸다. 핼이 칼을 집어들려고 하자 다시 손가락 마디를 쳤다. 그리고 나서 손턴은 몸을 굽혀 칼을 집어들었고, 두 번 내리쳐서 벅의 썰매 끈을 잘라 버렸다.

핼은 더 싸울 기력도 없었다. 게다가 그의 두 손은, 아니 두 팔은 누나에게 붙잡혀 있었다. 한편 벅은 죽은 것이나 다름없어서 더 이상 썰매를 끌 수도 없을 것 같았다. 몇 분 후 그들은 강둑을 걸어서 강으로 내려갔다. 벅은 그들이 떠나는 소리에 고개를 쳐들었다. 파이크가 앞장을 서고 솔렉스가 맨 뒤쪽에 섰으며 그 사이에는 조와 틱이 섰다. 모두들 절뚝거리고 비틀거리고 있었다. 머시디즈는 짐을 가득 실은 썰매 위에 타고 있었다. 핼이 썰매 채를 잡고서 지휘를 했고, 찰즈는 그 뒤를 비틀거리며 따라갔다.

벅이 그들의 모습을 보고 있을 때, 손턴이 다가와 무릎을 꿇고서 거칠면서도 친절한 손길로 부러진 데가 없나 살펴 주었다. 여기저기 멍만 들고 심한 굶주림 외엔 별 이상이 없다는 것을 알았을 무렵 썰매는 1/4마일이나 가 있었다. 벅과 손턴은 썰매가 얼음 위를 기어가는 것을 지켜보았다. 갑자기 썰매 뒤쪽이 홈에 빠질 때처럼 푹 꺼지면서 핼이 잡고 있던 썰매 채가 공중으로 튀어 올랐다. 뒤이어 머시디즈의 비명 소리가 들렸다. 찰즈가 돌아서서 한 발 물러서자마자 그 근방의 얼음이 깨지면서 개들도 사람들도 사라졌다. 보이는 것은 커다란 구멍뿐이었다. 강바닥이 녹아 있었던 것이다.

존 손턴과 벅은 서로의 얼굴을 쳐다보았다.

"불쌍한 녀석." 존 손턴이 말했고, 벅은 그의 손
을 핥았다.

6. 사랑하는 사람을 위해

지난해 12월 존 손턴의 발이 동상에 걸렸을 때 동료들은 그가 마음 놓고 몸조리할 수 있게 놔두고 도슨에 보낼 많은 원목을 구하기 위해 강을 거슬러 올라갔다. 벅을 구해 주었을 때만 해도 손턴은 발을 약간 절었는데, 날씨가 따뜻해지면서 많이 나았다. 벅은 긴긴 봄날을 강가에 누워 있기도 하고, 강물이 흐르는 것도 보고, 새들이 지저귀는 소리와 자연의 웅성거림을 느긋하게 듣기도 하면서 서서히 기력을 회복했다.

3천 마일의 긴 여행 끝에 맞는 휴식은 참으로 달콤했다. 솔직히 벅은 상처가 낫고 근육이 솟아오르고 살이 붙게 되자 모든 것이 귀찮아졌다. 사실 모두가 빈둥대고 있었다. 벅, 손턴, 스킷, 그리고 닉은 자신들을 도슨으로 실어다 줄 뗏목을 기다리고 있었다. 스킷은 작은 아일랜드 종 사냥개로 벅과 잽싸게 친해졌다. 스킷은 벅이 다 죽어갈 때 처음 접근했기 때문에 벅이 화를 낼 수가 없었다. 그 암캐는 더러의 개들에게서 보이는 의사 같은 면모가 있었다. 어미 고양이가 새끼를 핥아 주듯이 벽의 상처를 핥아서 소독해 주었다. 매일 아침 벽이 식사를 마치면 스킷은 정기적으로 자신이 정한 이 일을 했고, 나중에는 벽도 손턴의 치료를 기다리는 것만큼이나 스킷의 손길을 기다리게 되었다. 스킷만큼 표현은 안 하지만, 마찬가지로 정다운 닉은 덩치가 아주 큰 검정 개였다. 녀석은 블러드하운드〔몸집이 아주 큰 사냥개로 범인이나 미아 추적에도 이용된다. '블러드'는 피를 좋아해서가 아니라 피를 흘리는 사냥감의 냄새를 잘 맡고 '귀족의 피'를 이어받았다는 뜻이다〕와 디어하운드〔그레이하운드의 일종으로, 몸집은 아주 크지만 체형이 우아하며 성질도 온순하다〕가 반반 섞인 혼혈로 서글서글한 눈매에 마음씨가 그지없이 좋았다.

벽이 놀란 것은 이 두 녀석이 자신에 대해 전혀 질투하지 않는다는 점이었다. 두 녀석 모두 존 손턴의 다정함과 넓은 마음을 본받고 있는 듯했다. 벽이 기력을 회복하자 그들은 온갖 재미난 놀이에 벽을 끌어들였고, 그럴 때면 손턴도 꼭 끼어들었다. 이런 식으로 벽은 뛰놀면서 회복기를 거치고 새로운 생활로 접어들었다. 사랑, 진실하고 열정적인 사랑을 벅은 처음으로 느꼈다. 이런 사랑은 햇빛이 찬란하게 내리쬐는 산타클라라 밸리의 밀러 판사 댁에서도 겪어 보지 못한 것이었다. 판사의 아들과 사냥을 나가거나 산책을 할 때 벅은 일을 거드는 동반자였고, 판사의 손자들에게는 일종의 그럴싸한 보호자였으며, 판사에게는 당당하고 위엄 있는 친구였다. 그러나 손턴이 벅에게 일깨워 준 것은 뜨겁게 불타오르는 사랑, 열렬하고 미칠 듯한 사랑이었다.

목숨을 구해 준 것만으로도 대단한 은인이었지만, 손턴은 그 이상으로 이상적인 주인이었다. 대개의 사람들이 의무와 일의 편의를 위해 개를 돌봐 주는 데 비해, 손턴은 천성적으로 개를 제 자식인 양 애지중지 돌보았다. 그는 다정한 인사와 격려의 말을 한 번도 잊지 않았고, 앉아서 개들과 오랜 시간 이야기 나누는 것(그는 이것을 '수다'라고 했다)이 개들의 낙이자 그의 낙이기도 했다. 손턴은 두 손으로 거칠게 벅의 머리를 쥐고서 자기 머리를 그 위에 얹고 벅을 앞뒤로 흔들면서 이런저런 고약한 이름으로 불렀는데, 벅에게는 그것이 애칭으로 들렸다.

벽은 손턴의 거친 포옹과 짓궂은 말들이 더할 나위 없이 좋았고, 손턴이 앞뒤로 몸을 세게 흔들 때마다 심장이 떨어져 나갈 정도로 황홀했다. 손턴이 놓아 주면 벽은 펄쩍 뛰었는데, 그때의 벽은 입은 웃는 듯, 눈은 말하는 듯, 목은 마치 말이라도 하는 듯이 가늘게 떨었다. 이렇게 움직이지 않고 있으면, 존 손턴은 감탄하며 소리쳤다. "세상에! 넌 잘하면 말도 하겠구나!"

벽에게는 상대를 다치게 할 것처럼 애정을 표현하는 장난기가 있었다. 그는 손턴의 손을 이빨 자국이 남을 만큼 꽉 깨물곤 했다. 벽이 주인의 욕설을 사랑의 말로 이해하듯이 손턴 역시 벽의 이 무는 시늉을 애정의 표시로 받아들였다.

하지만 대개의 경우 벽의 사랑은 숭배로 표현되었다. 손턴이 자신을 만져 주거나 말을 걸어 주면 행복해 죽겠으면서도, 나서서 이런 걸 요구하지는 않았다. 스킷은 곧잘 손턴의 손 밑에 코를 밀어놓고 쓰다듬어 줄 때까지 쿡쿡 찔렀고, 닉은 어슬렁거리며 와서 그의 무릎 위에 그 큰 머리를 올려놓았다. 하지만 벽은 멀리서 주인을 숭배하는 것으로 만족했다. 주인의 발 밑에 몇 시간이고 누워서 주의 깊고 찬찬히 얼굴을 들여다보고, 표정을 살피고 연구했으며, 순간의 표정이나 이목구비 하나하나의 움직임과 변화까지 아주 세심하고 흥미롭게 관찰했다. 어떤 때는 주인의 옆이나 뒤에 좀 더 멀찌감치 떨어져서 몸매와 움직임을 지켜보았다. 가끔씩 둘 사이에 교감이 일어나기도 했다. 벅의 강렬한 눈길에 손턴이 고개를 돌리곤 했는데, 그럴 때면 손턴은 사랑 가득한 눈길로 말없이 벅을 쳐다보았고 벅은 그 눈길에 가슴이 벅찼다.

손턴이 자신을 구해 준 뒤로 벅은 손턴의 모습이 보이지 않는 걸 싫어했다. 손턴이 텐트를 떠나면 텐트로 다시 돌아올 때까지 그 뒤를 졸졸 따랐다. 북쪽 땅에 온 후로 주인이 잇달아 바뀌었기 때문에 어떤 주인도 곧 떠나 버릴 것이라는 공포감이 생긴 것이다. 페로와 프랑수아와 스코틀랜드계 혼혈인이 사라졌듯이 손턴도 사라져 버릴까봐 두려웠다. 심지어 꿈속에서도 이런 공포에 사로잡히곤 했다. 그럴 때면 잠에서 깨어나 찬 공기를 뚫고 텐트 입구까지 살금살금 기어가서 주인의 숨소리를 듣곤 했다.

존 손턴에 대한 벅의 이 유별난 애정은 그가 제법 부드러운 문명에 길들여진 것처럼 보이지만, 사실 북쪽 땅의 풍토가 눈뜨게 한 그의 원시적 본능은 여전히 살아 꿈틀거렸다. 벅에게는 따뜻한 가정 생활에서 생긴 충직함과 헌신이 있었다. 하지만 야성과 교활함도 잃지 않았다. 손턴의 불 옆에 앉아 있는 벅은 대대로 인간의 문명에 길들여진 따뜻한 남쪽 지방의 개라기보다 오히려 야생에서 자란 야성의 개였다. 손턴을 너무 사랑했기 때문에 주인의 물건은 훔치지 않았지만, 다른 야영지에서 다른 사람들의 물건은 아무렇지 않게 훔쳤다. 훔치는 솜씨가워낙 교활해서 들키는 법이 없었다.

벅의 얼굴과 몸에는 수많은 개들에게 물린 자국들이 있었다. 그는 이전처럼 사납게, 혹은 그 이상으로 더 약삭빠르게 싸웠다. 스킷과 닉은 너무 착해서 싸울 수가 없었을 뿐 아니라 무엇보다 주인의 개들이었다. 하지만 처음 보는 개들은 어떤 종자이거나 용감한 개라고 해도 재빨리 벅의 우세를 인정해야만 했고, 그것이 싫으면 무시무시한 적수와 목숨을 건 싸움을 벌여야만 했다. 벅은 가차없었다. 몽둥이와 엄니의 법칙을 잘 알고 있었고, 유리한 기회를 놓친다거나 자신이 먼저 시작한 사투를 도중에서 포기하는 일은 절대로 없었다. 스피츠와, 경찰 우편대의 최고의 개들에게 배웠기 때문에 중간이란 없다는 것을 알았다. 지배하느냐 굽히느냐 둘 중 하나였다. 자비를 보이는 것은 일종의 약점이었다. 야생의 세계에서 자비란 존재하지 않았다. 자비는 두려움으로 여겨졌고, 그런 모습을 보이는 건 죽는 것이나 마찬가지였다. 죽느냐 죽이느냐, 먹느냐 먹히느냐가 싸움의 법칙이었다. 저 먼 원시 시대부터 내려온 이 명령에 벅은 복종했다.

벅은 실제 살아온 날들보다 나이를 더 먹었다. 그는 과거를 현재와 연결 지었다. 무한한 과거가 거대한 물결로 그의 몸 속으로 들이닥쳤고, 그는 바닷물이 쓸리고 밀리는 것처럼 그 물결에 몸을 내맡겼다. 지금 손턴의 불 옆에 앉아 있는 것은 가슴이 떡 벌어지고 하얀 엄니에 긴 털을 가진 개였다. 하지만 그의 곁에는 온갖 개들의 망령들, 즉 늑대와 다름없는 놈들과 야생의 늑대들이 있었다. 그들은 그를 재촉하고, 졸라대고, 그가 먹는 고기의 맛을 보고, 그가 마시는 물을 탐내고, 함께 바람 냄새를 맡고, 함께 귀기울여 듣고, 숲의 야생 동물들이 내는 소리를 말해 주고, 그의 기분과 행동을 지도하고, 그가 누우면 함께 누워 자고, 꿈도 같이 꾸고, 때로는 그들이 직접 그의 꿈속에 나타나기도 했다.

이 망령들의 부름이 너무나 강렬해서 인간 세계의 일들이 벅에게서 날마다 멀어졌다. 이 소리는 깊은 숲 속에서 들려왔다. 왠지 모르게 피를 끓게 하는 매혹적인 이 소리가 들릴 때면 벅은 모닥불과 그 주위의 다져진 땅을 등지고 그 숲으로 달려가야만 할 것 같았다. 하지만 어디로, 왜 가야 하는지는 알 수 없었다. 그리고 깊은 숲 속에서 강렬하게 들려오는 그 소리가 어디서, 왜 들려오는지 궁금하지도 않았다. 그러나 아직 밟아 본 적도 없는 부드러운 땅과 푸른 숲으로 발을 내디딜 때면 존 손턴에 대한 사랑이 그를 다시 불 옆에 앉아 있게 하곤 했다.

손턴만이 그를 붙잡고 있었다. 나머지 인간들은 전혀 무의미했다. 가끔 지나가는 여행객들이 칭찬하거나 쓰다듬어 주기도 했지만, 벅은 냉담했고 누군가 지나치게 친근하게 굴면 벌떡 일어나 저쪽으로 가 버렸다. 손턴의 동료인 한스와 피트가 고대하던 뗏목을 타고 왔을 때도 그들이 손턴과 가까운 사이라는 것을 알기 전까지는 아예 무시해 버렸다. 사실을 알게 된 후로는 어쩔 수 없이 그들의 호의를 받아들인다는 듯이 아주 수동적으로 그들의 친절을 받아들였다. 그 두 사람도 손턴과 마찬가지로 배포가 큰 사람들로 땅과 더불어 살면서 단순하게 생각하고 제대로 볼 줄 알았다. 그들은 도슨의 제재소가까이 있는 큰 소용돌이에 뗏목을 띄우기 전에 벅의 성격을 파악하고서 스킷과 닉이 보여 주는 것 같은 친밀함을 강요하지 않았다.

하지만 손턴에 대해서만큼은 벅의 애정이 날로 커 가는 것 같았다. 여름 여행길에서 벅의 등에 짐을 실을 수 있었던 것은 손턴뿐이었다. 손턴의 명령이라면 아무리 궂은 일도 마다하지 않았다. 어느 날 (뗏목의 수익으로 여러 물자를 챙기고서 타나나 강의 수원지를 향해 도슨을 출발했을 때) 세 사람과 개들은 3백 피트 아래가 벌거숭이 암벽인 벼랑 위에 앉아 있었다. 존 손턴이 벼랑 가까이 앉았고, 벅은 그의 어깨 옆에 앉았다. 갑자기 손턴은 장난기가 발동

해 한스와 피트에게 지금부터 자기가 하는 것을 보라고 했다. "뛰어내려, 벅!" 그는 팔을 절벽으로 쑥 내밀며 명령했다. 다음 순간 그는 절벽으로 뛰어내리는 벅을 힘껏 붙잡았고, 한스와 피트가 둘을 안전한 장소로 끌어당겼다.

"섬뜩했어." 상황이 마무리되고 겨우 입을 열 수 있게 되었을 때 피트가 말했다.

손턴은 고개를 저었다. "아니야, 굉장했어. 무섭기도 했지만. 알겠지만, 가끔은 이 녀석이 무섭다니까."

"이 놈이 곁에 있을 때는 자네한테 손가락 하나 못 대겠어." 피트는 벅을 보고 고개를 끄덕이며 분명하게 말했다.

"정말이야! 내 생각도 그래." 한스도 맞장구를 쳤다.

피트가 염려하던 일이 실제로 일어난 것은 그해가 가기 전 서클 시티에서였다. 성질이 고약하고 심술궂은 '검둥이' 버튼이 술집에서 풋내기와 말다툼을 벌이고 있을 때 손턴이 좋은 마음으로 둘을 말렸다. 벅은 평소처럼 한쪽 구석에 누워 발 위에 머리를 얹고 주인의 일거수 일투족을 지켜보고 있었다. 버튼이 느닷없이 손턴의 어깨를 정면으로 쳤다. 손턴은 떠밀려서 쓰러질 뻔하다가 가로대를 붙잡고 간신히 넘어지지 않았다.

구경하던 사람들의 귀에 짖는 것도 우는 것도 아닌, 포효라는 말이 딱 어울리는 소리가 들렸다. 순간 벅의 몸이 허공으로 높이 솟구치면서 버튼의 목덜미를 향했다. 그 사내는 본능적으로 팔을 올려서 목숨을 건졌지만, 벅과 함께 바닥으로 벌렁 넘어졌다. 벅은 팔뚝을 물었던 이빨을 풀고 다시 목을 노렸다. 그 사내는 이번에는 제대로 막지 못하고 목을 물어뜯기고 말았다. 그러자 사람들이 우르르 달려들어 벅을 떼어 놓았다. 의사가 지혈을 하는 동안에도 벅은 사납게 으르렁대면서 그자에게 덤벼들려고 왔다 갔다 했다. 하지만 쭉 늘어선 몽둥이들 때문에 그럴 수가 없었다. 즉석에서 열린 "광부의 모임"은 벅이 광분한 데는 충분한 이유가 있었다고 결론짓고 무죄 판결을 내렸다. 이 일로 벅은 유명해졌고, 그날 이후 벅의 이름은 알래스카 전역에 퍼졌다.

그해 가을에 벅은 이전과는 전혀 다른 방식으로

존 손턴의 생명을 구했다. 세 동료는, 포티마일 강에서 길고 가는 장대로 젓는 배 한 척이 심한 급류에 휩쓸렸는데, 그 배를 강기슭으로 끌어올리고 있었다. 한스와 피트는 강가를 내려가며 얇은 마닐라 삼 밧줄로 이 나무에서 저 나무로 배를 끌었고, 손턴은 배 안에서 장대로 배를 밀면서 강둑에 있는 두 사람에게 큰 소리로 지시를 하고 있었다. 강가에 있던 벅은 걱정되고 불안해서 배를 좇아가면서 주인에게서 절대 눈을 떼지 않았다.

암초의 모서리 부위가 물 밖으로 튀어나온 아주 험한 곳에서 한스가 밧줄을 던졌다. 그는 손턴이 배를 강기슭으로 모는 동안 배가 암초를 벗어났을 때 배를 끌려고 밧줄 끝을 손에 쥐고서 강변을 달렸다. 배는 암초를 벗어나 물레방아 물줄기처럼 물길 속으로 급히 떨어졌다. 그때 한스가 밧줄을 잡아당겼는데, 너무 갑자기 당기고 말았다. 배는 눈 깜짝할 사이에 뒤집혀, 그 상태로 기슭으로 끌려왔다. 반면에 손턴은 완전히 내동댕이쳐져 제아무리 수영의 명수라 해도 당해 낼 수 없는 심한 급류 쪽으로 떠내려갔다.

벅은 배가 뒤집히자마자 물 속으로 뛰어들었다. 미친 듯이 소용돌이치는 급류를 3백 야드나 헤엄쳐서 손턴을 따라잡았다. 벅은 손턴이 자신의 꼬리를 잡는 것을 느끼고서 놀라운 힘으로 기슭을 향해 헤엄을 쳤다. 하지만 기슭으로 가는 속도는 느린 데 반해, 물살에 떠밀리는 속도는 무섭게 빨랐다. 저 아래쪽에서 무섭게 포효하는 물소리가 들렸는데, 그곳에서는 물살이 더욱 급해졌고, 사이사이의 암초 때문에 물길이 갈라지고 거대한 빗살 같은 물보라가 일어났다. 마지막 급경사에 접어들자 물의 흡인력이 무시무시해져서 손턴은 기슭으로 가는 것이 불가능하다는 걸 알았다. 그는 첫 번째 암초에 심하게 긁혔고, 두 번째 암초에서는 멍이 들었으며, 세 번째 암초에는 몸뚱이가 부서질 것처럼 세게 부딪쳤다. 그는 벅을 놓아주고서 세 번째 암초의 미끌미끌한 윗면을 꼭 붙들었고, 포효하는 급류 소리보다 더 시끄럽게 소리쳤다. "저리 가, 벅! 가!"

벅은 몸을 가눌 수가 없었다. 필사적으로 몸부림쳤지만 계속 떠내려가기만 할 뿐 주인에게 돌아갈 수가 없었다. 계속되는 손턴의 명령에 벅은 물 속에서 몸을 반쯤 내밀고서 마지막으로 주인을 보려는 듯이 고개를 높이 쳐들었다가 순순히 기슭으로 향했다. 벅은 있는 힘껏 헤엄을 쳤는데, 더 이상 헤엄칠 수 없어 익사하려는 순간 피트와 한스에 의해 기슭으로 끌어올려졌다.

두 사람은 손턴이 격렬한 물길 속에서 미끌미끌한 바위에 매달려 있을 수 있는 시간이 불과 몇 분밖에 되지 않으리라는 것을 알고 있었다. 그들은 손턴이 매달려 있는 바위보다 좀 더 위쪽에 있는 강기슭으로 필사적으로 달렸다. 그리고 이제까지 배를 당기는 데 썼던 밧줄을 벅의 목과 어깨에 감았는데, 밧줄이 벅의 목을 조르거나 헤엄치는 데 방해되지 않도록 조심스럽게 매어 주고서 벅을 물 속으로 밀어 넣었다. 벅은 대담하게 헤엄쳐 갔지만, 제대로 물길을 타지 못했다. 실수를 깨달았을 때는 이미 늦었다. 손턴이 불과 대여섯 번만 헤엄치면 닿을 수 있는 거리까지 왔는데도 벅은 어쩌지 못하고 계속 떠내려갔다.

한스는 배를 당길 때처럼 밧줄에 매인 벅을 잡아당겼다. 급류 속에서 밧줄이 당겨지자 벅은 물 속으로 확 잠겼고, 그 상태로 강기슭까지 끌어올려졌다.
벅은 반쯤 익사한 상태였고, 한스와 피트는 벅에게
올라타 가슴을 탕탕 쳐서 숨을 돌리고 물을 토하게
했다. 벅은 비틀비틀 일어섰다가 푹 쓰러졌다. 그
순간 손턴의 목소리가 희미하게 들렸다. 무슨 말인
지는 알아들을 수 없었지만, 다급한 상황이라는 것
을 알 수 있었다. 주인의 목소리에 벅은 전기 충격
을 당한 것처럼 벌떡 일어섰다. 그는 두 사람보다
먼저 아까 뛰어들었던 강기슭으로 달려갔다.

벅은 다시 밧줄에 묶여 물 속으로 뛰어들어 헤엄
을 쳤는데, 이번에는 제대로 물길을 탔다. 한 번은
실수를 했지만, 두 번의 실수는 용납하지 않으려 했
다. 한스가 밧줄이 느슨해지지 않도록 신경 쓰는 동
안 피트는 밧줄이 엉키지 않게 조심했다. 벅은 손턴
과 일직선이 되는 상류까지 헤엄쳐 갔다. 거기서 방
향을 틀어 급행열차처럼 빠르게 손턴에게 다가갔
다. 손턴은 벅이 다가오는 것을 보았다. 벅이 급한
물살의 힘에 떠밀려 망치처럼 세게 그의 몸에 부딪
쳤을 때 두 팔을 들어 털이 덥수룩한 벅의 목을 붙
들었다. 한스가 밧줄을 당겨 나무에 감았고, 벅과

손턴은 물 속으로 푹 빠졌다. 목이 조이고 숨이 막히는 상태에서 서로 엎치락뒤치락하며 그 둘은 울퉁불퉁한 강바닥에 질질 끌리고 암초와 나무에 부딪치면서 기슭으로 끌려 왔다.

한스와 피트는 떠내려 온 통나무 위에 손턴을 올려놓고 이리저리 심하게 굴려 정신이 들게 했다. 손턴은 깨자마자 벅부터 찾았는데, 벅은 축 늘어져 죽은 듯이 누워 있었다. 닉은 슬프게 짖어 댔고, 스킷은 벅의 젖은 얼굴과 감긴 눈을 핥고 있었다. 손턴은 자신도 상처투성이였지만, 벅의 몸을 조심스럽게 만져 본 후 늑골이 세 군데 부러진 것을 알아냈다.

"어쩔 수 없군." 손턴이 말했다. "여기서 야영을 해야겠어." 이리하여 그들은 벅의 늑골이 붙어 다시 움직일 수 있을 때까지 그곳에서 야영을 했다.

그해 겨울 벅은 도슨에서 또 하나의 공적을 세웠다. 크게 영웅적인 일은 아니었지만, 그의 이름을 알래스카 전역에 널리 알리기에는 충분했다. 이 공적은 세 사람에게 특히 만족을 주었다. 그 일 덕분에 그들은 이제까지 사지 못했던 여행 물자들을 사고 오랫동안 바라던 바, 곧 광부들의 발길이 아직 닿지 않은 동부의 처녀지로 여행을 할 수 있게 되었기 때문이다. 그 일은 엘도라도〔에스파냐 어로 황금의 고장이라는 뜻이다〕라는 술집에서 몇 사람이 이야기 도중 자신들의 개를 자랑하기 시작한 데서 비롯되었다. 벅의 유명한 경력 때문에 이들은 벅을 집중 공략했고, 손턴은 완강하게 벅을 변호해야만 했다. 30분쯤 지났을 때 한 사람이 자기 개는 5백 파운드의 짐을 싣고도 썰매를 끌 수 있다고 말했다. 또 한 사람은 자기 개는 6백 파운드를 끌 수 있다고 했고, 세 번째 사람은 7백 파운드라고 큰소리쳤다.

"흥! 흥! 벅은 천 파운드도 끌 수 있어." 존 손턴이 말했다.

"쉬지 않고 말인가? 쉬지 않고 100야드를 끌 수 있다고?" 7백 파운드를 끌 수 있다고 자랑하던 노다지꾼 매티슨이 물었다.

"쉬지 않고, 백 야드를 끌고 말고." 손턴은 냉정하게 말했다.

"그렇다면." 매티슨은 모든 사람이 들을 수 있도록 천천히 신중하게 말했다. "난 못한다는 쪽에 천

달러를 걸겠네. 자 여기 있어." 그는 대형 훈제 소시
지만한 금 자루를 탁자 위에 던졌다.

침묵이 흘렀다. 손턴의 허세━그것이 정말 허세
라면━가 도전을 받은 것이었다. 손턴은 얼굴이
화끈거리기 시작했다. 자신의 혀에 농락을 당한 꼴
이었다. 벅이 과연 천 파운드의 무게를 끌 수 있을
지는 모르는 노릇이었다. 반 톤의 무게가 아닌가!
그 무게에 손턴은 파랗게 질려 버렸다. 그는 벅의
힘을 굳게 믿고 있었고, 그런 무게를 끌 수 있으리
라 생각한 적도 몇 번 있었다. 하지만 지금처럼 열
두 명이나 되는 사내들이 두 눈 부릅뜨고 보는 가운
데 그런 무게의 썰매를 끄는 상황은 생각해 본 적이
없었다. 게다가 그에겐 천 달러의 돈도 없었다. 한
스나 피트도 마찬가지였다.

"지금 50파운드들이 밀가루 부대를 스무 개 실은
내 썰매가 밖에 있네." 매티슨은 잔혹하다 싶을 만
큼 직설적으로 말했다. "그러니 짐 걱정은 하지 말
게나."

손턴은 대답을 하지 않았다. 무슨 말을 해야 할
지 몰랐던 것이다. 그는 사고력을 잃어버려 다시 사

고할 수 있게 해 줄 뭔가를 찾는 사람처럼 멍한 표정으로 사람들 얼굴을 하나하나 흘긋 보았다. 금광왕이자 옛 동료인 짐 오브라이언의 얼굴이 그의 시선에 잡혔다. 그의 얼굴을 보자 생각조차 해 보지 않았던 말이 터져 나왔다.

"천 달러만 빌려 주겠나?" 그는 거의 속삭이듯이 물었다.

"물론이지." 오브라이언은 이렇게 대답하고서 매티슨의 금 자루 옆에 불룩한 자루를 탁 던졌다. "하지만 존, 그 개가 그런 재주를 부릴 수 있다고 생각하는 건 아니네."

술집에 있던 손님들이 이 내기를 구경하려고 모조리 밖으로 몰려나왔다. 테이블은 텅텅 비었고, 장사치고 사냥꾼이고 할 것 없이 내기의 결과를 보고 승산을 따지기 위해 밖으로 나왔다. 털옷을 입고 벙어리장갑을 낀 수백 명의 사람들이 조금 더 잘 보려고 썰매 주위로 몰려들었다. 천 파운드의 밀가루를 실은 매티슨의 썰매는 두 시간 전부터 밖에 있었는데, 혹독한 추위(화씨 −60도였다)에 썰매의 날이 길에 꽁꽁 얼어붙어 있었다. 벅이 썰매를 끌 수 없다

140

는 의견이 2대 1로 더 많았다. 여기서 "끈다"라는 말에 대해 논쟁이 붙었다. 오브라이언은 얼어붙은 썰매 날을 떼어 낸 다음 정지 상태에서 벅이 썰매를 "끌게 할" 특권이 손턴에게 있다고 말했다. 매티슨은 "끈다"라는 말에는 얼어붙은 땅에서 썰매 날을 떼어 낸다는 의미가 포함되어 있다고 주장했다. 내기의 과정을 지켜보던 대다수 사람들이 매티슨의 의견에 찬성했기 때문에 벅이 진다는 쪽이 3대 1로 늘어났다.

벅이 이기는 쪽에 내기를 거는 사람은 없었다. 벅이 그 일을 해낼 수 있으리라고는 아무도 믿지 않았던 것이다. 손턴 역시 반신반의하며 내기에 뛰어들었다. 그런데 지금 눈 위의 썰매 앞에 열 마리나 되는 개들이 서 있는 모습을 보자 그 일은 더욱 불가능해 보였다. 매티슨은 더욱 의기양양해졌다.

"3대 1이야!" 매티슨이 소리쳤다. "난 못 끈다는 쪽에 천 달러를 더 걸겠네, 손턴. 자네는 어떤가?"

손턴의 얼굴에 의혹의 빛이 짙어졌다. 하지만 그의 투지가 솟아올랐다. (승산을 문제 삼지 않고, 불가능을 불가능으로 여기지 않고, 투쟁의 외침 외에는 귀를 닫아 버리는 투지가.) 그는 한스와 피트를 불렀다. 그들의 주머니 사정도 좋지 않았고, 세 사람 것을 합쳐 봐야 2백 달러밖에 되지 않았다. 돈벌이가 없는 때여서 이것이 그들의 전 재산이었다. 하지만 그들은 주저 없이 매티슨의 6백 달러에 대해 그 돈을 걸었다.

열 마리 개들의 끈이 풀어지고 그 자리에 벅이 세워졌다. 벅은 덩달아 흥분하고 있었다. 어떻게 해서든지 존 손턴을 위해 굉장한 일을 해야 한다고 느꼈다. 벅의 훌륭한 풍채에 수많은 감탄사들이 터져 나왔다. 벅의 몸은 군살 하나 없이 완벽했으며, 150 파운드나 나가는 살덩이는 투지와 활력이 넘쳤다. 털에서는 비단 같은 윤기가 흘렀다. 목덜미와 양어깨를 덮고 있는 갈기는 가만히 서 있는데도 반쯤 곤두서 있었고, 움직이기만 하면 넘치는 활력으로 털 가닥가닥이 마치 살아 있는 것처럼 빳빳하게 곤두설 것만 같았다. 떡 벌어진 가슴과 육중한 앞발은 몸의 다른 부분과 균형이 잘 맞았고, 가죽 밑에는 근육이 팽팽하게 솟아올라 있었다. 벅의 근육을 만져 본 사람들이 쇠처럼 단단하다고 소리치자 벅이 진다는 의견이 2대 1로 떨어졌다.

"오, 이보시오! 오, 이보시오!" 최근에 금광으로 스쿠컴벤치의 거물이 된 어떤 사람이 더듬거리며 말했다. "내가 8백 달러에 그 개를 사겠소. 승부를 시작하기 전에, 이보시오. 지금 이대로 8백 달러에 사겠소."

손턴은 고개를 가로젓고서 벅 옆으로 다가갔다.

"개한테서 떨어져 있게." 매티슨이 단호하게 말했다. "마음대로 움직일 수 있게 비켜들 주시오."

군중들이 조용해졌다. 쓸데없이 2대 1 내기를 제안하는 도박꾼의 목소리만 들렸다. 모두들 벅이 훌륭한 개라는 것은 인정했지만, 50파운드들이 밀가루 스무 부대는 주머니 끈을 풀기에 너무 무거웠다.

손턴은 벅 옆에 무릎을 꿇었다. 그는 벅의 머리를 두 손으로 잡고서 볼을 비볐다. 보통 때처럼 장난스럽게 흔들거나 애정의 욕지거리를 중얼거리지도 않았다. 다만 그는 벅의 귀에 대고 속삭였다. "부탁한다, 벅. 부탁한다." 그것이 손턴이 속삭인 전부였다. 벅은 흥분을 억누르며 낑낑거렸다.

군중은 호기심에 차서 벅을 지켜보았다. 분위기

는 점점 묘해졌다. 무슨 마법에라도 걸린 듯했다. 손턴이 일어서자 벅은 장갑 낀 손턴의 손을 꽉 깨물었다가 마지못해 슬그머니 놓아주었다. 그것은 말 못하는 개의 애정 어린 대답이었다. 손턴은 만족해 하며 뒤로 물러섰다.

"자아, 벅." 손턴이 말했다.

벅은 끈을 바짝 조였다가 몇 인치 가량 늦추었다. 그것이 벅이 배운 방법이었다.

"오른쪽!" 손턴의 목소리가 긴장된 침묵 속에서 날카롭게 울려 퍼졌다.

벅은 오른쪽으로 몸을 확 틀었다가 늦춘 끈을 앞으로 잡아당겨 순식간에 150파운드의 체중을 밧줄에 실었다. 짐이 흔들리면서 썰매의 날 밑에서 얼음 깨지는 빠지직 소리가 났다.

"왼쪽!" 손턴이 명령했다.

이번에는 벅이 왼쪽으로 같은 동작을 반복했다. 빠지직 소리가 딱 소리로 변하더니 썰매가 흔들리고 썰매 날이 미끄러지면서 몇 인치 옆으로 움직였다. 얼어붙은 썰매 날이 눈 위에서 떨어진 것이었다. 사람들은 모두 숨을 죽였고, 너무 긴장해서 숨죽이고 있다는 것조차 의식하지 못했다.

"자, 가라!"

손턴의 명령이 총성처럼 탕하고 울려 퍼졌다. 벅은 몸을 앞으로 내밀어 줄을 있는 힘껏 잡아당겼다. 온몸의 힘이 그 필사적인 노력에 집중되었고, 비단 같은 털 밑에 있는 근육들은 살아 있는 생물처럼 꿈틀거리고 불룩불룩 솟아올랐다. 벅은 떡 벌어진 가슴을 땅바닥 가까이 붙이고 머리를 낮게 내밀었고, 발톱으로 단단한 눈을 긁으면서 발을 미친 듯이 굴려 두 줄의 홈을 만들었다. 썰매가 흔들리더니 앞으로 나아가기 시작했다. 벅의 한쪽 발이 미끄러지자 누군가가 크게 신음 소리를 냈다. 이제 썰매는 경련이 일어날 때처럼 기우뚱거리며 앞으로 전진했지만, 절대로 다시 멈추지는 않았다. 반 인치…… 1인치…… 2인치……. 경련 같은 움직임은 눈에 띄게 줄어들었다. 가속이 붙으면서 벅은 썰매의 기울어짐을 바로잡았다. 마침내 썰매는 일정한 속도로 계속 움직였다.

숨죽이던 사람들은 자신들이 잠시 숨을 멈췄다는 것도 의식하지 못한 채 다시 숨을 쉬기 시작했다. 손턴은 벅을 뒤따라가며 짧은 격려의 말을 했다. 목표 거리는 미리 표시돼 있었다. 벅이 백 야드의 끝을 표시한 장작더미에 가까워지자 사람들의 환성이 점점 커졌고, 장작더미를 지나 손턴의 정지 명령에 벅이 멈추자 떠나갈 듯한 함성이 터져 나왔다. 모두들 고삐 풀린 망아지들처럼 흥분했다. 매티슨도 마찬가지였다. 모자와 장갑이 공중으로 날아올랐다. 사람들은 서로 악수를 나누었고, 앞뒤도 맞지 않는 소리를 지껄이면서도 전혀 개의치 않았다.

하지만 손턴은 벅 옆에 무릎을 꿇고 앉았다. 그는 자신의 머리를 벅의 머리에 대고서 벅을 앞뒤로 흔들었다. 그들에게 달려온 사람들은 손턴이 벅에게 하는 욕설을 들었다. 그는 벅에게 오래도록 열심히, 또한 부드럽고도 애정을 깃들여 욕설을 퍼부었다.

"오, 이보시오! 오, 이보시오!" 스쿠컴벤치의 거물이 침을 튀기며 말했다. "저 개에게 천 달러를 주겠소. 이보시오, 천 달러를. 아니면 2천 달러를, 이보시오."

손턴이 일어섰다. 그의 두 눈이 젖어 있었다. 눈

물이 두 볼을 타고 흘러도 내버려 두었다. 손턴은 스쿠컴벤치의 거물에게 말했다. "아니, 안 팝니다. 어림도 없어요. 내가 할 말은 이것뿐입니다."

벅은 손턴의 손을 지그시 깨물었다. 손턴은 벅을 앞뒤로 흔들었다. 구경꾼들은 서로 의논이라도 한 듯이 둘에게서 멀찌감치 물러섰고, 그 둘을 방해하는 경솔한 짓을 두 번 다시 하지 않았다.

7. 야성이 부르는 소리

벅이 존 손턴에게 단 5분 만에 천 6백 달러를 벌어 주었을 때, 손턴은 빚을 갚고 동료들과 더불어 전설로 전해져 오는 금광을 찾아 동부로 떠날 수 있게 되었다. 그 금광의 역사는 그 지역의 역사만큼이나 오래되었다. 많은 사람들이 그 금광을 찾아 나섰지만, 발견한 사람은 극히 드물었고, 그곳으로 가서 다시는 돌아오지 못한 사람도 적지 않았다. 이 금광의 전설은 비극으로 물들고 신비의 베일에 싸여 있었다. 최초의 발견자에 대해서는 누구도 알지 못했다. 전설을 아무리 추적해 봐도 최초의 발견자에까지는 이르지 못했다. 애초부터 그곳에는 낡고 다 쓰러져 가는 통나무집이 있었다고 했다. 죽음을 코앞에 둔 사람들이 집을 찾으면 금광의 위치를 알 수 있다고 자신 있게 말하면서, 그 증거로서 북쪽 땅 어디서도 볼 수 없는 순금 덩어리를 보여 주었다고 했다.

하지만 살아 있는 사람으로서 이 보물 창고에서 이득을 본 사람은 없었고, 죽은 사람은 죽어서 소용이 없었다. 그 때문에 존 손턴과 피트와 한스는 벅을 비롯하여 다른 여섯 마리의 개들을 이끌고서 자신들 못지 않게 훌륭한 팀들이 실패했던 곳에서 성공을 거두기 위해 미지의 땅인 동부를 향해 길을 나섰다. 그들은 썰매를 타고 유콘으로 70마일 올라가서 왼쪽으로 방향을 틀어 스튜어트 강으로 접어들었고, 메이요와 맥퀘스천을 지나 대륙의 등뼈를 이루고 있는 우뚝 솟은 봉우리들 사이를 헤치고 나아가 스튜어트 강이 실개천이 되는 지점에 이르렀다.

존 손턴은 인간이나 자연에게 요구하는 것이 거의 없었다. 그는 황야를 두려워하지 않았다. 소금 한 줌과 소총 한 자루만 있으면 황야로 뛰어들어 마음에 드는 장소에서 마음 내키는 대로 지낼 수 있는 사람이었다. 서두를 필요가 없어서 인디언들처럼 그날 먹을 것은 그날그날 사냥을 했다. 사냥감이 없으면 인디언들처럼 사냥감이 곧 발견될 것이라 믿고서 여행을 계속했다. 그래서 동부로의 이 장대한 여행에서 식단은 고기 한 가지가 전부였고, 짐은 탄약과 연장이 대부분이었으며, 여행의 끝은 언제가 될지 알 수 없었다.

벅은 사냥하고 고기를 낚으며 미지의 장소를 언제까지나 돌아다니는 생활이 한없이 즐거웠다. 몇 주 동안은 계속 걷기만 했고, 몇 주는 여기저기서 계속 야영을 하기도 했다. 그럴 때면 개들은 어슬렁거렸고, 사람들은 자갈과 모래로 뒤섞인 꽁꽁 언 땅을 불로 달구어 구멍을 뚫은 뒤 따뜻한 불 옆에서 높이 쌓인 더러운 프라이팬을 씻었다. 어떤 때는 굶기도 했고, 어떤 때는 배불리 먹기도 했는데, 그것은 사냥감의 수와 사냥의 운에 달려 있었다. 여름이 왔을 때 개들과 사람들은 등에 짐을 지고 다녔고, 뗏목을 타고 푸른 산의 호수를 건넜으며, 숲의 나무를 잘라 만든 엉성한 배를 타고 미지의 강들을 오르내렸다.

몇 달이 흘렀다. 그들은 지도에도 없는 황야를 여기저기 누비고 다녔지만 사람이라곤 없었다. "전설의 통나무집"이 실제로 있다면 그곳에는 사람이 있으리라. 그들은 여름 눈보라 속에서 여러 개의 분수령을 넘었고, 수목 한계선과 만년설 사이에 자리한 민둥산에서 벌벌 떨며 백야를 보냈으며, 모기와 파리가 우글대는 여름 계곡으로 내려가 빙하의 그

늘에서 남쪽 지방에서 나는 것들에 못지 않은 잘 익은 딸기며 아름다운 꽃들을 땄다. 그해 가을엔 무시무시한 호수 지대로 들어갔다. 그곳은 쓸쓸하고 조용했으며, 들새들이 살았던 것 같았지만 지금은 생물의 흔적이라곤 없었다. 있는 것은 오직 시린 바람과 후미진 곳에 생긴 얼음과 쓸쓸한 호숫가에서 우울하게 찰랑이는 잔물결이었다.

이듬해 겨울에는 전에 왔던 사람들의 지워진 발자취를 더듬으며 이동했다. 한번은 숲으로 통하는 오솔길과 만났다. 그것은 무척 오래된 길이어서 "전설의 통나무집"이 멀지 않은 듯했다. 하지만 그 오솔길은 어디서 시작해서 어디서 끝나는지 알 수 없는 수수께끼 같은 길이었다. 누가 만들었고 왜 만들었는지도 알 수 없는 불가사의였다. 또 한번은 사냥꾼이 쓰는 허물어져 가는 오두막을 우연히 발견했다. 존 손턴은 삭아 빠진 담요 속에서 총신이 긴 화승총을 발견했다. 그 총은 북서부 지대 개발 초창기에 쓰이던 허드슨 베이 회사 제품이었다. 당시에는 그런 총 한 자루가 비버 모피를 총신의 높이까지 쌓아 올린 만큼의 값어치가 있었다. 오두막의 단서는 총 한 자루가 전부였다. 누가 이 오두막을 짓고 총을 담요 속에 넣어 두었는지에 대해서는 아무런 단서가 없었다.

또다시 봄이 왔다. 오랜 방랑 끝에 그들이 발견한 것은 "전설의 통나무집"이 아니라 넓은 골짜기에서 프라이팬을 씻을 때 뜨는 누런 버터처럼 사금이 깔려 있는 물 얕은 금광이었다. 방랑은 여기서 끝이 났다. 하루종일 일해서 그들은 순수한 사금과 금덩이로 수천 달러를 벌었다. 그들은 날마다 일했다. 금은 무스 가죽 자루에 넣었는데, 한 자루에 50파운드씩 들어갔다. 자루는 가문비나무로 지은 오두막 바깥에 장작더미처럼 쌓였다. 그들은 초인처럼 열심히 일했는데, 금 자루를 쌓고 있을 동안 시간은 마치 꿈처럼 금방 지나갔다.

개들이 하는 일은 가끔가다 손턴이 잡은 사냥감을 물고 오는 것밖에 없었고, 벅은 모닥불 옆에서 몽상에 잠겨 오랜 시간을 보냈다. 일이 통 없었기 때문에 다리가 짧은 털북숭이 인간의 환영이 전보다 자주 나타났고, 벅은 불 옆에서 눈을 깜박이며 자신이 기억해 낸 또 다른 세계를 털북숭이 인간과 함께 돌아다녔다.

이 다른 세계의 두드러진 특징은 공포인 것 같았
다. 털북숭이 인간은 머리를 두 무릎 사이에 묻고
손을 머리 위에 깍지 낀 채 불 옆에서 잠을 잤는데,
자다가 몇 번이나 깜짝 놀라 잠을 깼고 그때마다 불
안스레 어둠 속을 응시한 후 장작을 몇 개 불 속에
던져 넣었다. 함께 바닷가를 거닐 때면 털북숭이 인
간은 조개를 주워 그 자리에서 바로 먹어치웠으며,
눈은 연신 보이지 않는 위험에 두리번거렸고, 다리
는 위험이 닥치자마자 번개처럼 달아날 태세가 되
어 있었다. 숲 속을 지나갈 때는 발소리를 죽였는
데, 벅은 털북숭이 인간의 뒤를 따랐다. 그들은 귀
를 쫑긋 세우고 코를 벌름거리면서 경계를 늦추지
않았다. 털북숭이 인간의 귀와 코도 벅만큼 예민했
다. 그는 땅에서 다닐 때처럼 나무 위로도 빠르게
다닐 수 있었는데, 팔을 흔들어 이 나무에서 저 나
무로 뛰었다. 때로는 12피트나 떨어진 곳을 펄쩍 뛰
는데도 절대 떨어지는 법이 없었다. 정말로 그는 땅
에서처럼 나무 위에서도 아주 편해 보였다. 벅에게
는 털북숭이 인간이 꼭 붙들고 잠이 드는 나무 밑에

서 망을 보며 여러 날 밤을 지샌 기억이 있었다.

털북숭이 인간의 환영과 아주 비슷하게 숲 속 깊은 곳에서의 소리도 여전히 들려왔다. 그 소리는 벅에게 아주 불안하고 이상한 욕망을 불러일으켰다. 또한 그 소리는 막연하고 감미로운 기쁨을 느끼게 했는데, 벅은 뭔지 알 수 없는 것에 대한 미칠 듯한 열망과 흥분을 느꼈다. 가끔은 그 소리를 쫓아 숲 속으로 들어가서, 그 소리가 마치 만질 수 있는 물체나 되는 듯이 기분에 따라 조용히, 혹은 대담하게 찾으러 다녔다. 벅은 서늘한 숲의 이끼나 키 큰 풀들이 나 있는 검은 흙 속에 코를 박고서 비옥한 땅의 냄새를 기쁘게 맡았다. 혹은 버섯으로 뒤덮인 쓰러진 나무 뒤에 숨어 있는 듯 몇 시간이고 쭈그리고 앉아 주위에서 움직이고 소리를 내는 모든 것들에 눈을 크게 뜨고 귀를 쫑긋 세웠다. 어쩌면 벅은 그렇게 하고 있으면 알 수 없는 그 소리의 진원지를 알아낼 수 있으리라 생각했는지 모른다. 벅은 자신이 왜 이런 행동들을 하는지 알지 못했다. 하지 않고는 견딜 수 없어서 했지만, 왜 그런지는 전혀 알수가 없었다.

뿌리칠 수 없는 충동이 벅을 사로잡았다. 그날 벅은 한낮의 더위에 야영지에 누워서 나른하게 졸고 있었는데, 갑자기 고개를 쳐들고 귀를 쫑긋 세워 무슨 소리를 듣는가 싶더니 벌떡 일어나 뛰쳐나갔다. 그는 숲 속의 길과 검은 돌이 깔려 있는 빈터를 가로질러 몇 시간이고 달렸다. 그는 물이 말라버린 물길을 달리고 숲 속의 새들에게 다가가 그들의 생활을 염탐하는 일을 좋아했다. 어떤 때는 하루종일 덤불 아래 누워 자고가 퍼덕거리며 보란 듯이 이리저리 걸어다니는 것을 보기도 했다. 하지만 벅이 특히 좋아한 것은 여름 한밤의 어스름 속을 달리면서 숲의 조용하고 가라앉은 중얼거림에 귀를 기울이고, 사람이 책을 읽는 것처럼 여러 자취와 소리를 읽고, 자신을 부르는 신비의 소리, 자나깨나 늘 자신을 오라고 부르는 소리를 찾는 일이었다.

　어느 날 밤 벅은 잠을 자다 말고 벌떡 일어나서는 무엇을 찾는 듯 코를 씰룩거리며 냄새를 맡았는데, 털이 곤두서서 물결치듯 흔들거렸다. 숲에서 그를 부르는 소리(부르는 소리들 중 하나라는 것이 더 맞겠다. 부르는 소리에도 여러 종류가 있었으니까)가

전에 없이 뚜렷하고 분명하게 들렸다. 허스키의 소리 같기도 하고 아닌 것도 같은, 길게 끄는 소리였다. 벅은 그 소리가 전에도 들어 본 것처럼 친숙하다는 것을 알았다. 잠든 야영지를 뛰쳐나가 조용히 재빠르게 숲으로 달려갔다. 그 소리에 가까워졌을 때 속도를 늦춰 한 발 한 발 조심스럽게 걸어가서 마침내 숲 속의 빈터에 이르렀다. 그곳에는 등을 꼿꼿이 세운 채 하늘을 향해 코를 치켜들고 있는 키가 크고 비쩍 마른 늑대가 있었다.

벅이 아무 소리를 내지 않았는데도, 늑대는 짖기를 멈추고 벅이 있는 곳을 살폈다. 벅은 반쯤 웅크린 자세로, 잔뜩 긴장한 채 꼬리를 빳빳이 세우고 조심스럽게 발을 내디디며 천천히 빈터로 걸어갔다. 벅의 모든 움직임에는 위협과 동시에 우호적인 태도가 섞여 있었다. 그의 움직임은 맹수들이 마주쳤을 때 보이는 위협적인 휴전 제안이었다. 하지만 늑대는 벅을 보자 달아났다. 벅은 놈을 따라잡고야 말겠다는 생각에 맹렬히 뒤쫓았다. 그는 강바닥에서 늑대를 막다른 곳으로 몰았는데, 그곳은 통나무 때문에 길이 막혀 있었다. 늑대는 조를 비롯하여 궁지에 몰린 허스키들이 늘 하는 대로 뒷발에 힘을 실어 급히 돌아섰고, 털을 곤두세우고 으르렁대면서 이빨을 연신 딱딱거리고 컹컹 짖었다.

벅은 상대를 공격하는 대신 주위를 빙빙 돌면서 우호적인 태도로 상대에게 접근했다. 늑대는 의심스러워하고 두려워했다. 그도 그럴 것이 벅이 자신보다 체중이 세 배나 더 나가고 키도 머리 하나가 더 컸기 때문이다. 늑대는 기회를 엿보아 쏜살같이 달아났고, 또다시 추격이 시작되었다. 여러 번 늑대는 궁지에 몰렸다가 다시 달아나곤 했다. 늑대는 몸 상태가 좋지 않았는데도, 그리 쉽게 벅에게 따라잡히지 않았다. 녀석은 벅의 머리가 자기 옆구리 근처에 올 때까지 내달렸고, 궁지에 몰렸을 때는 빠져나갈 기회가 포착되자마자 쏜살같이 달아나 버렸다.

하지만 결국 벅이 끈질기게 버틴 보람이 있었다. 늑대는 상대가 적의를 품고 있지 않다는 것을 깨닫자 벅에게 다가와 코를 킁킁거렸다. 곧이어 그들은 친해졌고, 사나운 짐승의 기질에 어울리지 않게 우물쭈물 수줍어하는 태도로 장난을 쳤다. 이렇게 장난을 치다가 늑대는 어딘가를 정해 놓고 가는 것처

럼 천천히 달리기 시작했다. 벅에게도 따라오라는
눈짓을 했다. 두 짐승은 어스름한 새벽길을 나란히
달렸다. 그들은 강을 거슬러 올라가서 강이 시작되
는 골짜기로 들어가 강의 수원인 황량한 분수령을
넘었다.

그들은 분수령 반대편의 비탈을 내려가서 울창
한 숲과 많은 개울들이 길게 펼쳐진 평지에 들어섰
다. 그들은 이 긴 숲을 몇 시간이고 달렸는데, 해가
높이 솟아오르자 날씨가 점점 따뜻해졌다. 벅은 미
칠 듯이 기뻤다. 그는 숲의 형제와 나란히 그 소리
의 진원지를 향해 달리면서 이제야 자신이 그 소리
에 응하고 있음을 알았다. 옛 기억들이 물밀듯이 밀
려왔다. 이전에는 그 기억들이 환영으로만 보이던
모습에 흥분했다면, 이제는 그 옛 기억들에 흥분하
고 있었다. 희미하게 남아 있는 또 다른 세계의 어
느 곳에서 전에도 이런 일을 한 적이 있었다. 벅은
지금 다시 그 일을 하고 있었다. 인간의 발길이 닿
은 적 없고 드넓은 하늘이 펼쳐진 빈터를 자유롭게
달리면서.

그들은 물을 마시려고 냇가에 멈췄는데, 그때서

야 벅은 손턴을 떠올렸다. 벅은 주저앉았다. 늑대는
소리의 진원지를 향해 출발했다가 벅에게 되돌아와
서 코를 킁킁거리며 자기를 따라오라는 듯이 몸짓
을 했다. 하지만 벅은 돌아서서 오던 길을 천천히
되돌아가기 시작했다. 거의 한 시간 동안 늑대는 낮
게 낑낑거리며 벅과 나란히 달렸다. 그러다가 주저
앉아서 코를 치켜들고 울부짖었다. 그것은 슬픈 포
효였다. 벅이 계속 제 갈 길을 가는 동안 그 소리는
점점 희미해지면서 마침내 더 이상 들리지 않았다.

벅이 급히 야영지로 왔을 때 손턴은 저녁 식사를
하고 있었다. 벅은 좋아 죽겠다는 듯이 손턴에게 달
려들어 그를 넘어뜨렸고 그의 위에 올라타 얼굴을
핥고 손을 물었다. 손턴이 "온갖 바보짓"이라고 부
른 바 있는 그런 짓을 다했다. 손턴은 손턴대로 벅
을 이리저리 흔들며 애정이 담긴 욕을 퍼부었다.

이틀 밤낮으로 벅은 야영지를 떠나지 않고 줄곧
손턴을 따라다녔다. 그가 일하는 곳을 따라다니고
식사를 할 때는 지켜보고, 밤에 잠자리에 들고 아침
에 일어날 때까지 계속 붙어 있었다. 그런데 이틀
후, 숲에서 부르는 소리가 전보다 더 절박하게 들리

기 시작했다. 벅은 다시 안절부절못했고, 야생의 형제와 분수령 너머의 미소짓는 땅과 광대한 숲을 나란히 달리던 기억에 시달렸다. 벅은 다시 숲을 돌아다녀 보았지만, 야생의 형제는 더 이상 나타나지 않았다. 밤마다 자지 않고 귀를 기울이고 있어도 그 슬픈 소리는 끝내 들려오지 않았다.

벅은 한 번 야영지를 떠나면 며칠씩 밖에서 자고 돌아오기 시작했다. 한번은 강의 수원지에서 분수령을 넘어 울창한 숲과 개울의 땅으로 내려가 보았다. 그곳에서 일주일을 돌아다니며 야생의 형제의 새로운 흔적을 찾아보았지만 헛일이었다. 그렇게 돌아다니면서 먹을 것을 사냥했고, 성큼성큼 여유있게 걸으면서 결코 지치지 않고 여행했다. 어디쯤에선가 바다로 흘러들어가는 넓은 강에서 연어를 잡았고, 그 강가에서 큼직한 검은 곰도 죽였다. 그 곰은 벅처럼 고기를 잡다가 모기떼에 싸여 앞이 보이지 않았고, 숲 속을 미친 듯이 날뛰고 있었다. 그런 상황인데도 곰을 물리치기란 만만치 않았고, 벅은 마지막 남아 있는 잔악함까지 모조리 짜내야 했다. 이틀 뒤 곰을 죽인 장소로 가보니 열 두어 마리의 오소리들이 이 먹이를 놓고 다투고 있었는데, 벅은 파리를 날리듯 녀석들을 쫓아 버렸다. 달아나지 않은 두 놈은 더 이상 먹이 다툼을 하지 않았다.

피에 대한 갈증이 그 어느 때보다 강해졌다. 벅은 누구의 도움 없이 제 실력과 힘으로 산 짐승을 잡아먹고, 강자만이 살아남는 적대적인 환경에서 의기양양하게 살아남은 맹수였다. 이 모든 일 때문에 그는 강한 자부심을 가지게 되었고, 그 자부심은 전염병처럼 온몸으로 번졌다. 그 자부심은 벅의 모든 움직임에 그대로 나타났다. 근육이 움직일 때마다 뚜렷이 보였고, 움직임 자체가 뭔가를 분명히 말하고 있었으며, 훌륭한 털은 그 어느 때보다 근사하게 빛났다. 주둥이와 눈 위의 갈색 반점과 가슴에 군데군데 난 흰 털만 없었다면, 벅은 거대한 늑대, 가장 큰 늑대보다도 더 큰 늑대라는 착각이 들 정도였다. 벅은 세인트버나드 종인 아버지의 덩치를 이어받았는데, 그 크기와 체중이 모양새를 갖추게 된 것은 셰퍼드 종인 어머니 때문이었다. 벅의 주둥이는 늑대들에 비해 크다는 점을 제외하곤 영락없이 늑대의 긴 주둥이였다. 머리도 다소 넓적하기는 했지만, 아주 크다는 점에서 늑대의 머리였다.

벅의 교활함 역시 늑대의 것이었다. 셰퍼드와 세인트버나드의 지능이 합쳐진 지능은 가장 사나운 개들 사이에서 터득한 경험이 더해져서 황야를 돌아다니는 어느 맹수 못지 않게 벅을 무시무시한 짐승으로 만들었다. 날고기만 먹는 육식 동물이 된 벅은 활기와 정력이 넘쳐흐르는 삶의 절정기를 맞고 있었다. 손턴이 사랑스럽게 벅의 등을 어루만지면 털 한 올 한 올이 손에 닿을 때마다 전기를 발산하면서 타닥타닥 튀는 소리를 냈다. 머리와 몸, 신경 조직과 섬유 조직을 비롯한 각 부위가 그야말로 최상의 상태였다. 각 부위는 서로 완벽한 균형과 조화를 이루고 있었다. 반응을 해야 하는 모든 광경과 소리와 사건에 벅은 번개같이 반응했다. 허스키가 공격을 막거나 공격하기 위해 재빨리 뛰어오르는 것보다 배나 빠르게 뛰어오를 수 있었다. 다른 개들이 보거나 듣는 것보다 더 빨리 움직임을 파악하고 소리를 듣고서 그것에 잽싸게 반응했다. 벅은 인식, 판단, 반응을 동시에 보여 주었다. 실제로는 인식, 판단, 반응의 세 행위가 연속적으로 일어났지만, 그

간격이 너무나 짧아서 세 행위가 동시에 일어나는 것처럼 보였다. 벅의 근육은 활력이 넘쳤고 용수철이 퉁기듯이 격렬하게 움직였다. 삶의 활기가 굉장한 홍수처럼 기쁘고 난폭하게 그의 몸 속으로 밀려들어와, 마침내 그를 완전한 황홀경에 빠뜨린 뒤 그대로 몸밖으로 빠져나갔다.

"저런 개는 이제까지 본 적이 없어." 어느 날 벅이 야영지를 당당하게 빠져나가고 있을 때 손턴이 동료들에게 말했다.

"신이 저놈을 만들었을 때는 거푸집이 망가졌을 거야." 피트가 말했다.

"그래 맞아! 나도 동감이야." 한스가 맞장구를 쳤다.

그들은 벅이 야영지를 당당하게 빠져나가는 것을 보았지만, 벅이 은밀한 숲으로 들어가자마자 어떤 무시무시한 모습으로 돌변했는지는 알지 못했다. 벅은 이제 당당하게 진군하지 않았다. 곧 야생의 짐승으로 돌아가 살금살금 고양이 걸음을 걸었고, 어둠 속에서 나타났다 사라지는 그림자가 되었다. 그는 숨을 만한 곳을 찾을 줄도, 뱀처럼 바짝 엎

으려 기어다닐 줄도, 뱀처럼 뛰어올라 먹이를 후려
칠 줄도 알았다. 또한 둥지에서 새를 꺼내는 법도,
잠자는 토끼를 죽이는 법도, 나무 위로 도망가기 직
전의 다람쥐를 공중에서 덥석 무는 법도 터득했다.
넓은 연못 속의 물고기는 제아무리 빨라도 벅을 당
해 내지 못했다. 둑을 고치고 있는 비버가 아무리
조심해도 그에게는 역부족이었다. 벅은 장난으로
죽이는 것이 아니라 먹으려고 죽였다. 자기 힘으로
죽인 놈을 먹고 싶어했다. 그래서 벅의 행동에는 은
근히 익살스러운 데가 있었다. 그는 다람쥐에게 살
금살금 다가가 거의 다 잡았다 싶을 때 슬쩍 놓아주
었는데, 다람쥐들이 잔뜩 겁에 질려 나무 꼭대기로
달아나는 모습을 아주 재미있어 했다.

그해 가을이 되자, 추위가 덜한 골짜기 아래쪽에
서 겨울을 나기 위해 무스들이 무리를 지어 서서히
내려왔다. 벅은 이미 무리를 벗어난 새끼 무스 한
마리를 잡은 적이 있었다. 하지만 그는 좀 더 크고
강한 사냥감을 몹시 바라고 있었는데, 어느 날 강의
수원지 근방의 분수령에서 그런 놈을 만났다. 스무
마리의 무스 무리가 저쪽 숲에서 분수령을 넘어왔

는데, 그들 중 우두머리는 커다란 수놈이었다. 녀석은 성질이 사납고 키가 6피트가 넘었는데, 벅으로서는 더할 나위 없이 만만찮은 적수였다. 그 수놈은 거대한 뿔을 앞뒤로 흔들었다. 열 네 가닥으로 갈라진 그 뿔들은 양끝의 간격이 7피트나 되었다. 수놈은 벅을 보자 사납게 으르렁거렸고, 작은 두 눈은 광포하고 적대적인 빛으로 타올랐다.

수놈 무스의 옆구리에는 깃털 달린 화살이 꽂혀 있었는데, 녀석이 거칠었던 것은 그 때문이었다. 원시 세계의 저 먼 수렵 시절부터 내려온 본능에 따라 벅은 그 수놈을 무리에서 떼어 놓는 일에 착수했다. 그것은 쉽지 않은 일이었다. 그는 수놈 무스 앞에서 짖기도 하고 뛰기도 했는데, 놈의 거대한 뿔과 단 한 방에 목숨을 잃을 수도 있는 무시무시한 발굽이 닿지 않는 범위 내에서 그렇게 했다. 수놈은 앞에서 으르렁대는 위험물을 무시한 채 갈 수가 없었기 때문에 화가 치솟아 몸을 부르르 떨었다. 그럴 때마다 녀석은 벅을 공격했고, 벅은 교묘하게 물러서면서도 도망칠 수 없다는 듯이 수놈 무스를 멀리 유인했다. 그러나 놈을 떼어 놓았다 싶으면 조금 더 젊은 수놈 무스 두세 마리가 벅에게 달려들어 상처 입은 우두머리가 무리에 합류할 수 있게 해 주었다.

야생 동물에게는 인내가 있다. (생명만큼이나 끈질기고 지칠 줄 모르는 인내가.) 그래서 거미는 거미줄 속에, 뱀은 몸을 똘똘 감은 채, 표범은 매복을 한 채 몇 시간이고 가만히 있을 수 있는 것이다. 이런 인내는 특히 살아 있는 먹이를 사냥할 때 발휘된다. 지금 무스 무리에 붙어서 전진을 방해하고, 젊은 수놈 무스들을 화나게 하고, 새끼들을 데리고 있는 암놈 무스를 불안하게 만들고, 상처 입은 우두머리 수놈을 미치고 환장하게 만드는 벅의 모습이 그 인내의 표상이었다. 이런 상태는 반나절이나 지속되었다. 벅은 사방에서 공격을 가하고 무리 주위를 위협적으로 빙빙 돌면서, 우두머리가 무리에 합류하자마자 또다시 고립시켜 공격을 당하는 자들을 지치게 만들었다. 모름지기 당하는 쪽보다는 공격하는 쪽의 인내가 더 강한 법이다.

날이 저물어 해가 북서쪽으로 떨어지자(어두운 밤이 돌아왔고 가을밤의 길이는 여섯 시간이었다), 적에게 몰린 우두머리를 돕는 젊은 수놈 무스들의 발

166

걸음이 차츰 무거워졌다. 닥쳐오는 겨울이 무스들을 낮은 지대로 몰아 대고 있었으나 전진을 막는 이 지칠 줄 모르는 짐승을 뿌리칠 길이 없었다. 게다가 상대가 노리는 것은 무리 전체의 생명도 젊은 수놈의 생명도 아니었다. 상대는 단 한 놈의 생명만을 노리고 있었기 때문에 무리 전체의 이해 관계와는 거리가 멀었고, 결국 젊은 수놈들은 통행세를 치르기로 했다.

땅거미가 지자 늙은 수놈 무스는 고개를 떨구고서 동료들——그가 아는 암놈들, 그의 자식들인 젊은 수놈들, 그가 다스리던 어른 무스들——이 저무는 황혼 속을 빠른 속도로 비틀비틀 걸어가는 것을 지켜보았다. 그는 그들을 따를 수가 없었다. 코앞에서 무자비한 엄니를 드러내며 무섭게 위협하는 짐승이 날뛰고 있었기 때문이다. 수놈의 체중은 반 톤하고도 3백 파운드나 더 나갔다. 그는 오랫동안 싸움과 투쟁으로 점철된 거친 삶을 살아왔다. 그런데 지금 그는 머리가 자신의 거대한 무릎에도 못 미치는 작은 짐승에게 물려 죽게 된 것이다.

그날부터 벅은 밤낮으로 먹이 곁에 붙어서 잠시

도 쉴 틈을 주지 않았고, 나뭇잎이나 자작나무와 버드나무의 싹도 먹지 못하게 했다. 또한 무리들이 건너온 실개천에서 부상당한 수놈 무스가 타는 듯한 갈증을 풀 기회도 주지 않았다. 가끔가다 무스는 자포자기 심정으로 냅다 도망을 치기도 했다. 그럴 때면 벅은 놈을 금방 따라잡는 대신, 진행되는 게임이 재미있다는 듯이 유유히 쫓아가서 놈이 가만히 있으면 드러누웠고, 먹거나 마시려고 하면 가차없이 공격했다.

큰 무스의 머리는 나뭇가지 같은 뿔 밑으로 점점 수그러들었고 비틀거리던 걸음도 차츰 힘이 빠졌다. 이제는 코를 땅에 대고 귀를 축 늘어뜨린 채 가만히 서 있을 때가 더 많았다. 그 덕분에 벅으로서는 물을 마시고 쉴 수 있는 시간이 더 많아졌다. 벅은 붉은 혀를 내밀고 숨을 헐떡거리며 그 큰 무스를 뚫어지게 보노라면 주위에서 어떤 변화가 일어나는 것을 느낄 수 있었다. 땅에서 새로운 움직임이 일었다. 큰 무스가 그곳으로 들어왔듯이 다른 생명체들도 들어오고 있었다. 숲도 개울도 공기도 그들의 존재에 흥분하고 있는 듯했다. 그 느낌은 눈이나 귀나 코를 통해 느껴지는 것이 아니라, 다른 더 미묘한 감각에 의해 느껴졌다. 아무것도 보지도 듣지도 못했지만, 어쨌거나 주위가 달라졌다는 것을 벅은 알았다. 그 일대에서 이상한 일이 벌어지고 있었다. 벅은 큰 무스를 처치한 뒤 그 일을 확인해 보기로 했다.

마침내 나흘째 날 저녁에 벅은 그 큰 무스를 쓰러뜨렸다. 꼬박 하루 동안 먹이 곁을 떠나지 않고 먹고 자고 먹고 자고 했다. 그리고 충분한 휴식으로 원기를 회복했을 때 존 손턴이 있는 야영지로 달렸다. 벅은 성큼성큼 여유 있게 오랫동안 달렸고, 복잡한 길에서도 결코 당황하지 않았다. 그는 사람이나 나침반이 무색할 만큼 정확한 방향 감각으로 낯선 땅을 지나 야영지로 곧장 달려갔다.

계속 갈수록 새로운 움직임이 점점 더 강하게 의식되었다. 그 움직임에는 여름 내내 느껴지던 생명체와는 다른 이질적인 것이 들어 있었다. 그 느낌이 이제는 더 이상 미묘하고 신비한 방식으로 전해지지 않았다. 새들의 지저귐에서도, 다람쥐들의 조잘거림에서도, 산들바람의 속삭임에서도 그것이 느껴

졌다. 벅은 여러 번 멈춰 서서 상쾌한 아침 공기를
들이켰는데, 거기서 자신을 급하게 부르는 어떤 메
시지를 읽었다. 벅은 어떤 불길한 일, 어쩌면 이미
일어났을 수도 있는 일에 대한 생각으로 몹시 불안
했다. 마지막 분수령을 넘고 골짜기로 내려와서 야
영지에 가까워졌을 때 벅은 아주 조심스럽게 접근
했다.

야영지에서 3마일 떨어진 곳에 벅의 털을 곤두서
게 하는 새로운 길이 나 있었다. 그 길은 존 손턴이
있는 야영지로 곧장 이어졌다. 벅은 길을 서둘렀다.
기민하면서도 은밀히, 그리고 모든 신경을 곤두세
운 채, 사건──결말은 모르지만──을 말해 주는
온갖 사소한 것에도 주의를 놓치지 않았다. 벅의 코
는 지금 그가 추적하고 있는 생명체에 대해 여러 가
지를 일러주었다. 숲이 이상할 정도로 고요하고 조
용했다. 새들이 모두 날아가 버렸다. 다람쥐들도 어
디론가 숨어 버렸다. 딱 한 마리, 윤기 나는 회색 다
람쥐가 보였는데, 녀석은 회색의 죽은 나뭇가지에
착 달라붙어 있어서 나무에 있는 옹이처럼 그 나무
의 일부처럼 보였다.

벅은 그림자처럼 눈에 띄지 않게 기어가다가 어떤 강한 힘에 잡아채인 것처럼 갑자기 코를 옆으로 휙 돌렸다. 새로운 냄새를 따라 덤불 속으로 들어가니 닉이 있었다. 닉은 옆으로 누워 있었는데, 여기까지 기어와서 죽은 듯했다. 화살이 몸을 관통하여 화살촉과 화살 깃이 몸 밖으로 튀어나와 있었다.

백 야드를 더 가니 손턴이 도슨에서 산 썰매 끌이 개들 중 하나가 보였다. 이 개는 그 길에서 죽을 것 같은 고통에 뒹굴고 있었는데, 벅은 멈추지 않고 그대로 지나쳤다. 야영지에서 많은 사람의 소리가 노랫가락으로 높아졌다 낮아졌다 하면서 희미하게 들려왔다. 바짝 기어서 야영지 입구에 들어서자 고슴도치처럼 온몸에 화살이 꽂힌 채 엎어져 있는 한스가 보였다. 가문비나무로 만든 움막이 있던 자리에는 벅의 목덜미에서 어깨까지 털을 곤두서게 만드는 엄청난 광경이 펼쳐져 있었다. 참을 수 없는 분노의 불길이 벅을 엄습했다. 벅은 스스로도 의식하지 못할 정도로 무시무시하고 사납게 울부짖었다. 난생 처음으로 자신의 지혜와 이성을 격정에 내맡겼는데, 벅이 그렇게 흥분한 것은 존 손턴에 대한 지극한 사랑 때문이었다.

이하트 족 인디언들은 허물어진 가문비나무 움
막을 돌며 춤을 추다가 섬뜩한 포효와 더불어 여태
껏 한 번도 본 적 없는 짐승이 자신들에게 돌진해
오는 것을 보았다. 성난 폭풍의 화신처럼 미칠 듯한
살의에 불타 덤벼든 것은 바로 벅이었다. 벅은 맨
앞의 사내(이하트 족의 추장이었다)에게 달려들어
피가 콸콸 쏟아질 때까지 목을 왈칵 물어뜯었다. 벅
은 그 쓰러진 놈을 거들떠보지도 않고 두 번째 사나
이의 목을 크게 물어뜯었다. 벅을 제어하기란 불가
능했다. 인디언들의 한복판에 뛰어들어 물어뜯고,
쥐어뜯고, 죽이면서 무서운 기세로 쉴 새 없이 설쳐
댔기 때문에 아무리 활을 쏘아도 맞지 않았다. 사
실, 벅의 움직임이 믿을 수 없을 정도로 빠른데다
인디언들이 한 곳에 몰려 있었기 때문에, 화살이 자
기편에게 날아드는 사태가 빚어졌다. 한 젊은 인디
언이 공중에 뜬 벅에게 창을 던졌는데, 오히려 창끝
이 다른 인디언의 등에 꽂히면서 엄청난 힘에 가슴
을 뚫고 튀어나갔다. 그러자 이하트 족 인디언들은
악마가 나타났다고 소리치면서 공포에 떨며 숲으로

달아났다.

정말로 벅은 악마의 화신이 되어 인디언들을 미친 듯이 뒤쫓아 무스를 잡듯이 그들을 쓰러뜨렸다. 이하트 족 최악의 날이었다. 그들은 그 부근 일대로 산산이 흩어졌다. 마지막 생존자들이 골짜기에 모여서 죽은 자들의 수를 센 것은 그로부터 일주일이 지난 뒤였다. 벅은 추적에 지쳐 황량한 야영지로 돌아왔다. 피트는 기습을 당하자마자 죽었는지 담요를 두른 채 죽어 있었다. 손턴이 필사적으로 싸운 흔적이 땅 위에 고스란히 남아 있었는데, 벅은 그 흔적을 일일이 추적하여 깊은 웅덩이에 이르렀다. 그 웅덩이 옆에는 머리와 두 앞발이 물 속에 처박혀 있는 스킷이 있었다. 녀석은 끝까지 주인을 지켰던 것이다. 웅덩이 물은 사금이 흘러들어 시커멓고 더러워져서 물 속이 전혀 보이지 않았다. 웅덩이 안에 존 손턴이 있는 게 분명했다. 물 속으로 들어간 자취는 있지만 나온 흔적은 없었기 때문이다.

벅은 온종일 웅덩이 옆에서 생각에 잠기거나 야영지 주위를 초조하게 배회했다. 죽음이란 움직임의 정지이자 살아 있는 생활에서 멀리 떠나 버리는 것임을 벅은 알고 있었다. 또한 존 손턴이 죽었다는 것도 알았다. 허기 같은 커다란 공허감이 밀려들었지만, 가슴이 몹시 쓰리고 먹을 것으로도 채워질 수 없는 공허감이었다. 벅은 이따금씩 가만히 서서 이 하트 족의 시체를 보면서 그 아픔을 잊었다. 그럴 때면 자신에 대한 큰 자부심, 이제까지 느껴보지 못했던 큰 자부심이 느껴졌다. 그는 동물들 중 가장 고귀하다는 인간을 죽였고, 몽둥이와 엄니의 법칙에 도전을 한 것이다. 벅은 신기한 듯이 시체 냄새를 맡았다. 인간들은 너무나 쉽게 죽었다. 허스키들을 죽이는 것보다 더 쉬웠다. 활과 창과 몽둥이만 없으면 인간들은 적수가 되지 않았다. 그 후로 벅은 인간들이 활과 창과 몽둥이만 쥐고 있지 않는 한 인간들을 두려워하지 않게 되었다.

밤이 되어 보름달이 나무 위로 높이 떠올라 땅을 비추자 대지는 유령이 나올 듯 대낮처럼 밝아졌다. 밤이 깊어지자 웅덩이 옆에서 생각에 잠기고 슬퍼하던 벅은 인디언들의 움직임과는 다른 새로운 생명체의 동요를 숲에서 느꼈다. 그는 일어서서 귀를 기울이고 냄새를 맡았다. 멀리서 날카로운 울부짖음이 들렸고, 뒤이어 그런 비슷한 울부짖음이 일제히 터져 나왔다. 시간이 지날수록 그 소리는 점점 더 가까워지고 커졌다. 벅은 그 소리가 그의 기억 속에 남아 있는 다른 세계에서 들었던 소리와 같다는 것을 알아챘다. 빈터 가운데로 걸어가서 귀를 기울였다. 그것은 전에도 여러 번 들었던 소리로서, 그 어느 때보다 더 매혹적이고 강렬하게 울렸다. 그리고 전과 달리 벅도 이제는 그 소리에 기꺼이 따랐다. 존 손턴은 죽었다. 그로써 인간과의 끈은 끊어졌다. 인간도, 인간의 요구도 더 이상 벅을 구속할 수 없었다.

이하트 족 인디언들이 사냥할 때처럼 이동하는 무스들을 쫓으며 사냥하던 늑대 무리가 개울이 많은 저쪽 숲에서 분수령을 넘어 벅이 있는 골짜기까지 침입해 왔다. 늑대들은 달빛 흐르는 빈터로 은빛 물결로 몰려들어왔다. 빈터 한복판에 벅이 동상처럼 꼼짝 않고 서서 그들을 기다리고 있었다. 늑대들은 벅의 큰 덩치와 여전히 꼼짝 않고 서 있는 모습에 겁을 집어먹고서 잠시 주춤거렸다. 그러다가 가장 대담한 놈이 곧장 덤벼들었다. 벅이 번개같이 일

격을 가하자 상대의 목이 부러졌다. 부상을 입은 늑
대가 고통으로 뒹구는데도 벽은 또다시 조금 전처
럼 가만히 서 있었다. 이번에는 세 마리가 연달아
덤볐다. 그들은 차례차례 목과 어깨를 물어뜯긴 후
피를 흘리며 물러섰다.

이렇게 되자 늑대들은 한꺼번에 덤벼들었는데,
죽이고 싶다는 데 너무 급급하여 우르르 몰려들자
진로가 막히고 어수선해졌다. 벽의 기막힌 민첩함
과 명민함이 큰 도움이 되었다. 그는 뒷발에 힘을
싣고서 닥치는 대로 물어뜯고 깊은 상처를 내면서
사방에서 적들을 물리쳤는데, 한시도 멈추지 않고
이리저리 워낙 빨리 돌아서 옆에도 눈이 달린 것만
같았다. 벽은 적들이 등뒤로 오지 못하게 하려고 어
쩔 수 없이 후퇴를 했고, 웅덩이를 지나고 강바닥으
로 가서 높은 자갈 둑에 이르렀다. 그는 그 둑에서
사람들이 금을 채굴하느라고 파 놓은 오른쪽 모퉁
이를 따라가서 삼면이 막혀 있고 오직 정면만 방어
하면 되는 구석까지 왔다.

벽이 너무나 잘 싸워서 삼십 분 후 늑대들은 모
조리 패배한 채 물러났다. 하나같이 혀가 축 늘어졌

고, 하얀 엄니가 달빛 속에서 잔인하게 반짝였다. 몇 놈은 머리를 쳐들고 귀를 쫑긋 세운 채 누워 있었고, 몇 놈은 우뚝 서서 벅을 쳐다보았으며, 또 몇 놈은 연못의 물을 핥아먹었다. 키가 크고 여윈 회색 늑대 한 마리가 친근한 태도로 조심스럽게 다가왔다. 그 늑대는 하루 밤낮을 벅과 함께 달렸던 야생의 형제였다. 그가 정답게 칭얼거려서 벅도 응답을 했고, 둘은 서로의 코를 비볐다.

이번에는 수척하고 상처투성이인 늙은 늑대가 앞으로 나왔다. 벅은 입술을 일그러뜨리며 으르렁거리려 하다가 그에게 코를 갖다댔다. 그러자 늙은 늑대는 앉아서 달을 향해 코를 치켜들더니 긴 늑대 울음을 내질렀다. 다른 늑대들도 앉아서 울부짖었다. 이제서야 벅은 그 소리의 정체를 알게 되었고, 앉아서 함께 울부짖었다. 그리고 나서 벅이 구석에서 나오자 늑대들이 그에게 다가와 친근하면서도 거친 방법으로 벅의 냄새를 맡았다. 지도자들은 크게 울부짖은 뒤 숲으로 뛰어갔다. 다른 늑대들도 일제히 울부짖고서 그 뒤를 따랐다. 벅도 같이 야생의 형제들과 나란히 달렸고, 달리면서 계속 울부짖었다.

벅의 이야기는 여기서 끝내는 것이 좋겠다. 그
후로 몇 년 뒤 이하트 족은 야생 늑대의 품종에 변
화가 생긴 것을 알아챘다. 머리와 콧등에 갈색 반점
이 드문드문 있고 가슴 한복판으로 하얀 털이 난 늑
대가 눈에 띄었다. 이하트 족의 말에 따르면, 이보
다 더 놀라운 것은 늑대 무리의 선두에 서서 달리는
"유령 개"가 있다는 것이었다. 이하트 족은 이 "유
령 개"를 무서워했다. 그것은 그 개가 매서운 겨울
이면 그들의 야영지에서 먹을 것을 훔치고, 덫을 가
져가고, 개들을 죽이고, 아무리 용감한 사냥꾼이라
도 당해 낼 수가 없을 정도로 영특했기 때문이다.

아니, 이야기는 그보다 더 심해진다. 야영지로
영영 돌아오지 않는 사냥꾼도 있었고, 무참하게 목
이 물어뜯긴 시체로 부족 사람들에게 발견된 사냥
꾼도 있었는데, 그 시체들 주위에는 그 어떤 늑대보
다 더 큰 늑대의 발자국이 찍혀 있었다. 매년 가을
에 이하트 족이 무스의 이동을 추적할 때면 절대로
들어가지 않는 골짜기가 있었다. 그 "악령"이 어떻
게 해서 그 골짜기에 살게 되었는지를 모닥불 옆에
서 얘기할 때면 슬픔에 잠기는 여인들도 있었다.

그러나 이하트 족은 알지 못했지만, 여름이면 그 골짜기를 찾는 방문자가 있었다. 몸집이 크고 털이 북슬북슬한 것은 여느 늑대와 비슷했지만, 그 짐승은 보통의 늑대들과는 좀 달랐다. 그는 분수령 너머 울창한 숲에서 혼자 넘어와 여기 숲 속의 빈터로 내려온다. 이곳에는 썩은 무스 가죽 자루에서 누런 황금 물이 흐르는데, 키 큰 풀들과 이끼들로 뒤덮여 있어 황금이 보이지 않는다. 여기서 그 방문자는 한동안 생각에 잠겼다가 길고 애처롭게 한 번 울고는 떠나 버린다.

　　그러나 그가 늘 혼자 오는 것은 아니다. 긴긴 겨울밤이 찾아와 늑대들이 먹이를 찾아 낮은 골짜기로 내려갈 때, 무리의 선두에 서서 창백한 달빛이나 북쪽 땅의 희미한 빛 아래 달리는 그의 모습을 볼 수 있다. 같이 다니는 늑대들보다 더 큰 덩치로 뛰어오르고, 그 거대한 목에서 무리의 노래인 야성의 노래를 내지르는 그의 모습을……

불을 피우기 위하여

춥고 음산한, 지독하게 춥고 음산한 날이 밝았다. 그날 그 사내는 유콘 강의 주요 행로를 벗어나, 울창한 전나무 숲으로 이어지는 어스레하고 인적 없는 길이 나 있는 동쪽의 높은 강둑을 올랐다. 가파른 강둑이었는데 정상에서 숨을 고르기 위해 잠시 쉬더니, 그 잠깐의 휴식마저도 아깝다는 듯 시계를 보았다. 9시였다. 하늘에는 구름 한 점 없었지만, 태양은 아직도 그 자취를 내보이지 않았다. 맑은 날이었지만 만물의 표정에는 설명할 수 없는 기운, 즉 날을 어둡게 만드는 미묘한 침울함이 흐르고 있었다. 그것은 태양이 없기 때문이었다. 하지만 사내는 걱정하지 않았다. 그는 태양이 없는 것에 익숙해져 있었다. 태양을 본 지는 며칠이 지났고, 남쪽 하늘에 기분 좋은 태양이 나타나 시야에 들어오기까지는 며칠을 더 기다려야 한다는 것을 알고 있었다.

그 사내는 지금까지 걸어온 길을 돌아보았다. 드

넓은 유콘 강이 3피트나 되는 얼음 밑으로 흐르고
있었다. 얼음 위에는 얼음 두께 만한 눈이 쌓여 있
었다. 유콘 강은 결빙기에 강물이 한순간에 얼어붙
은 곳에서 부드러운 파동을 일으키며 온통 순백으
로 빛났다. 한 줄의 검은 선을 제외하고, 남북으로
그의 눈에 닿는 것은 백색의 물결이었다. 검은 선은
울창한 전나무 숲 섬 주위를 휘휘 돌아 남쪽으로,
그리고 북쪽으로 돌고 돌아, 또 다른 전나무 숲 섬
뒤로 사라졌다. 이 검은 선은 남쪽으로 칠쿠트 분수
령, 다이에, 그리고 바다로 이어지는 5백 마일의 주
요 행로였다. 이 길을 따라 북쪽으로 70마일을 가면
도슨에 이르고, 북쪽으로 천 마일을 더 가면 눌라토
가 나오며, 1천 5백 마일을 더 가면 베링 해에 인접
한 세인트마이클에 이르게 된다.

　하지만 이 모든 것들, 신비스럽고 멀리까지 뻗은
좁은 길, 태양이 없는 한낮의 하늘, 지독한 추위, 그
리고 이런 것들이 자아내는 이상하고 기묘한 분위
기에 그 사내는 아무 느낌도 없었다. 이런 것들에
익숙해서 그런 게 아니었다. 그는 이 땅에 온 지 얼
마 되지 않은 사람이었고, 이번이 처음 맞는 겨울이

었다. 문제는 그에게 상상력이 없다는 것이었다. 상황을 파악하는 데는 민첩하고 기민했지만, 단지 그뿐, 더 이상의 의미는 읽어 내지 못했다. 그에게 화씨 -50도[섭씨로는 대략 영하 45.5도]는 어는점에서 80도 가량 내려왔다는 것을 의미했다[화씨에서 어는점은 32도이다]. 그 사실은 그에게 춥고 불편하다는 인상만을 줄 뿐, 그 이상의 의미는 없었다. 다시 말해 그는 기온에 영향을 받는 생물체로서의 자신의 나약함이라든지, 일정한 범위의 추위와 더위에서만 살 수 있는 인간의 나약함에 대해서는 생각하지 못했다. 또한 이곳에서 영생(永生)이나 우주에서의 인간의 위치 같은 추상적인 생각을 이끌어 내지 못했다. 화씨 -50도란 살을 에는 추위를 뜻했으며, 벙어리장갑과 귀마개와 따뜻한 모카신[북아메리카 인디언의 가죽신. 신바닥이 발등을 덮는 가죽 조각과 주름 잡힌 솔기로 연결되어 있다]과 두꺼운 양말을 신어야 한다는 걸 의미했다. 그에게 화씨 -50도는 더도 덜도 아닌 화씨 -50도였다. 그 이상의 다른 의미가 있을 수 있다는 생각이 그의 머리에는 들어오지 않았다.

길을 내려가기 전에 그는 호기심에 침을 뱉어 보았다. 예리하고 폭발적인 딱 소리에 그는 깜짝 놀랐다. 다시 침을 뱉었다. 다시 한 번 침은 눈 위에 떨어지기도 전에 공중에서 딱 소리를 내며 얼어붙었다. 화씨 -50도에서는 침이 눈 위에서 얼어붙는데, 이 침은 공중에서 얼어붙었다. 그렇다면 기온이 정확하게 몇 도인지는 몰라도 화씨 -50도 아래인 것만은 분명했다. 그러나 몇 도인지는 중요하지 않았다. 그는 지금 헨더슨 크리크(개울보다 조금 큰 시내)의 왼쪽 분기점에 있는 오래된 광산으로 가고 있었고, 그곳에서 동료들과 만날 예정이었다. 동료들은 인디언 크리크에서 분수령을 넘어 이미 그곳에 도착했지만, 그는 유콘 강에 있는 섬에서 봄에 쓸 장작을 구할 수 있을지 알아보기 위해 길을 둘러 온 것이었다. 여섯 시까지는 야영지에 도착할 수 있으리라. 약간 어두워질 시각이지만, 동료들이 그곳에서 불을 지펴 놓고 따뜻한 저녁 식사를 준비할 것이다. 점심 생각이 나서 그는 재킷 밑으로 삐죽 나온 작은 뭉치를 손으로 눌러 보았다. 손수건으로 싼 그 뭉치는 셔츠와 살갗 사이에 넣어져 있었다. 이렇게 해야만 비스킷이 어는 걸 방지할 수 있었다. 그는 베이컨 기름에 적신 다음, 튀긴 베이컨을 듬뿍 넣어 만든 비스킷 샌드위치를 떠올리며 흐뭇하게 혼자 웃었다.

그는 큰 전나무들 사이로 재빨리 내려갔다. 길이 희미했다. 마지막 썰매가 지나간 뒤로 눈이 쌓인 것이다. 썰매 없이 가볍게 길을 나서길 잘했다고 생각했다. 사실 짐이라곤 손수건에 싼 점심이 다였다. 하지만 그는 추위에 놀랐다. 장갑 낀 손으로 마비된 코와 뺨을 문지르면서 지독한 추위를 실감했다. 덥수룩한 구레나룻이 있었지만, 차가운 공기 중에 드러난 높은 광대뼈와 얼얼한 코를 보호해 주기에는 역부족이었다.

그 사내의 뒤에는 개 한 마리가 종종 걸음으로 따라오고 있었다. 회색 털에 몸집이 큰 허스키〔시베리아 원산의 썰매 끌이 개. 체중 16~27킬로그램으로 체격은 작지만 먼거리를 일정한 속력으로 달릴 수 있다〕로, 겉모습이나 성질이나 야생 늑대와 별 차이가 없는 완전한 늑대 개였다. 개도 지독한 추위에 기가 꺾인 모습이었다. 개는 지금이 여행할 만한 때가 아니라는 것을 알고 있었다. 그 사내가 의식적으로 추위를 실감한 데 비해 녀석은 본능적으로 먼저 알았다. 사실 수은주는 화씨 −50도 이하로만 떨어진 게 아니었다. 화씨 −60도, 아니 화씨 −70도 이상 떨어졌다. 기온은 화씨 −75도〔섭씨로는 대략 영하 59.4도〕였다. 어는점이 32도니까, 지금 기온은 얼음이 어는 온도에서 107도나 내려간 것이었다. 개가 온도계라는 걸 알 턱이 없었다. 어쩌면 개의 머릿속에는 그 사내와 같은 지독한 추위에 대한 날카로운 의식이 없을지도 모른다. 하지만 짐승에게는 본능이 있게 마련이다. 개는 막연하지만 위협적인 불안을 강하게 느끼면서 사내의 뒤를 가만가만 뒤따랐다. 또한 녀석은 사내가 야영지로 가거나 아무 데고 쉴 만한 곳을 찾아 불을 지피기를 바라는 것처럼 사내의 서투른 움직임을 일일이 주시했다. 개는 불이라는 것을 알고 있었고, 그래서 불 옆이나 눈 밑에 파고 들어가 추운 공기에서 벗어나 온기를 되찾고 싶었다.

하얀 입김이 그대로 얼어붙어서 개의 털에 미세한 서리가 꼈는데, 특히 턱과 주둥이와 눈썹 주위에 얼음 알갱이들이 하얗게 붙어 있었다. 그 남자의 붉은 턱수염과 콧수염에도 서리가 꼈고, 따뜻한 입김이 계속 나올수록 얼음 알갱이들이 두꺼워지면서 더 단단하게 얼어붙었다. 사내는 담배까지 씹고 있었다. 수염에 엉겨붙은 얼음 때문에 입술이 제대로 벌어지지 않아서 담배 즙이 턱 주위로 흘러내렸다. 그러자, 그의 얼어붙은 턱수염에는 호박색의 단단한 고드름이 점점 더 길게 자라기 시작했다. 만약 넘어지기라도 하는 날엔, 고드름이 유리처럼 산산조각 날 판이었다. 하지만 그는 그런 것에 개의치 않았다. 이 지역에서 담배를 씹는 사람들은 으레 그 정도의 불편은 감수해야 했고, 게다가 그는 전에도 두 번이나 이런 추위 속에 다닌 적이 있었다. 물론 그때는 이번만큼 춥지 않았지만, 그가 알기로 식스티마일 강에서의 체감 온도도 화씨 -50도 내지 화씨 -55도에 가까웠다.

그 사내는 삼사 마일의 길게 뻗은 숲을 지나 검은 자갈들이 깔려 있는 넓은 평지를 건넜고, 그곳에서 강둑으로 내려가 꽁꽁 언 작은 개울 바닥에 이르렀다. 이곳은 헨더슨 크리크였고, 분기점까지는 10

마일 거리였다. 시계를 보았다. 10시였다. 한 시간에 4마일씩 걷고 있으니까, 12시 30분에는 그 지점에 도착할 수 있겠다는 계산이 나왔다. 그는 점심을 들면서 그곳에 도착한 것을 자축하기로 했다.

사내가 시내 바닥을 따라 성큼성큼 걸어가자, 개는 꼬리를 축 늘어뜨린 채 또다시 그의 뒤를 졸졸 뒤따랐다. 오래 전에 썰매가 지나간 자국이 눈에 띄었지만, 마지막으로 지나간 썰매 자국은 10인치가 넘는 눈에 가려져 있었다. 한 달 가량 그 조용한 시내 주위로는 사람이라곤 지나다니지 않은 것이었다. 사내는 계속 걸었다. 별다른 생각 없이, 그저 분기점에 도착하면 점심을 먹으리란 것과 여섯 시면 동료들이 있는 야영지에 도착하리라는 것만 생각하면서 계속 걸었다. 이야기할 상대도 없었다. 누군가 있었다 해도 얼어붙은 입 때문에 말을 할 수도 없었다. 그래서 담배를 계속 씹으며 호박색의 얼음 수염을 키우면서 묵묵히 걸었다.

이따금씩 반복적으로 드는 생각은 정말로 춥다는 것과 이런 추위를 겪어보기란 난생 처음이라는 것이었다. 그는 걸으면서 장갑 낀 손등으로 뺨과 코

188

를 문질렀다. 양손을 번갈아 가며 무의식적으로 그렇게 했다. 하지만 그렇게 문지르다가도 잠시만 멈추면, 우선 뺨이, 다음에는 코가 곧바로 감각을 잃어버렸다. 뺨이 얼어붙었을 것은 뻔했다. 동료인 버드가 기온이 갑자기 떨어질 때 쓰던 것 같은 마스크를 가져오지 않은 게 뼈저리게 후회됐다. 그런 마스크가 있었다면 뺨과 코를 보호해 주었으리라. 하지만 마스크는 그다지 중요하지 않았다. 뺨이 좀 얼면 어떤가? 약간 고통스러울 뿐이지. 결코 심각한 문제는 아니었다.

머릿속으로 생각은 하지 않았지만, 그는 예리한 관찰자였다. 그는 시내의 변화와, 내의 굽이들과 그 위에 뜬 무수한 나무토막들을 주의 깊게 보면서 발디딜 곳을 정확하게 가려냈다. 한번은 내의 굽이를 돌다가, 놀란 말처럼 갑자기 뒷걸음질쳐서 가던 방향에서 옆으로 방향을 틀어 몇 걸음 뒤로 갔다. 이런 북쪽 땅에서는 겨울에 시냇물이 얼지 않을 수 없고 시내가 바닥까지 꽁꽁 어는 것은 자명한 이치였다. 하지만 산허리에서 내려와 거품을 일으키며 개울의 얼음과 그 위에 쌓인 눈 밑으로 흐르는 샘들도 있다는 것을 그는 알았다. 이런 샘들은 어떠한 강추위에도 절대 얼지 않았고, 그만큼 위험했다. 그것들은 함정이었다. 눈 밑에 숨어 있는 이런 샘들은 그 깊이가 3인치이거나, 심지어는 3피트에 이를 수도 있었다. 어떤 경우에는 이 샘들이 0.5인치 두께의 얼음과 그 위에 덮인 눈에 가려져 있었다. 또 어떤 경우에는 물과 얼음이 교대로 몇 층을 이루는 샘도 있었는데, 이런 곳에 잘못하여 발을 내딛게 되면 허리까지 잠기게 된다.

바로 그 때문에 사내가 놀라서 뒷걸음질을 친 것이었다. 그는 발 밑에서 그런 조짐을 느꼈고 눈에 덮여 가려진 얼음이 깨지는 소리를 들었다. 이런 기온에서 발이 젖는 것은 귀찮을 뿐 아니라 위험했다. 아무리 운 좋은 경우라 해도 길은 지체될 수밖에 없었다. 그도 그럴 것이 가던 길을 멈추고 불을 지펴서 신발과 양말을 말리고 발을 녹여야 하기 때문이다. 그는 멈춰 서서 시내 바닥과 둑을 살펴보고서, 물이 오른쪽에서 흐르고 있다는 것을 알아냈다. 코와 뺨을 문지르며 잠시 생각한 뒤, 왼쪽으로 비켜서서 조심스럽게 한 발 한 발 내딛었다. 위험이 사라졌을 때, 새로운 담배를 꺼내 씹으며 이제까지 걷던 식으로 기운차게 걸었다.

그 뒤로 두 시간 동안 몇 개의 비슷한 함정들과 마주쳤다. 대개는 샘물을 가리고 있는 눈이 쑥 꺼진 채로 굳어 있어서 그 위험이 잘 보였다. 그러나 몇 번 아슬아슬한 순간이 있었다. 한번은 위험이 느껴져서 개를 먼저 앞으로 보냈다. 개는 가려고 하지 않았다. 주춤거리던 개는 사내가 앞으로 떠밀자, 결국 발자국 하나 없는 하얀 눈 위를 재빨리 가로질렀다. 갑자기 개가 쑥 꺼지고 한쪽으로 기우는가 싶더니 좀 더 단단한 땅으로 올라섰다. 개의 앞발과 다리가 젖었고, 거기에 묻은 물은 순식간에 얼어 버렸다. 개는 다리에 붙은 얼음을 재빨리 핥아서 떼어 냈고, 눈 위에 누워 발가락 사이에 생긴 얼음도 깨물기 시작했다. 이런 행동은 본능이었다. 얼음을 그대로 놔두면 발이 아프게 된다. 개는 이런 사실을 알지 못했다. 녀석은 다만 자기 안의 깊은 밑바닥에서 일어난 불가사의한 충동을 따른 것뿐이었다. 하지만 사내는 그런 일이 일어났을 때의 대처 방법을 알았으므로 오른쪽 장갑을 벗어 개의 발가락 사이에 낀 얼음 조각들을 떼어 내 주었다. 잠깐 장갑을 벗었는데도 손이 금방 얼어붙는 듯해서 깜짝 놀랐다. 정말로 지독하게 추웠다. 얼른 장갑을 끼고서 그 손을 가슴에 대고 세게 쳤다.

12시가 되자 날은 그지없이 밝았다. 하지만 겨울이라 태양이 남쪽으로 너무 멀리 치우쳐 있어서 지평선이 선명하게 보이지 않았다. 지평선과 헨더슨 크리크 사이에 불쑥 솟아오른 땅이 시야를 가렸다. 헨더슨 크리크에서 사내는 정오에 맑은 하늘 아래 그림자도 없이 걸었다. 12시 30분 정각에 헨더슨 크리크의 분기점에 도착했다. 그는 자신의 걷는 속도에 만족했다. 이대로 계속 간다면 6시까지 동료들과 합류할 수 있으리라. 재킷과 셔츠 단추를 풀어서 점심을 꺼냈다. 그 동작은 아주 순식간에 진행되었다. 하지만 아주 잠깐인데도 장갑을 벗은 손이 얼어붙으려 했다. 장갑을 끼는 대신, 몇 번이나 다리에다 손가락을 세게 내리쳤다. 그리고 나서 눈 덮인 통나무에 앉아 점심을 먹었다. 다리에다 손가락을 칠 때 전해지던 통증은 놀랍게도 금새 사라졌다. 그는 지금까지 비스킷 한 조각 먹을 여유가 없었다. 손가락을 연신 때리고는 장갑을 끼었고, 한쪽 손은 점심을 먹기 위해 그대로 놔뒀다. 한입에 비스킷을 넣으려 했지만, 입이 얼어서 그럴 수가 없었다. 불을 지펴서 몸을 녹여야 한다는 걸 깜박 잊고 있었다. 그는 자신의 멍청함에 낄낄거리고 웃다가 장갑을 벗은 손이 점점 마비되는 것을 느꼈다. 또한 통나무에 앉을 때만 해도 느껴지던 발가락 통증이 이제는 사라졌음을 알아챘다. 발가락이 따뜻한지 마비됐는지 알 수가 없었다. 모카신을 신은 채 발가락을 움직여 보고서 발가락에 감각이 없다는 걸 알았다.

그는 서둘러 장갑을 끼고는 일어섰다. 약간 두려웠다. 발에 통증이 느껴질 때까지 계속 왔다 갔다 했다. 정말 추운 날씨였다. 설퍼 크리크 출신의 한 노인이 이 지역의 추위가 때때로 얼마나 지독한지를 말해 준 적이 있었다. 당시 그는 노인의 말을 비웃지 않았던가! 그것은 인간이 그 어떤 것에 대해서도 결코 자만해서는 안 된다는 얘기였다. 노인의 말은 사실이었다. 정말로 추웠으니까. 그는 몸에 온기가 돌 때까지 발을 구르기도 하고 팔을 두드리기도 하면서 성큼성큼 왔다 갔다 했다. 그리고 나서 성냥을 꺼내고 불을 지필 장작을 찾았다. 지난봄에 물이 불어서 올라온 몇 개의 마른 나뭇가지를 덤불 밑에서 발견했다. 처음에 조심스럽게 타오르던 불길이 곧이어 활활 타올랐다. 그는 불 옆에서 얼어붙은 얼굴을 녹이고 비스킷을 먹었다. 잠시 동안 그 주위에는 모진 추위가 도망갔다. 개도 만족해 하며 몸을 따뜻하게 하기 위해 불에 데지 않을 만큼만 떨어져서 몸을 쭉 폈다.

사내는 점심을 다 먹고서 파이프에 담뱃잎을 채워 담배를 피면서 편안한 시간을 보냈다. 그리고 나서 장갑을 끼고 모자에 달린 귀마개로 귀를 단단히 덮고서 왼쪽 분기점 위로 이어진 길을 따라 걷기 시작했다. 개는 아쉬워하면서 불 근처로 다시 가고 싶어했다. 사내는 이런 추위를 알지 못했다. 어쩌면 그의 조상들은 대대로 진짜 추위, 어는점에서 107도나 내려간 화씨 –75도의 지독한 추위를 몰랐을 것이다. 하지만 개는 알았다. 개의 조상들도 알았고, 그 개는 조상들의 지혜를 물려받았다. 이렇게 지독하게 추운 날에는 나돌아다니지 않는 것이 좋다. 이런 날에는 눈 속의 구덩이에 아늑하게 누워서, 이런 추위를 몰고 온 저 먼 땅으로 구름의 장막이 물러가기만을 기다리는 편이 상책이었다. 한편으로 개와 사내 사이에는 강한 친밀감이 없었다. 개는 그 인간을 위해 열심히 일해야 하는 노예였고, 녀석이 사내에게 지금까지 받은 애무라곤 가혹한 채찍질과 채찍질을 하겠다고 협박하는 위협적인 목소리뿐이었다. 그래서 개는 자신이 염려하는 것을 사내에게 알려주려 애쓰지 않았다. 개는 사내의 안전 따위에는 관심이 없었다. 다시 불 옆에 가고 싶은 것은 오로지 자신의 안전 때문이었다. 하지만 사내가 휘파람을 불며 채찍질을 하겠다고 위협했을 때 개는 사내의 발치로 얼른 달려가서 그 뒤를 따랐다.

사내가 담배를 씹기 시작하자 호박색 수염이 다시 자라기 시작했다. 또한 입김이 나올 때마다 콧수염과 눈썹과 속눈썹에 하얀 서리가 바로바로 생겼다. 헨더슨 크리크의 왼쪽 분기점에는 샘이 그렇게 많지 않은 것 같았고, 반시간 동안 샘의 흔적이라곤 발견되지 않았다. 그러다가 불상사가 일어났다. 아무 흔적도 없고 눈이 곱게 쌓여, 그 아래는 당연히 단단한 땅이라고 생각되는 곳에서 그는 웅덩이에

빠지고 말았다. 물이 깊지는 않았다. 단단한 땅으로
버둥거리며 나왔을 때는, 무릎 아래 절반이 젖어 있
었다.

그는 화를 내며 재수 없다고 소리쳤다. 여섯 시
에는 동료들과 합류할 수 있겠다 싶었는데, 이 일로
인해 한 시간이 지체될 판이었다. 다시 불을 피워
신발과 양말을 말려야 하기 때문이었다. 이 정도로
낮은 기온에서는 어쩔 수 없는 노릇이었고, 그도 그
사실을 잘 알고 있었다. 강둑으로 방향을 틀어 그
위로 올라갔다. 둑 위에는 시냇물이 가득 차 올랐을
때 떠올라온 마른 장작 —— 주로 잔가지였지만, 잘 마
른 나뭇가지와 가늘고 물기 없는 지난해의 풀들도 상
당량 있었다 —— 이 몇 개의 작은 가문비나무 밑 덤
불 속에 뒤엉켜 있었다. 눈 위로 큰 나뭇가지를 몇
개 던졌다. 이렇게 하면 눈이 단단해져서, 어린 불
꽃이 눈에 녹아 버리는 사태를 방지할 수 있었다.
주머니에서 작은 자작나무 껍질을 꺼내 그 껍질에
대고 성냥을 그었다. 작은 자작나무 껍질은 종이보
다 훨씬 빨리 불이 붙었다. 그 불을 좀 전에 큰 나뭇
가지를 던진 곳에 놓고서 그 위에 마른 풀 한 줌과

가장 가늘고 마른 나뭇가지들을 넣어 불길이 더 일어나게 했다.

그는 자신의 위험을 예민하게 의식하면서 천천히 조심스럽게 불을 지폈다. 불꽃이 강해지기 시작했을 때 더 많은 나뭇가지들을 집어넣었다. 눈 위에 쪼그리고 앉아 덤불 속에 엉켜 있는 나뭇가지들을 끌어내 곧바로 불 속에 던졌다. 절대 실패하면 안 된다는 것을 알았다. 화씨 −75의 날씨에서는, 더구나 발이 젖은 경우에는 첫 불 지피기를 실패해서는 안 된다. 발이 젖지 않았을 때는 불 지피기를 실패하더라도, 반 마일 정도 뛰면 온기를 회복할 수 있다. 하지만 화씨 −75도에서는 물에 젖어 얼어붙은 발이 뜀박질로 회복될 수 없다. 제아무리 빨리 뛰어도 젖은 발은 더 꽁꽁 얼 것이다.

그 사내는 이 모든 것을 알고 있었다. 설퍼 크리크에서 만난 그 노인이 지난가을에 그 얘기를 들려주었고, 그는 지금 그 충고에 감사하고 있었다. 발은 이미 완전히 감각을 잃었다. 불을 지피기 위해 장갑을 벗을 수밖에 없었는데, 그래서 손가락마저 순식간에 마비되었다. 시간당 4마일의 속도로 걸을 때에는 손끝 발끝을 비롯해 온몸 구석구석까지 피가 순환하고 있었다. 하지만 걸음을 멈추자마자 피의 순환이 느려졌다. 우주의 추위가 무방비로 있는 지구의 한 끝을 강타하였고, 그는 그 무방비의 끝에 있음으로써 그 엄청난 강타에 얻어맞고 말았다. 그 전까진 혈액 순환이 잘 이루어졌다. 피는 개처럼 살아 있었고, 개와 마찬가지로 무시무시한 추위를 피하고 싶어했다. 시간당 4마일의 속도로 걷는 동안에는 어쨌거나 온몸 구석구석까지 피가 돌았다. 하지만 이제 순환은 점점 약해지면서 피는 몸의 구석까지 전해지지 않았다. 맨 먼저 발가락이 마비되었다. 다음에는 젖은 발이 빠르게 얼어붙기 시작했고, 장갑을 벗은 손가락도 아직 얼기 시작한 것은 아니지만 점점 마비가 왔다. 코와 뺨은 이미 얼어 가고 있었다. 피가 순환되지 않았기 때문에 몸의 모든 살갗이 싸늘했다.

하지만 그는 무사했다. 발가락과 코와 뺨에 서리가 꼈을 뿐이다. 불이 활활 타오르기 시작했던 것이다. 그는 손가락 만한 잔가지들을 불 속에 집어넣고 있었다. 조금 있다가 손목 만한 나뭇가지들을 집어

넣으면 된다. 그러면 젖은 신발과 양말을 벗어서 말리고, 그동안에는 눈을 털고 발을 문지르면서 불 옆에서 발을 녹일 수 있으리라. 불은 성공적으로 피워졌다. 그는 무사했다. 그는 설퍼 크리크에서 만난 노인의 충고를 기억하고서 빙긋이 웃었다. 그 노인은 화씨 -50도 이하로 떨어지는 날에는 클론다이크를 혼자 여행해서는 안 된다고 아주 심각하게 말했다. 그런데 지금 그가 그랬다. 그는 사고를 당했다. 그는 혼자였다. 그는 살아남았다. 나이 많은 사람들 중에는 다소 마음 약한 이들도 있는 법이라고 그는 생각했다. 침착하기만 하면 되는 것이다. 그는 무사했다. 사람이면 누구나 혼자 여행할 수 있다. 하지만 뺨과 코가 무서운 속도로 빨리 어는 것은 놀라웠다. 그는 손가락이 순식간에 감각을 잃을 수 있다고는 생각하지 못했다. 손가락이 감각을 잃었다. 잔가지를 움켜잡으려 했지만 손가락은 거의 움직이지 않았고, 몸에서 멀리 떨어져 있는 것만 같았다. 잔가지를 만질 때마다 손가락이 그것을 쥐었는지 못 쥐었는지를 확인해야만 했다. 그와 손가락 끝 사이에 연결된 전선이 거의 끊어졌다.

불을 피우기 위하여 199

이런 일들은 크게 중요하지 않았다. 강한 불꽃을 일으키며 탁탁 소리를 내고 생명을 약속해 주는 불이 있었다. 그는 모카신 끈을 풀기 시작했다. 신발은 얼음에 뒤덮여 있었다. 무릎 아래 절반까지 올라온 두꺼운 독일제 양말은 쇠 덮개 같았다. 신발 끈은 불에 타 꼬이고 얽힌 쇠몽둥이 같았다. 잠시 동안 그는 마비된 손가락으로 신발 끈을 잡아당기다가, 바보 같은 짓임을 깨닫고서 칼집이 있는 나이프를 꺼냈다.

그러나 신발 끈을 자르기도 전에 일이 터졌다. 그의 잘못, 아니, 그의 실수였다. 가문비나무 아래서 불을 지피는 게 아니었다. 훤히 트인 곳에서 불을 지폈어야 했다. 하지만 그곳이 덤불에서 잔가지를 끌어와 불에 던져 넣기가 훨씬 수월했던 것이다. 그가 그 아래서 불을 지핀 가문비나무에는 가지들마다 눈이 수북히 쌓여 있었다. 몇 주 동안 바람이 불지 않아서, 가지에는 눈이 쌓일 대로 쌓여 있었다. 그가 잔가지를 끌어낼 때마다 그 나무에 미세한 동요가 전해졌다. 그로서는 감지할 수 없는 동요였지만, 충분히 재난을 일으킬 만한 동요였다. 나무 높이 걸린 가지 하나가 눈의 무게에 부러졌다. 그러자 그 밑에 있던 나뭇가지들도 우르르 무너졌다. 이 과정은 나무 전체로 확산되었다. 그리하여 눈사태처럼 커져서는, 아무런 예고도 없이 그 남자와 불을 덮쳤다. 불이 꺼져 버렸다! 불을 지폈던 곳은 여기저기 흩어진 하얀 눈에 뒤덮였다.

사내는 충격에 휩싸였다. 그 소리는 사형 선고와도 같았다. 잠시 앉아서 불을 지폈던 장소를 응시했다. 그리고 마음을 가라앉혔다. 설퍼 크리크의 노인의 말이 옳았다. 같이 가는 동료가 한 명이라도 있었다면 이 정도로 위험에 빠지지는 않았으리라. 그 동료가 불을 지펴 줄 테니까. 하지만 다시 불을 피울 사람은 자기뿐이었다. 이번에도 실패해서는 안 된다. 성공한다 해도 발가락 몇 개를 잃을 것이다. 지금 발가락은 심하게 얼었고, 두 번째 불을 피우려면 어느 정도의 시간이 걸릴 것이다.

그런 생각들을 가만히 앉아서 한 것은 아니었다. 그는 머릿속으로 그런 생각을 하면서 계속 바쁘게 움직였다. 불을 지필 새 자리를 잡았다. 이번에는 별안간 불을 꺼뜨릴 나무가 전혀 없는 빈터였다. 물

이 붙었을 때 떠오른 잔동사니에서 마른풀들과 잔
가지들을 모았다. 손가락으로 그것들을 잡을 수는
없었지만, 한 움큼씩 집을 수는 있었다. 이런 식이
다 보니 달갑지 않은 썩은 잔가지와 약간의 이끼까
지 끼여 왔다. 하지만 이것이 그가 할 수 있는 최선
이었다. 그는 나중에 불길을 세게 피울 때 쓰려고
큰 나뭇가지들도 한 아름 모으면서 요령껏 일했다.
그동안 개는 앉아서 빨리 불을 피워 달라는 간절한
눈빛으로 그를 쳐다보았다. 그도 그럴 것이 개에게
는 그가 불을 갖다 주는 사람이었고, 불은 좀처럼
피워지지 않고 있었기 때문이다.

준비가 다 됐을 때, 그는 자작나무 껍질을 꺼내
기 위해 주머니에 손을 넣었다. 그 나무껍질은 분명
주머니 속에 있었다. 손가락에 감촉이 느껴지지는
않았지만, 그것을 더듬었을 때 바스락거리는 소리
가 들렸다. 하지만 아무리 애를 써도 자작나무 껍질
은 손가락에 꽉 잡히지가 않았다. 그러는 동안 그는
매순간 발이 얼어 가고 있다는 걸 의식했다. 그런
생각이 들자 공포가 엄습해 왔지만, 그 생각을 물리
치고 마음을 가라앉혔다. 이빨로 장갑을 손에 끼우

202

고서 팔을 앞뒤로 흔들며 두 손을 옆구리에 대고 힘
껏 쳤다. 처음에는 앉아서 그렇게 했고, 다음에는
일어서서 했다. 그동안 개는 눈 위에 앉아 털이 북
슬북슬한 꼬리를 말아 앞발을 따뜻하게 감싸고 귀
를 쫑긋 세우고서 사내를 지켜보았다. 그 사내는 팔
과 손을 두드리고 치면서, 개라는 놈은 타고난 털이
있어 따뜻하고 안전하겠구나 하는 생각이 들자 부
러움이 치밀어 올랐다.

　얼마 후 두들겨 맞은 손가락에서 희미하지만 감
각이 느껴지기 시작했다. 약한 따끔거림이 점점 강
해지면서 몹시 고통스러운 통증으로까지 발전했는
데, 그는 이 고통을 반갑게 받아들였다. 그는 오른
손에서 장갑을 벗어 자작나무 껍질을 꺼냈다. 장갑
을 벗자 손가락은 금새 다시 마비되기 시작했다. 그
는 성냥 다발을 꺼냈다. 그러나 지독한 추위에 손가
락이 이미 얼어붙었다. 성냥 한 개를 뽑으려고 하는
데, 성냥이 다발째 눈 속으로 떨어졌다. 떨어뜨린
성냥 다발을 집어 올리려 했지만, 할 수 없었다. 손
가락이 마비되어 성냥을 만질 수도 집을 수도 없었
다. 그는 매우 조심스럽게 행동했다. 얼어붙는 발과

코와 뺨을 머릿속에서 떨쳐내며 온 정신을 성냥에
만 집중했다. 감각이 아닌 눈을 통해 손가락이 성냥
다발에 가까워진 걸 보고서 손가락을 오므렸다. 아
니, 오므리려고 했다. 하지만 몸과 의식은 따로 놀
았고, 손가락은 말을 듣지 않았다. 오른쪽 손에 장
갑을 끼고서 무릎에다 대고 격렬하게 두들겼다. 그
리고 나서 장갑 낀 두 손을 모아 성냥갑을 많은 눈
과 함께 퍼 올려 무릎에 올렸다. 하지만 일은 순조
롭게 되지 않았다.

　몇 번을 시도한 끝에 장갑 낀 두 손 사이에 성냥
다발을 간신히 끼웠다. 그 자세로 성냥 다발을 입으
로 가져갔다. 엄청난 노력으로 입을 벌리자 얼음이
딱딱 갈라지는 소리가 났다. 아래턱은 끌어당기고,
윗입술은 방해되지 않도록 위로 말아 올린 뒤, 성냥
하나를 골라내기 위해 윗니로 성냥 다발을 뒤적거
렸다. 한 개를 골라내는 데 성공하여 무릎에 올렸
다. 일은 순조롭게 되지 않았다. 성냥을 집을 수가
없었던 것이다. 그때 한 가지 묘안이 떠올랐다. 그
는 성냥을 이빨에 물고서 무릎에 대고 그었다. 스무
번이나 긁고 나서야 불을 붙이는 데 성공했다. 불이

붙었을 때 불 붙은 성냥을 물고서 자작나무에 갖다 댔다. 그러나 타고 있던 유황이 콧속으로 들어가 폐를 지나면서 기침을 일으켰다. 그 바람에 성냥이 눈 위에 떨어졌고 불이 꺼지고 말았다.

설퍼 크리크의 노인이 옳았다. 절망적인 순간이 잇따라 터지자 그런 생각이 들었다. 화씨 −50도 이하로 떨어지는 날에는 동료와 함께 길을 나서야 한다. 손을 맹렬하게 때렸지만, 감각이 되살아나지 않았다. 갑자기 그는 이빨로 손에서 장갑을 벗겨 냈다. 그리고 양손 끝 사이에 성냥 다발을 끼웠다. 팔 근육은 아직 얼지 않아서 성냥을 잡은 양손 끝을 누를 수 있었다. 그리고 나서 그 성냥 다발을 다리에 대고 긁었다. 70개의 성냥 다발이 이내 불꽃을 일으켰다! 그 불꽃을 꺼뜨릴 만한 바람은 없었다. 질식할 것 같은 연기를 피하기 위해 머리를 옆으로 돌려서 타오르는 성냥 다발을 자작나무 껍질에 갖다 댔다. 그때 손에서 감각이 느껴졌다. 살이 타고 있었다. 타는 냄새도 났다. 피부 표면 깊숙한 곳에서 그것이 느껴졌다. 그 감각은 점점 격렬한 고통으로 변했다. 그런데도 그는 성냥불을 자작나무 껍질에 엉성하게 갖다 대고서 그 고통을 견뎠다. 대부분의 불길이 그의 손을 태우는 데 쓰였기 때문에 자작나무 껍질은 쉽게 불이 붙을 것 같지 않았다.

마침내, 그는 더 이상 견딜 수가 없어 양손을 급히 떼어 냈다. 타고 있던 성냥들이 눈 위로 떨어지면서 지글거렸는데, 다행히 자작나무 껍질에 불이 붙어 있었다. 그는 마른풀과 잔가지들을 불 위에 놓기 시작했다. 손가락이 마비됐기 때문에 땔감을 가려낼 수가 없었다. 그래서 썩은 나무 조각과 잔가지에 붙은 푸른 이끼를 이빨로 할 수 있는 데까지 떼어 냈다. 그는 조심스럽게 불을 다루었지만, 서툴렀다. 그 불은 생명이었다. 절대 꺼뜨리면 안 된다. 피부 표면에 피가 돌지 않으면서 이제는 몸이 떨리기 시작했고, 그의 동작은 더욱 서툴러졌다. 상당한 이끼가 약한 불에 들어갔다. 그는 손가락으로 이끼를 빼내려 했지만, 몸이 떨려서 손가락이 너무 멀리 뻗어 나가고 말았다. 타고 있던 풀과 잔가지들이 사방으로 흩어지면서 작은 불꽃이 꺼지려고 했다. 잔가지들을 다시 긁어모으려 했지만, 엄청나게 힘을 모으는데도 몸이 덜덜 떨려서 잔가지들은 어쩔 수 없이 계속 흩어지기만 했다. 잔가지들은 연기를 일으키며 이내 꺼졌다. 불 지피기는 실패로 끝났다. 그는 주위를 무심히 둘러보다가 개에게 눈길이 멈췄다. 개는 부스러기만 남은 모닥불 맞은편에 앉아 불안하게 등을 구부리기도 하고, 앞발을 번갈아 약간 들어올리기도 하면서 불이 지펴지기를 간절히 바라고 있었다.

개를 보자 무모한 어떤 생각이 들었다. 눈보라 속에 갇힌 한 남자가 수송아지를 죽이고서 그 시체 밑으로 기어 들어가 목숨을 구했다는 이야기가 떠올랐다. 그렇다면 자기는 개를 죽이고서 손의 마비가 풀릴 때까지 녀석의 따뜻한 몸에 손을 묻으면 되지 않겠는가. 그러면 다시 불을 지필 수 있을 것이다. 그는 자신에게 그런 주문을 걸면서 개에게 말을 걸었다. 하지만 그의 목소리에는 개를 두렵게 만드는 이상한 공포의 어조가 서려 있었다. 사내가 그런 식으로 말하는 건 처음 있는 일이었다. 뭔가 이상했다. 개는 본능적으로 위험을 감지했다. 어떤 위험인지는 몰라도, 어쨌거나 그 위험은 사내에게서 비롯되었다. 개는 사내의 목소리를 듣지 않으려고 귀를 납작하게 덮었고, 불안하게 등을 웅크리고 앞발을 번갈아 들어올리는 짓을 더 자주 했다. 그러면서도 사내에게는 한사코 가지 않았다. 사내는 손과 무릎을 이용하여 개에게 기어갔다. 이런 이상한 자세가 다시 개를 흥분시켰고, 녀석은 옆걸음질로 슬며시 달아났다.

사내는 잠시 동안 눈 위에 앉아 마음을 진정시키려 애썼다. 그리고 나서 이빨로 장갑을 끼고서 일어섰다. 처음에는 정말로 일어나 있는지를 확인하려고 아래를 내려다보았다. 발에 감각이 없어서 땅의 감촉을 느낄 수 없었던 것이다. 그는 꼿꼿이 서서 개의 의심을 지우기 위한 작업에 들어갔다. 채찍을 날리겠다고 위협하자 개는 이제까지 그랬던 것처럼 그에게 다가왔다. 개가 손을 뻗어 잡을 수 있는 데까지 왔을 때 사내는 자제심을 잃었다. 팔을 확 뻗었을 때 그는 손을 움켜쥘 수도 없고, 손가락을 굽힐 수도 없고, 손가락에 감각도 없다는 것을 알아채고서 새삼 놀랐다. 손과 손가락이 얼었고, 또한 더 심하게 얼어 가고 있다는 사실을 잠시 잊고 있었던 것이다. 이 모든 일이 순식간에 일어났다. 개가 도망치지 못하도록 팔로 개의 몸을 둘러쌌다. 그는 눈 위에 앉았다. 그리고 앉은 자세로 개를 붙잡았는데, 개는 으르렁거리고 울부짖고 발버둥쳤다.

하지만 개를 팔로 안은 채 앉아 있는 것이 그가 할 수 있는 전부였다. 그는 개를 죽일 수 없다는 걸 깨달았다. 죽일 수 있는 방법이 없었다. 언 손으로는 칼집에서 칼을 빼내 쥘 수도 없었고, 개의 목을 조를 수도 없었다. 그는 개를 풀어 주었다. 개는 꼬리를 내리고 미친 듯이 도망갔고, 여전히 으르렁거렸다. 녀석은 40피트까지 가서 멈춘 뒤, 귀를 앞으로 쫑긋 세워 신기한 듯이 사내를 쳐다보았다.

그는 손의 위치를 알기 위해 아래를 보았고, 팔 끝에서 손이 흔들리는 것을 알았다. 눈으로 확인해야만 손이 어디에 있는지를 알 수 있다는 것이 아주 신기하게 여겨졌다. 팔을 앞뒤로 두드리면서, 장갑 낀 손을 옆구리에 대고 때리기 시작했다. 5분 동안 격렬하게 두드리자 심장에서 피가 돌기 시작하면서 손의 떨림이 멈췄다. 하지만 손에는 여전히 감각이 없었다. 마치 양손이 추처럼 팔 끝에 매달려 있는 것 같았지만, 그 느낌을 떨쳐 내려고 애를 써도 방법이 떠오르지 않았다.

희미하지만 가혹하게 죽음에 대한 공포가 엄습했다. 이제는 더 이상 손과 발이 얼어붙어서 잃게 되는 단순한 문제가 아니라, 불운에 따른 생사의 문제라는 것을 깨닫게 되자 죽음에 대한 공포는 뼈저리게 다가왔다. 이러한 공포에 그는 당황했고, 방향을 틀어 인적이 없는 희미한 길을 따라 시내 바닥으로 달렸다. 개도 그의 뒤를 쫓았다. 이제까지 한 번도 경험하지 못한 공포에 사로잡혀, 생각 없이 무작정 달렸다. 그는 눈 속을 헤치고 허우적대면서, 주위의 풍경 — 개울의 둑, 오래된 숲, 잎이 없는 사시나무들, 그리고 하늘 — 을 다시 찬찬히 보기 시작했다. 뛰고 나니 기분이 한결 좋아졌다. 몸이 더 이상 떨리지도 않았다. 어쩌면 계속 뛰노라면 발이 녹을지도 모른다. 또 계속 달리노라면, 동료들이 있는 야영지에 도착할지도 모른다. 십중팔구 손가락 몇 개와 발가락 몇 개를 잃을 것이고, 얼굴도 약간 상할 것이다. 하지만 야영지에 도착하면 동료들이 돌봐 줄 것이고, 그는 무사할 것이다. 이런 생각과 함께, 다른 한편에선 동료들이 있는 야영지까지 결코 도착할 수 없을 것이라는 생각도 들었다. 야영지는 너무 멀고, 몸은 급속도로 얼어붙고 있으니 얼마 안 있어 얼어죽을 것이다. 이런 생각이 맘 한편에 들었지만, 생각하지 않으려 했다. 이따금씩 이런 생각이 제멋대로 치밀어 왔지만, 그 생각을 억지로 밀어내고 다른 것들을 생각하려고 애썼다.

발이 얼마나 얼었는지 최고 속도로 뛰는데도 온몸을 지탱하고 있는 두 발이 땅에 닿을 때 아무 느낌이 없는 것이 정말 신기했다. 마치 발이 땅에 전혀 닿지 않고 땅 위를 스치듯 날아다니는 것만 같았다. 그는 어딘가에서 날개 달린 머큐리 신(로마 신화에 나오는 올림포스 12신 중 전령의 신. 그리스 신화에서는 헤르메스라고 불린다. 웅변가, 장인, 상인, 도둑의 수호신이다)을 본 적이 있었다. 그 신의 기분이 땅 위를 스치듯 나는 듯한 이런 느낌이었을까.

동료들이 있는 야영지까지 뛰어간다는 가설에는 한 가지 오류가 있었다. 그에게는 인내심이 부족했던 것이다. 그는 몇 번이나 휘청거리다가, 마침내 비틀거리며 풀썩 쓰러지고 말았다. 앉아서 쉬면서 이번에는 뛰지 말고 걸어야겠다고 생각했다. 앉아서 숨을 고르노라니, 꽤 따뜻해지고 편안해졌다. 몸도 떨리지 않았을 뿐더러, 가슴과 전신에 온기마저 도는 느낌이었다. 하지만 코와 뺨을 만져 보니 아무런 감각이 없었다. 그렇게 뛰었는데도 코와 뺨은 녹지 않은 것이다. 손과 발도 마찬가지였다. 순간 동상에 걸린 곳이 점점 늘고 있는 것이 틀림없다는 생각이 들었다. 그는 이런 생각을 없애려고, 잊으려고, 또한 다른 것들을 생각하려고 애썼다. 그는 그런 생각이 초래하는 공포감을 알고 있었고, 또다시 그런 공포에 휩싸이게 될까 두려웠다. 하지만 그 생각은 제멋대로 계속 전개되면서, 몸이 완전히 얼어 버린 모습까지 보였다. 이것은 지나친 상상이었고, 그는 다시 한 번 강둑 길을 따라 정신없이 달렸다. 그리고는 속도를 낮춰 걷기 시작했는데, 얼어 죽을 것이라는 생각이 또 밀려와서 다시 뛰기 시작했다.

그러고 있는 내내 개는 그의 발치에서 함께 달렸다. 그가 두 번째로 넘어졌을 때 개는 꼬리를 말아서 앞발을 덮고는, 앞에 앉아서 그의 행동이 무척 신기하다는 듯이 쳐다보았다. 개의 따뜻함과 안전함에 그는 화가 났고, 개가 귀를 납작하게 덮어 버릴 때까지 욕을 퍼부었다. 이번에는 떨림이 더 빠르게 찾아왔다. 혹한과의 싸움에서 그는 지고 있었다. 지독한 추위가 온몸으로 스며들고 있었다. 그 생각에 다시 달렸지만, 이번에는 300피트밖에 달리지 못하고 비틀거리며 앞으로 꼬꾸라졌다. 그의 마지막 공포였다. 숨을 고르고 안정을 되찾았을 때 그는 일어나 앉았고, 이제는 의연하게 죽음을 맞이해야겠다는 생각을 했다. 하지만 이런 생각이 이런 식의 말로 찾아오지는 않았다. 그가 생각한 것은 자기가 목이 잘린 닭처럼 —— 그런 비유가 떠올랐다 —— 정신 없이 뛰어다니는 바보짓을 했다는 것이었다. 어차피 몸은 얼어붙게 될 것이 뻔한데, 그렇다면 의연하게 죽음을 받아들이는 것이 낫지 않겠는가. 이런 마음의 평화가 찾아들자 졸리기 시작했다. 자면서 죽는 것도 괜찮은 일이라고 생각했다. 마치 마취된 기분이었다. 몸이 얼어붙는 것이 사람들이 생각하는 것만큼 아주 나쁘지는 않았다. 더 비참하게 죽는 경우도 얼마나 많은가.

그는 다음날 자신을 찾고 있는 동료들의 모습을 상상했다. 갑자기 그가 동료들과 함께 길을 가면서 자신을 찾고 있는 모습이 보였다. 그는 동료들과 함께 강둑 길에서 방향을 틀었고, 눈 속에 누워 있는 자신을 발견했다. 그는 더 이상 그 자신이 아니었다. 동료들과 함께 눈 속에 누워 있는 자신을 쳐다보는 그는 그가 아니었다. 정말로 추웠다고 그는 생각했다. 그는 고향으로 돌아가서 이웃 사람들에게 얼마나 지독하게 추웠는지를 이야기했다. 이 장면은 설퍼 크리크에서 만난 노인의 모습으로 옮아갔다. 노인은 아주 또렷하게 보였고, 따뜻하고 편안했으며, 파이프를 물고 있었다.

"어르신이 옳았어요. 어르신이 옳았어요." 사내는 설퍼 크리크의 그 노인에게 웅얼거렸다.

그리고 나서 사내는 이제까지 자 본 것 중에서 가장 편안하고 만족스러운 잠에 빠져 들었다. 개는 앉아서 사내를 쳐다보며 기다렸다. 짧은 낮은 서서히 땅거미가 지고 있었다. 불이 지펴질 기미도 보이지 않는 데다, 개로서는 인간이 불을 지피지도 않고 눈 위에 그렇게 앉아 있는 모습을 보기란 처음이었다. 땅거미가 짙어질수록, 불에 대한 열망이 더욱 개를 사로잡았다. 개는 앞발을 번갈아 높이 쳐들면서 애처롭게 울었고, 그리고 나서 그 사내가 욕을 하리란 생각에 귀를 납작하게 덮었다. 하지만 사내는 아무 말이 없었다. 얼마 후 개는 큰소리로 울었다. 또 얼마 후 개는 그 사내에게 다가갔고, 죽음의 냄새를 맡았다. 그 냄새에 개는 털을 곤두세우며 뒤로 물러섰다. 차가운 하늘에서는 별들이 뛰고 춤추고 밝게 빛났고, 개는 별들 아래서 울부짖으며 좀더 오래 머물렀다. 그리고 나서 방향을 틀어 자기가 아는 야영지 쪽으로 바삐 걸었다. 음식도 주고 불도 지펴 주는 사람들이 있는 곳으로…….

북쪽 땅의 오디세이아

I

썰매들이 마구의 삐걱거리는 소리와 길잡이 개들의 딸랑거리는 방울 소리로 끝없는 탄식을 뱉어 내고 있었다. 하지만 사람이나 개들은 모두 녹초가 되어 아무 소리도 내지 않았다. 길 위에는 새로 내린 눈이 두텁게 쌓여 있었다. 이 일행은 아주 멀리서 왔는데, 썰매에는 무스〔말코손바닥사슴. 수컷의 거대한 뿔이 가지를 쳐서 마치 손바닥 모양을 하고 있다〕한 마리를 사 등분한 고기 덩어리들이 무거운 돌덩이처럼 얼어붙은 채 실려 있어서, 썰매 날은 다져지지 않은 길 위에 단단히 달라붙어 도대체 앞으로 나아가려 하지 않았다. 어둠이 몰려왔지만, 그날 밤을 지낼 야영지는 없었다. 생기 없는 공기 중에 조용히 눈이 내렸다. 펄펄 내리지 않고 섬세한 무늬의 작은 얼음 결정으로 내렸다. 날씨는 아주 포근했

다. 거의 화씨 -10도였다. 사람들은 거리낄 게 없었
다. 메이어스와 베틀스는 귀마개를 벗어 버렸고, 맬
러뮤트 키드는 장갑마저 벗어 버렸다.

개들은 오후에 이미 힘이 다 빠진 터였지만, 다
시 새로운 활력을 보여 주기 시작했다. 눈치 빠르고
똑똑한 녀석들 가운데는 잠깐도 쉬지 못하게 하는
녀석이 있었다. 행군이 늦춰지는 것을 참지 못하는
녀석으로서, 재빨리 움직이지 않고 미적거리는 놈
이나 계속해서 코를 킁킁거리고 귀를 쫑긋거리는
놈을 참지 못하는 녀석이다. 이런 녀석들은 행동이
굼뜬 동료들에게 크게 화를 내며 뒤에서 쉼 없이 교
활하게 깨물며 다그친다. 이렇게 당한 녀석들 또한
자극을 받아 활기찬 분위기의 확산을 돕는다. 마침
내 맨 앞쪽 썰매의 길잡이 개가 만족한 듯 날카롭게
울부짖고는, 눈 쌓인 바닥 쪽으로 잔뜩 웅크렸다가
있는 힘을 다해 몸을 앞으로 쑥 내밀었다. 나머지
개들도 똑같이 따라했다. 모두들 왼쪽으로 힘을 실
어 썰매 줄을 탄탄하게 당겼다. 그러자 썰매는 튕기
듯 앞으로 나아갔고, 썰매 채를 든 사람들은 썰매
날에 깔리지 않으려고 발을 얼른 들어올렸다. 그날

의 피로가 확 가셨고, 사람들은 이랴이랴 소리를 지르며 개들의 기운을 북돋웠다. 개들은 컹컹 짖어 대며 기쁘게 대꾸했다. 밀려오는 어둠 속을 덜커덩거리며 전속력으로 내달렸다.

"오른쪽으로! 오른쪽으로!" 썰매들이 갑자기 가던 길을 벗어나, 바람을 타고 가는 돛단배처럼 왼쪽으로 기운 채 썰매 날 한 개로 내달리자 사람들이 차례로 소리쳤다.

그렇게 100야드를 내달려 불이 환한 양피지 창문에 다다랐는데, 그곳은 활활 타는 유콘 강의 난로이고 펄펄 끓는 차 주전자이자 편안한 오두막집이었다. 하지만 그 편안한 오두막에는 다른 놈들이 벌써 진을 치고 있었다. 육십 마리 남짓한 허스키〔시베리아 원산의 썰매 끌이 개. 체중 16~27킬로그램으로 체격은 작지만 먼거리를 일정한 속력으로 달릴 수 있다〕들이 덤벼들 듯 울부짖었고, 비슷한 숫자의 털이 북슬북슬한 녀석들이 첫 번째 썰매를 끌던 개들에게 덤벼들었다. 문이 꽝 열리면서 진홍색의 북서부 지역 경찰복을 입은 남자가 무릎 높이 만한 난폭한 짐승들 사이로 걸어나와 녀석들을 진정시키려고 채찍으로 이놈 저놈 가리지 않고 그냥 후려쳤다. 잠시 후 두 남자가 악수를 나눴다. 이런 식으로 자기 집에서 낯선 자의 영접을 받은 사람은 맬러뮤트 키드였다.

앞서 말한 유콘 강의 난로와 펄펄 끓는 차 주전자를 책임진 사람은 스탠리 프린스였는데, 그는 키드를 미리 맞이하지 못한 채, 손님들을 대접하느라 바빴다. 손님은 열 명 남짓이었다. 여왕의 법을 집행한다든지 여왕의 편지를 나르는 일을 맡아 여왕에게 봉사하는 사람들이지만 여전히 정체를 알 수 없는 무리였다. 종자는 잡다했지만, 비슷한 생활을 해서인지 일정한 특징이 있었다. 군살이 없고 억센 사람들로서, 길 위에서 다져진 근육, 볕에 그을린 얼굴, 앞만 똑바로 쳐다보는 굳은 의지, 초롱초롱한 눈과 한결같은 자세를 지녔다. 이들은 여왕의 개들을 몰면서 적들의 심장에 두려움을 안겨 주었고, 보잘것없는 봉급으로 먹고살았으며, 행복해했다. 세상 물정을 알 만큼 알고 몸으로 부대끼며 살면서도 낭만적으로 살았다. 하지만 그런 사실을 깨닫지는 못했다.

모두들 제집처럼 굴었다. 그 가운데 두 명은 맬러뮤트 키드의 침상에 벌렁 드러누워, 프랑스 인 조상들이 북서쪽 땅에 처음 발을 들여놓고 인디언 여인들과 짝을 짓던 시절에 부르던 샹송을 불러 댔다. 베틀스의 침상도 낯선 자가 차지했다. 몸집이 큰 부아예쬐르(voyageurs, 여행자) 서너 명이 담요 속에서 발가락을 꼼지락거리며, 윌슬리가 하르툼(수단의 수도)으로 진격해 나갈 때 함께 보트 부대에 가담했던 사람이 들려주는 이야기를 들었다. 그 이야기꾼이 피곤해하자 카우보이 한 명이 버팔로 빌과 함께 유럽의 대도시들을 여행할 때 보았다는 궁정이며 왕이며 귀족들과 귀부인들 얘기를 늘어놓았다. 한쪽 구석에선 패배한 전투 때부터 오랜 전우로지내 온 두 혼혈인이 마구를 손질하며 북서부 땅에반란의 불꽃이 피어 오르고 루이 리엘이 왕 자리에올랐던 시절의 이야기를 나눴다.

왁자지껄한 농담과 웃음이 오갔는데, 눈길과 강물에서 겪은 대단한 모험담이 흔해 빠진 이야기처럼 취급되고 결국은 몇 마디 우스갯소리나 우스운해프닝으로만 이야기될 뿐이었다. 대단한 일이 벌어지는 것을 지켜보았으면서도, 그 대단하고 낭만적인 일들을 일상의 흔한 일로 여기는 이 이름 없는 영웅들에게 프린스는 푹 빠져 있었다. 프린스는 값비싼 담배를 헤프다 싶을 정도로 아무렇지 않게 그들에게 건넸다. 회고담들이 녹슨 사슬이 풀리듯 꼬리를 물고 이어지면서, 잊혀진 오디세이아가 프린스의 각별한 관심에 힘입어 되살아났다.

잡담이 끝나고 여행자들이 파이프에 마지막 담배를 채우고는 꼭 동여맨 가죽 침낭을 펴기 시작했을 때, 프린스는 궁금한 것 몇 가지를 더 물어보려고 동료인 맬러뮤트 키드 옆에 드러누웠다.

"그래, 저 카우보이는 어떤 사람인지 알지." 맬러뮤트 키드가 모카신[북아메리카 인디언의 가죽신. 신바닥이 발등을 덮는 가죽 조각과 주름 잡힌 솔기로 연결되어 있다]을 벗으면서 대답했다. "그 옆에 누운 놈은, 척 보니 영국인 피가 섞였군. 나머지는 아무도 알 수 없는 잡다한 피가 섞인 퀴뢰르 뒤 부아[coureurs du bois, 미개인]의 자식들이야. 문 옆에서 자고 있는 두 놈은 보통 '종자', 즉 부아브릴[Boisbrules, '검게 그을린 놈'이라는 뜻으로 아메리

222

카 원주민을 낮춰 부르는 말)이야. 엉덩이에 털 덮개를 덮고 있는 저 녀석, 눈썹과 턱 생긴 꼴 좀 봐. 연기 자욱한 인디언 어머니의 티피(미국의 대평원에 살던 인디언의 거주용 천막. 나무 버팀목에 물소 가죽을 잡아당겨 만들었는데 깔대기를 뒤집어 놓은 모양이다)에서 울고 있는 스코틀랜드 녀석이 떠오르지 않나. 커포트(두건 달린 긴 외투)를 베고 누워 있는 매끈하게 생긴 저 녀석은 프랑스 혼혈이야. 놈이 말하는 거 들어봤지. 녀석은 자기 옆에 누워 있는 인디언 두 명을 좋아하지 않아. 알다시피, 리엘을 대장으로 '프랑스 혼혈들'이 들고일어났을 때, 인디언들은 평화를 유지했고 그 후로도 서로에 대한 사랑을 그다지 잃지 않았거든."

"그런데 말이에요. 난로 옆에 뚱하니 앉은 놈은 누구죠? 영어를 모르는 놈 같던데요. 밤새도록 입 한 번 벙긋 하지 않았거든요."

"틀렸어. 놈은 영어를 잘 알아. 말소리가 들릴 때 놈의 눈알이 돌아가는 것 봤어? 난 봤어. 헌데 녀석은 친하게 지내는 놈이 한 놈도 없더군. 사람들이 사투리를 쓸 때는 하나도 못 알아듣는 눈치야. 저

작자가 대체 어떤 놈인지 계속 궁금하던 참인데, 어디 한번 알아보자구."

"난로에 장작 두 쪽만 집어넣게!" 맬러뮤트 키드가 문제의 남자를 똑바로 쳐다보며 목소리를 높여 명령조로 말했다.

그 남자는 곧바로 명령에 따랐다.

"군기가 바짝 들었군." 프린스가 낮은 목소리로 말했다.

맬러뮤트 키드는 고개를 끄덕이고 양말을 벗은 뒤, 누워 있는 사람들 사이를 조심스레 지나 난로 옆으로 갔다. 난로에 있는 스무 켤레 남짓한 양말들 사이에 축축한 자기 양말을 넣었다.

"도슨에는 언제쯤 닿을 것 같소?" 키드는 떠보듯 물었다.

남자는 잠시 그를 유심히 살펴본 뒤 말했다. "75마일 거리라고 하던데. 그렇다면? 한 이틀쯤." 어색하게 말을 머뭇거리거나 더듬지는 않았지만, 미묘한 억양만큼은 분명하게 드러났다.

"이곳에 와 본 적 있소?"

"없습니다."

"북서쪽 지방은?"

"있어요."

"거기서 태어났소?"

"아니오."

"그럼, 대체 고향이 어디요? 이 사람들과는 영 딴판인데." 맬러뮤트 키드는 프린스의 침상에 누워 있는 경찰관 두 명까지 포함하여 개 몰이꾼들을 손으로 쭉 훑었다. "어디서 온 거요? 당신 같은 얼굴을 전에도 본 적 있는데, 정확히 어디서 봤는지는 생각나지 않소."

"난 당신을 알아요." 남자는 갑자기 맬러뮤트 키드의 말을 가로채면서 엉뚱하게 말했다.

"어디서? 날 본 적 있다고?"

"아니오. 당신 친구인 파스톨릭에 있는 신부에게서, 오래 전에. 그 사람이 내게 당신을, 맬러뮤트 키드를 아느냐고 물었어요. 내게 먹을 것을 줬지요. 난 오랫동안 쉬지 못했어요. 그 사람에게서 내 얘길 들었을 겁니다."

"아! 해달피를 개하고 맞바꾼 사람이 당신이요?"

남자는 고개를 끄덕였고, 파이프를 탁탁 털고는

담요를 둘둘 말면서 더 이상 말하기 싫다는 내색을 했다. 맬러뮤트 키드는 기름 램프를 후 불어서 끄고 프린스가 있는 담요 속으로 기어 들어갔다.

"그래, 뭐 하는 놈이래요?"

"몰라. 이야기를 딴 데로 돌리더니, 아무튼, 입을 꽉 다물어 버리더군. 하지만 호기심을 잔뜩 돋우는 놈이야. 저 놈 얘기를 들은 적 있어. 8년 전, 이 해안 일대가 저 자 때문에 놀란 적이 있지. 요상하기 짝이 없는 일이었어. 그는 여기서 수천 마일이나 떨어진 북쪽에서 내려왔어. 그것도 그 추운 한겨울에 마치 귀신에 쫓기는 사람처럼 베링 해를 건너 내려왔지. 어디서 왔는지는 아무도 몰랐지만, 아주 멀리서 온 것만은 분명했어. 골로프닌 만에서 스웨덴 신부에게 먹을 것을 받았을 때 몹시 지쳐 있었는데, 남쪽으로 가는 길을 물었다더군. 우린 이 이야기를 나중에 들었어. 그런 다음 그는 해안 길을 포기하고 노턴 해협을 바로 건너는 방향으로 길을 틀었어. 눈보라에다 바람이 거친 지독한 날씨였지만, 열이면 열 모조리 죽어 나갈 곳을 끝끝내 이겨냈어. 그리고 세인트마이클을 지나 파스톨릭에 닿았던 거지. 개

는 두 마리밖에 남지 않았고, 녀석은 굶어 죽기 일
보 직전이었어.

놈이 하도 계속 가겠다고 우겨서 루보 신부가 먹
을 것을 챙겨 주었지. 하지만 개는 대 줄 수가 없었
어. 그래서 그는 여행을 계속하기 위해서 내가 도착
하기만을 기다렸지. 율리시즈〔호메로스의 대서사시
《오디세이아》의 주인공〕라고 불릴 만한 그자는 개가
없이는 출발할 수 없다는 걸 잘 알았고, 며칠 동안
애를 태웠지. 그자의 썰매에는 기가 막히게 보존이
잘 된 수달피가, 맞아 해달피가 다발로 있었어. 금
값에 맞먹는 해달피 말이야. 파스톨릭에는 늙은 샤
일록〔셰익스피어의 희극 《베니스의 상인》에 나오는
유대인 고리대금업자〕 같은 러시아 장사꾼도 있었는
데, 그자에겐 죽을 때가 다 된 개들이 있었어. 아 글
쎄, 후딱 흥정이 이루어졌고, 그 낯선 자가 다시 남
쪽을 향했을 땐 개들이 앞장을 서서 가는 거야. 샤
일록을 닮은 장사꾼은 어쨌거나 해달피를 얻었어.
봤더니, 정말 굉장하더라구. 어림잡아 개 한 마리당
족히 500달러는 번 셈이었어. 그 낯선 자가 해달피
의 가치를 몰랐던 건 아닌 것 같아. 어쨌거나 인디

언이고, 몇 마디 한 얘기로 보아 백인들 사이에서도 살았던 것 같으니까.

바다의 얼음이 녹은 뒤, 그자가 먹을 것을 구하려고 누니박 섬에 들른 적이 있다는 이야기가 들리더군. 그 후로 모습을 감췄는데, 이번이 8년 만에 처음 나타난 거야. 여기 오기 직전에는 어디서 뭘했을까? 그리고 여긴 뭐 하러 온 걸까? 녀석은 인디언이고, 아무도 모르는 곳에서 왔어. 군기도 바짝 들었는데, 인디언치고는 너무 유별난 모습이지. 프린스, 자네가 풀어야 할 북쪽 땅의 미스터리가 하나 더 생겼어."

"엄청 고맙지만, 늘 그렇듯이 미스터리가 너무 많아서 감당 못할 지경이에요." 프린스가 대답했다.

맬러뮤트 키드는 벌써 깊은 잠에 빠졌다. 그러나 젊은 광산 기술자 프린스는 캄캄한 어둠 속을 뚫어져라 응시하며, 피를 끓게 하는 이상한 격정이 가라앉기를 기다렸다. 잠이 들었는데도 머릿속은 계속 돌아갔다. 그 순간 그는 알 수 없는 하얀 세계를 떠돌아다니며 끝없는 길 위에서 개들과 싸웠다. 그리고 남자들이 살아가고, 힘들게 일하고, 또 남자답게 죽어 가는 모습도 보았다.

　다음 날 새벽, 해가 뜨기 몇 시간 전에 개 썰매 몰이꾼들과 경찰관들은 도슨으로 길을 나섰다. 그러나 여왕의 이익을 지키고 여왕의 백성들의 운명을 책임져야 한다는 의무감 때문에 우편 배달부들은 거의 쉬지 않고 달렸고, 그 결과 솔트워터로 보내는 편지들을 잔뜩 싣고 일주일 만에 스튜어트 강에 나타났다. 하지만 개들은 팔팔한 녀석들로 교체돼 있었다. 그렇지만 곧 지칠 게 뻔했다.

　배달부들은 여행 도중 쉴 수 있는 정거장 비슷한 것을 기대했다. 게다가 이곳 클론다이크는 북쪽 땅의 새로운 지역이었다. 그들은 현금이 물처럼 넘쳐나고 댄스홀에서는 끝없는 흥청거림이 울려 퍼지는 그런 황금의 도시 풍경을 보게 되기를 바랐다. 하지만 그들은 지난 번 방문 때 그렇게 즐겼듯이 양말을 말리고 저녁 담배를 피웠다. 어쩌다 대담한 한두 사람은 탈주를 해서 아무도 가보지 않은 록키 산맥을 넘어 동쪽으로 간 뒤, 매켄지 밸리를 따라 치페위안 지방의 오래된 정착지에 도착할 가능성을 따져보기도 했다. 두세 명은 계약 기간이 끝나면 그 길을 따라 집으로 돌아가겠다는 결심까지 하고서, 도시에서 자란 사람이 휴일 하루를 숲에서 보내기로 마음먹을 때처럼 모험적인 일을 기대하며 곧바로 계획을 세우기 시작했다.

해달피의 남자는 매우 불안해 보였다. 사람들의 대화에는 거의 관심이 없더니, 마침내 맬러뮤트 키드를 한쪽 벽으로 끌고 가서 잠깐 동안 쑥덕거렸다. 프린스는 호기심 어린 눈초리로 그쪽을 바라보았는데, 두 사람이 모자와 장갑을 쓰고 밖으로 나가자 호기심이 더욱 커졌다. 둘이 돌아왔을 때, 맬러뮤트 키드는 금을 다는 저울을 탁자 위에 올려놓고 60온스의 물건을 달더니 그것을 낯선 자의 자루에 넣었다. 그런 다음 개 썰매 몰이꾼의 우두머리가 그 비밀스런 모의에 가담하였고, 어떤 거래가 이루어졌다. 다음 날 일행은 상류로 떠났지만, 해달피의 남자는 먹을 것 몇 파운드를 가지고 도슨으로 발길을 돌렸다.

"무슨 영문인지 모르겠어." 맬러뮤트 키드가 프린스의 물음에 답했다. "헌데 그 불쌍한 거지가 무

슨 이유에서인지 계약을 끝내고 싶어하는 거야. 무
슨 일인지 알려 주려고 하지는 않았지만, 그자에겐
아주 중요한 일 같았어. 알다시피 그 계약은 군대랑
똑같잖아. 그자는 2년을 계약했는데, 자유를 얻으
려면 돈을 물 수밖에 없었어. 내뺄 수가 없어서 이
곳에 머물렀는데, 이런 야생의 지역에서도 혼자 살
아갈 정도로 야생에 익숙해졌지. 도슨에 도착했을
때 마음을 굳혔다고 하더군. 하지만 아는 사람이 한
명도 없는 데다 땡전 한 푼 없었고, 그나마 두 마디
이상 말을 나눈 사람은 나뿐이었던 거지. 그래서 부
읍장에게 그 얘기를 했고, 내가 녀석에게 돈을 준다
면 계약을 맺기로 했대. 나한테 돈을 빌린다는 얘기
지. 1년 안에 돈을 갚겠다더군. 그리고 내가 원한다
면 부자가 될 수 있는 곳을 알려 주겠대. 자기도 보
지 못했지만, 그곳에는 금이 엄청 많다고 했어.

아 참! 웬일인지, 그자는 나를 밖으로 데리고 나
갔을 때 눈물을 펑펑 쏟더라구. 눈 위에 내내 무릎
꿇고 앉아서는 내가 일으켜 세울 때까지 그렇게 사
정사정하는 거야. 아침까지 해 가면서 미친놈처럼
굴었어. 놈은 여러 해 동안 바로 이 목적을 이루기

위해 애써 왔는데, 지금 와서 포기한다면 견딜 수 없을 거라고 했어. 그 목적이란 게 뭐냐고 물었더니 말해 줄 수 없다더군. 1년 계약을 또 강요당할 것은 뻔한 일이고, 그러면 2년 뒤에야 도슨에 되돌아 올 텐데 그때는 너무 늦어 버릴 거라는 말을 했어. 그렇게 매달 리고 사정하는 놈은 난생 처음이었어. 돈을 주겠다고 말했을 때 놈이 또 눈 위에 무릎을 꿇는 통에 다시 일으켜 세웠지. 밑천을 대 주고 이익의 일부를 받는 식으로 하면 어떻겠냐고 물어봤어. 놈이 받아들였을 것 같아? 천만에! 자기가 찾은 것 모두를 내게 주겠다, 더 이상 욕심낼 수 없을 만큼의 부자로 만들어 주겠다. 찾은 금을 모조리 주겠다고 딱 잘라 말하더군. 하지만 남의 밑천으로 자신의 시간과 인생을 바쳐 성공을 거둬도, 자기가 발견한 것의 반을 떼 주는 건 아까워하는 게 사람 심보지. 이번 일의 배후에는 뭔가가 있어. 프린스. 바로 그점을 명심해 둬. 그자가 이 지역에 계속 머무르고 있으면, 소문을 듣게 될 테니까."

"만약 사라져 버리면요?"

"그러면 내 착한 마음이 상처 입고 60온스 정도

날리는 거지 뭐."

매서운 추위가 긴긴 밤과 함께 찾아왔고, 해가 눈 덮인 남쪽 지평선을 따라 숨바꼭질을 하듯 오르내리기 시작했지만, 맬러뮤트 키드가 자금을 대 준 낯선 자의 소식은 들리지 않았다. 그러던 중 일월 초의 몹시 추운 어느 날 아침, 짐을 잔뜩 실은 썰매 대열이 스튜어트 강 아래쪽에 자리한 그의 오두막 앞에서 멈췄다. 해달피의 사내가 그 대열에 있었고, 그의 곁에는 신들조차 빚은 방법을 까먹었을 것 같은 한 사내가 서 있었다. 사람들은 횡재와 용기와 500달러의 돈을 얘기할 때마다 액설 건더슨의 이름을 들먹거렸다. 또 담력이니 힘이니 모닥불을 겁 없이 지나다니는 이야기를 할 때도 그의 이름을 들먹였다. 이야기가 시들해지면, 액설 건더슨의 부와 명성을 함께 나눈 부인을 입에 올려 이야기 불꽃을 다시 피웠다.

앞서도 말했듯이, 신들은 액설 건더슨을 만들 때 그 옛날의 지혜를 발휘하여 세상이 처음 생겨났을 때 태어난 영웅들을 본떠 빚었다. '엘도라도〔에스파

냐 어로 황금의 고장)의 왕'이라고 새겨진 휘황찬란
한 옷을 입은 건더슨은 키가 7피트나 되어 우뚝 솟
은 듯했다. 가슴, 목덜미, 팔다리 모두 거인처럼 컸
다. 300파운드의 뼈와 근육을 지탱하기 위해, 눈신
은 다른 사람들 것보다 족히 1야드는 더 컸다. 울퉁
불퉁한 이마와 큼지막한 턱, 옅은 푸른색의 부리부
리한 두 눈의 투박한 얼굴은 그가 힘의 법칙밖에 모
르는 사람임을 말해 주었다. 잘 익은 옥수수 수염처
럼 노랗고, 서리가 내려앉은 머리칼은 어둠을 가로
지르는 빛처럼 흔들리며 곰 가죽 코트 위로 흘러내
렸다. 개들에 앞서 좁은 길을 기세 좋게 내려올 때
는 어딘지 모르게 뱃사람의 면모가 배어 있는 듯했
다. 그는 노르웨이의 해적이 남쪽을 침략할 때 성문
을 열라고 문을 탕탕 두드리듯이, 맬러뮤트 키드의
오두막집 문을 채찍 손잡이로 두드려 댔다.

　프린스는 가냘픈 팔을 드러내고 빵을 반죽하고
있었는데, 평소처럼 세 명의 손님, 평생 동안 도저
히 만나볼 수 없을 것 같은 세 사람을 뚫어지게 쳐
다보았다. 맬러뮤트 키드가 율리시즈라고 이름 붙
인 바 있는 낯선 자는 여전히 프린스의 관심을 끌었

다. 하지만 그의 관심은 액설 건더슨과 액설 건더슨의 아내에게 더 많이 쏠렸다. 여자는 남편이 돈벌이 좋은 광산을 얼음장 밑에서 발견하여 부를 거머쥔 뒤로 오랫동안 편안한 집에서 지내면서 몸이 나약해졌고, 그래서인지 그날의 여행을 힘들어하고 피곤해했다. 그녀는 벽에 걸어 둔 가냘픈 꽃처럼 남편의 가슴에 기대어 쉬면서 맬러뮤트 키드의 악의 없는 농담에 건성건성 대꾸했다. 이따금씩 그녀가 그 깊고 짙은 눈동자를 굴릴 때면 프린스는 이상하게도 피가 솟구쳤다. 그도 그럴 것이 프린스는 남자였고, 그것도 건장한 남자인데다 여러 달 동안 여자라곤 구경한 적이 없었기 때문이다. 여자는 프린스보다 나이가 많았고, 게다가 인디언이었다. 하지만 그녀는 프린스가 만나 본 인디언 여자들과는 달랐다. 오고가는 대화 속에서 그녀가 여행을 많이 다녔고, 이 일대에서 다른 사람들과 어울려 살아왔다는 사실을 알게 되었다. 또 그녀는 인디언 여자들이 할 줄 아는 것들을 거의 알고 있었는데, 그 많은 일들이 반드시 알아야 하는 것들도 아니었다. 볕에 말린 생선을 요리하거나 눈 속에서 잠자리를 마련하는 법도 알았다. 그녀는 차례차례 나오는 만찬의 요리들을 감질나게 꺼내 놓으며 사람들을 애태웠고, 사람들 사이의 의견 차이를 교묘하게 부추겨 그들이 거의 잊고 있던 여러 가지 요리들을 입에 올리게 했다. 그녀는 무스와 곰에서부터 작은 푸른색 여우와 북쪽 바다의 야생 바다표범에 이르기까지 동물의 습성도 잘 알았다. 숲과 강에 대해서도 훤했으며, 사람과 새와 동물이 섬세한 눈 위에 남긴 자국을 읽어내는 능력은 백과사전을 방불케 했다. 그런데 프린스의 눈에 여자가 '캠프의 규칙'이라는 게시판을 읽으면서 알겠다는 듯 두 눈을 반짝이는 모습이 포착되었다. 이 캠프의 규칙은 '못 말리는' 베틀스가 한창 피가 끓던 시절에 세운 것으로, 간결하고 단순한 유머가 특징이었다. 프린스는 여성들을 맞기 전에 언제나 게시판을 벽 쪽으로 돌려 놓았다. 하지만 이런 인디언 여성이 오리라고 누가 생각할 수 있었겠는가. 헌데, 와 버렸다. 이제는 너무 늦어 버렸다.

게다가 이번에는 액설 건더슨의 아내, 그 이름과 명성이 남편과 더불어 북쪽 땅 전역에 널리 퍼진 여성이었다. 저녁을 들면서 맬러뮤트 키드는 오래된

236

친구인 양 그녀에게 추파를 던졌고, 프린스는 처음 만났을 때의 수줍음을 떨치고 같이 추파를 던졌다. 하지만 여자는 두 사람의 추파에도 전혀 주눅들지 않았는데, 반면에 남편은 재치가 없어 헛된 시도를 해봤지만 박수를 받지 못했다. 그는 아내를 무척 자랑스러워했다. 표정과 행동 모두에서 그녀가 그 남자의 삶에 얼마나 큰 비중을 차지하고 있는지 드러났다. 해달피의 남자는 그 즐거운 말놀이에서 잊혀진 채 조용히 식사를 했다. 그리고 다른 사람들보다 먼저 식사를 끝내고는, 일어서서 개들이 있는 밖으로 나갔다. 그러자 일행들도 곧바로 장갑을 끼고 파카를 입고서 그를 따라나섰다.

여러 날 동안 눈이 내리지 않아서 썰매들은 단단히 다져진 유콘 강 길을 마치 반들반들한 얼음 위를 달리듯 쉽게 미끄러졌다. 율리시즈가 첫 번째 썰매를 이끌었고, 프린스와 액설 건더슨의 아내가 두 번째 썰매로 뒤따랐다. 맬러뮤트 키드와 노란 머리 거인은 세 번째 썰매를 끌었다.

"이보게 키드, 이건 순전히 예감인데 말야." 노란 머리 남자가 말했다. "일이 술술 풀릴 것 같아. 저자가 자기도 그곳에 가 본 적은 없지만, 솔깃한 얘기를 하면서 지도를 보여 주더라고. 나도 몇 해 전에 쿠테네이 지방에 있을 때 그 지도에 관해 들은 적이 있어. 자네도 같이 갔으면 좋겠어. 저자는 이상한 놈이야. 어떤 놈이든 끌어들이면 당장에 때려치우겠다고 큰소리치지 뭐야. 하지만 돌아오면 자네에게 제일 먼저 알려 줌세. 그리고 바로 내 옆자리를 자네에게 떼 주고 현장 부지를 반 뚝 잘라 주지."

"됐어! 됐어!" 맬러뮤트 키드가 말을 가로막으려 하자 노란 머리 남자가 소리쳤다. "난 꼭 갈 걸세. 그 일을 해내려면 몸이 두 개라도 모자랄지 몰라. 이번 일이 잘 풀리면, 응, 제2의 크리플 크릭〔콜로라도 주에 있는 도시로 1890년대 초 금이 발견되어 마을이 형성되었다〕이 될 거야. 알겠어? 제2의 크리플 크릭이라구! 자네도 알다시피 그곳은 수정 광산이지 금광은 아니잖아. 그러니 이번 일만 제대로 되면 우리는 모든 걸 거머쥐게 될 거야. 백만 달러에 또 백만 달러를 말이지. 들어본 적이 있는 곳이야. 자네도 들어 봤을 테지. 우리가 도시를 세우는 거야. 일꾼이 수천 명에다, 멋진 운하에다, 증기선 항로도 열고, 규모가 큰 운송업도 하고, 불을 환히 밝힌 증기선도 들이고, 어쩌면 기찻길도 들어서겠지, 제재소, 전력 회사, 우리만의 은행, 회사, 신디케이트〔같은 시장에서 여러 기업이 출자해서 만든 공동 판매 회사〕도 세우는 거야. 아무렴! 내가 돌아올 때까지 자넨 잠자코 기다리기만 해!"

썰매들은 스튜어트 강어귀와 만나는 곳에서 멈췄다. 스튜어트 강은 끝도 없는 얼음 바다처럼 미지의 동쪽으로 한없이 넓게 펼쳐져 있었다. 썰매에 있는 짐짝에서 눈신을 꺼냈다. 액설 건더슨은 악수를 나누고 앞으로 걸어갔다. 거미집 모양의 그의 큼직한 신발이 보드라운 눈 속으로 반 야드나 쑥 들어갔는데, 그는 개들이 눈 속에 빠지지 않도록 눈을 단단히 다졌다. 여자는 마지막 썰매 뒤쪽에 앉아 불편한 신발을 길들이는 데 오랜 시간을 허비했다. 요란한 작별 인사로 정적이 깨졌다. 개들은 컹컹 짖어댔고, 해달피의 남자는 썰매 바로 앞의 말 안 듣는 녀석에게 말 대신 채찍을 날렸다.

한 시간 뒤, 대열은 거대한 하얀 종이 위에 길고 곧은 선을 그리며 움직이는 까만 연필처럼 보였다.

II

몇 주가 지난 어느 날 밤, 맬러뮤트 키드와 프린스는 낡은 잡지의 뜯겨진 페이지에 실린 체스 문제를 푸는 데 폭 빠져 있었다. 키드는 자신의 광산에서 막 돌아와 기나긴 무스 사냥을 준비하며 편히 쉬고 있었다. 프린스도 겨울 내내 강과 눈길에서 지냈기 때문에 일주일 간의 더없이 행복한 오두막 생활을 몹시 갈망했다.

"검은색 나이트로 막은 다음 왕을 몰아 버려. 아냐, 그 수는 잘 안 되겠군. 가만있자, 다음 수는……."

"졸을 두 칸 앞으로 미는 게 어때요? 길을 막고 있으니까 졸을 잡아야죠. 그런 다음 비숍을 움직여서……."

"잠자코 있어! 그러면 구멍이 생긴단 말야. 그러면……."

"아니, 아무 탈 없어요. 그렇게 해 봐요! 잘될 거에요."

체스 문제는 정말 재미있었다. 노크 소리가 들렸

다. "들어오시오" 하는 맬러뮤트 키드의 말이 떨어지기도 전에 두 번째 노크 소리가 들렸다. 문이 쫙 열렸다. 무엇인가 비틀거리며 들어왔다. 프린스는 문을 정면으로 보고 있다가 벌떡 일어섰다. 기겁하는 그의 눈빛에 맬러뮤트 키드도 휙 뒤돌아보았다. 전에도 험한 꼴들을 여러 번 보아 온 그였지만, 역시 깜짝 놀랐다. 그것은 비틀거리며 무턱대고 다가왔다. 프린스는 스미스 앤 웨슨 총이 걸린 곳까지 슬금슬금 뒷걸음질쳤다.

"세상에! 저건 뭐죠?" 프린스가 맬러뮤트 키드에게 작은 소리로 말했다.

"몰라. 꽁꽁 얼어붙고 먹지도 못한 것 같아." 키드는 문 쪽으로 슬며시 움직이며 대답했다. "조심해! 미친놈일지도 모르니까" 하고 일러두고는, 문을 닫고 되돌아왔다.

그것은 탁자로 걸어갔다. 기름 램프의 밝은 불빛이 놈의 눈에 띄었다. 놈은 웃음을 짓더니 좋아 죽겠다는 듯 소름끼치는 소리를 꽥 내질렀다. 그런 다음 별안간, 그 — 그것은 남자였다 — 는 등을 구부려 가죽 바지를 와락 끌어올리더니, 뱃노래를 부르

기 시작했다. 뱃사람들이 철썩이는 파도 소리를 들
으며 캡스턴[닻이나 무거운 짐을 감아 올리는 장치]
을 돌릴 때 소리 높여 부르는 노래처럼.

"양-키의 배가 가-앙-을 따라 내려온다.
당겨! 억센 뱃사람들아! 당겨!
아-알고 싶으냐 선장이 어디로 데-에-리고 가
는지?
당겨! 억센 뱃사람들아! 당겨!
사우스 캐롤-리-이-나에 조-나-단 존스.
당겨! 억센-"

그는 갑자기 노래를 멈추고는, 늑대처럼 울부짖
으며 고기가 놓인 선반으로 비틀거리며 갔다. 두 사
람이 말릴 새도 없이 베이컨을 날것 그대로 한입 가
득 물어 뜯었다. 그자와 맬러뮤트 키드의 싸움은 격
렬했다. 하지만 그 남자의 미쳐 날뛰던 힘은 갑자기
생긴 것처럼 갑자기 사라졌고, 그는 힘없이 약탈품
을 뺏었다. 두 사람이 그자를 의자에 앉히자, 그는
다리를 탁자 위로 뻗었다. 위스키 한 모금으로 기운

을 차린 남자는 맬러뮤트 키드가 가져다준 설탕 통에서 설탕 한 숟가락을 떠먹었다. 그자가 설탕으로 배를 약간 채웠을 때, 프린스는 평소처럼 몸을 떨면서 진하지 않은 소고기 수프를 건넸다.

놈의 두 눈은 음울한 광기로 번뜩였고, 수프를 한입 가득 들이킬 때마다 불꽃이 피어 올랐다가 사그라졌다. 얼굴에는 살이라곤 없었다. 홀쭉하고 비쩍 마른 얼굴은 사람의 형상을 찾아보기 힘들 정도였다. 계속되는 강추위에 얼굴이 상할 대로 상하여, 전에 생긴 흉터가 채 아물기도 전에 그 위에 딱지가 덕지덕지 않았다. 건조하고 딱딱한 얼굴은 검붉은 핏빛이었는데, 심하게 갈라진 피부 사이로 빨간 속살이 엿보여서 얼굴이 울퉁불퉁해 보였다. 가죽옷은 더러워지고 다 해졌는데, 한쪽 옷자락이 불에 타 없어진 것으로 보아 불 위에 나뒹군 적이 있는 듯했다.

맬러뮤트 키드는 볕에 탄 가죽이 층층이 베어진 곳을 가리켰다. 굶주림의 으스스한 표시였다.

"누-구-요?" 키드가 천천히 또박또박 말했다.

남자는 개의치 않았다.

"어디서 왔소?"

"양-키의 배가 가-앙-을 따라 내려온다." 그는 떨리는 노랫소리로 답했다.

"이 거지가 강을 따라 내려온 게 틀림없군." 키드 는 속시원한 이야기를 이끌어 내려고 남자를 흔들 며 말했다.

그러나 남자는 키드의 손길에 비명을 질렀고, 고 통에 겨워 옆구리를 손으로 두드렸다. 그리고는 천 천히 발을 딛고 일어서서 탁자에 몸을 기댔다.

"여자가 나를 비웃었어요—그렇게—증오의 눈 초리로. 그리고 여자는—오지—않으려고 했어요."

목소리가 사그라들면서 남자의 몸이 미끄러지자 맬러뮤트 키드가 그의 손목을 붙잡으며 소리쳤다. "누구? 누가 오지 않겠다는 거야?"

"여자, 웅가. 여자가 비웃으며 나를 쳤어요. 그래 서, 그리고 그래서. 그리고 그런 다음……."

"응, 그래서?"

"그런 다음……."

"그런 다음 뭐?"

"그런 다음 남자는 눈 위에서 오랫동안 가만히

244

누워 있었어요. 눈—위에—가만히—있어."

키드와 프린스는 어쩔 줄 몰라 하며 서로를 쳐다보았다.

"눈 위에 누가 있다는 거야?"

"여자, 웅가. 여자가 증오의 눈초리로 나를 쳐다보았고, 그런 다음……."

"그래, 그래."

"그런 다음 칼을 꺼냈어요. 그렇게. 그리고 한 번, 두 번—여자는 힘이 빠졌어요. 난 아주 천천히 걸었어요. 그리고 그곳엔 금이 아주 많았어요. 엄청나게 많은 금이."

"웅가는 어딨지?" 모르긴 몰라도 맬러뮤트 키드의 생각에, 여자는 수 마일 떨어진 곳에서 죽어 가고 있는 것 같았다. 그는 남자를 거칠게 흔들며 묻고 또 물었다. "웅가는 어딨어? 웅가가 누구야?"

"여자는—눈—위에—있—어—요."

"계속 말해!" 키드는 남자의 팔목을 심하게 눌렀다.

"그렇게—나는—눈—위에—있으려고—했지만—갚을—빚이—있었어요. 갚을—빚이—상당히—

있었어요. 난—빚이……." 그자는 더듬더듬 한마디
씩 뱉어 내던 말을 그치고 작은 주머니를 더듬어 가
죽 자루 하나를 꺼냈다. "금—오—파운드—빚—
맬—러—뮤트—키드에게—내가……." 남자는 완
전히 진이 빠져 머리를 탁자 위에 떨궜다. 맬러뮤트
키드도 더 이상 일으켜 세우지 못했다.

"이 작자 율리시즈야." 키드는 금 자루를 탁자 위
로 툭 던지며 조용히 말했다. "하루종일 액설 건더
슨과 여자와 함께 있었나 봐. 자, 담요나 덮어 주자
구. 이자는 인디언이야. 기운을 차리면 나머지 이야
기를 해 줄 거야."

남자의 옷을 벗기자 오른쪽 가슴 근처에 깊이 베
인 칼자국 두 군데가 아물지 않은 채 있었다.

Ⅲ

"내가 겪은 일들을 말해 주지요. 내 얘기만으로
도 이해가 될 테니까요. 처음부터 시작하지요. 나와
여자, 그리고 다음엔 남자 얘기를."

해달피의 남자는 한동안 불 구경이라곤 못해서 프로메테우스의 이 선물이 언제 사라질지 몰라 두려워하는 사람처럼 난로 옆에 바짝 다가앉았다. 맬러뮤트 키드는 기름 램프를 쳐들어 이야기하는 그 자의 얼굴이 잘 보이게 놓았다. 프린스는 침상 가장자리로 슬그머니 다가가 앉으며 끼어들었다.

"내 이름은 나스, 추장이고, 또 추장의 아들이고, 해 지고 해 뜨는 사이, 캄캄한 바다 위, 아버지의 우미악(나무틀에 물범 가죽을 팽팽하게 쳐서 만든 에스키모의 배)에서 태어났어요. 밤새도록 남자들은 힘들게 노를 저었고, 여자들은 우리 배를 덮친 파도를 밖으로 퍼냈고, 그렇게 우리는 폭풍과 싸웠어요. 소금물이 어머니 가슴에 뿌려져 얼어붙었고, 파도가 물러가면서 어머니도 숨을 거뒀어요. 하지만 난— 난 바람과 폭풍 속에서 크게 울었고, 살아났어요.

우리는 아쿠탄에서 살았어요……."

"어디라고?" 맬러뮤트 키드가 물었다. 그러자 나스가 말했다.

아쿠탄이요. 알류산 열도(알래스카 반도와 함께

태평양과 베링 해를 갈라놓는 호상 열도)에 있어요.
치그닉 너머, 카르달락 너머, 우니막 너머에 아쿠탄
이 있어요. 이미 말했듯이, 우리는 아쿠탄에서 살았
고, 그곳은 세상 끝 바다 한가운데 있어요. 우린 소
금물 바다에서 물고기와 바다표범과 해달을 잡으며
살았어요. 그리고 우리 집들은 숲의 가장자리와 노
란 해변 사이의 바위 땅 위에 어깨를 맞대듯 붙어
있었고, 해변에는 카약이 놓여 있었지요. 우린 숫자
가 많지 않았고, 세상도 아주 좁았어요. 동쪽으로는
이상한 땅들이 있었어요. 아쿠탄 같은 섬들이요. 그
래서 우린 세상이 모두 섬이라고 생각했고 별로 신
경 쓰지 않았어요.

난 우리 종족 사람들과 달랐어요. 해변의 모래에
는 구부러진 나무토막과 파도에 뒤틀린 널빤지들이
있었는데, 우리 종족의 배에서 나온 것들이 아니었
죠. 그리고 세 방향으로 바다를 굽어볼 수 있는 곳
이 기억나요. 그곳에는 우리 섬에서는 절대 자라지
않는 키 큰 소나무 한 그루가 늘씬하게 쭉 뻗어 있
었죠. 두 남자가 그곳에 왔고 며칠 동안 그 주위를
돌다가 빛이 새어 나오는 곳을 지켜보았다고 하더

군요. 이 두 남자는 해변에 부서져 있는 그 배를 타고 바다에서 왔어요. 두 사람은 당신들처럼 피부가 하얗고, 바다표범이 멀리 도망가 버려서 사냥꾼이 빈손으로 집에 돌아왔을 때의 어린애처럼 허약했어요. 이 이야기는 늙은 노인들에게서 들은 거지요. 그분들은 그 아버지와 어머니에게 들어서 알았고요. 이 낯선 백인 두 사람은 처음에는 우리들 방식을 쉽게 받아들이지 않았어요. 하지만 점점 강해졌고, 고기잡이와 기름 짜는 법도 알게 되고 성질도 사나워졌어요. 그리고 따로 집을 지어 우리 종족 여자를 골랐고, 이윽고 아이들이 태어났어요. 그래서 내 아버지의 아버지의 아버지가 될 사람이 태어난 거예요.

말했다시피 난 우리 종족 사람들과 달랐어요. 멀리 바다에서 들어온 이 백인 남자의 강하고 이상한 피를 이어받았기 때문이죠. 두 사람이 오기 전에는 다른 법이 있었다고 해요. 하지만 두 사람은 사납고 싸움질을 좋아했고, 싸우려고 덤비는 사람이 없을 때까지 우리 종족 남자들과 싸웠어요. 그런 다음 스스로 추장이 되었고, 오래된 우리 법을 버리고 새로

운 법을 가져왔어요. 그래서 예전 식으로는 남자가
어머니의 아들이었는데, 그 후론 아버지의 아들이
되었어요. 또 첫 번째 태어난 아들이 아버지의 것을
모두 가지고, 다른 아들과 딸들은 스스로 살아가야
한다는 법을 세웠어요. 그리고 다른 법들도 세웠지
요. 물고기를 잡고 숲에 굉장히 많이 있는 곰을 죽
이는 새로운 방법을 가르쳤어요. 배고플 때를 위해
커다란 창고를 마련하는 것도 가르쳤죠. 이런 것들
은 좋았어요.

그러나 두 사람이 추장이 되고 그들의 사나움에
맞설 상대가 없어지자, 낯선 두 백인 남자는 서로
싸웠어요. 그리고 내가 피를 이어받은 남자가 물개
를 잡는 작살로 다른 남자를 팔 길이만큼 깊이 찔렀
어요. 두 사람의 아이들도 싸우기 시작했고, 그 아
이들의 아이들도 서로 싸웠어요. 두 집안 사이에는
커다란 미움이 쌓였고, 내 세대까지도 더러운 일이
이어져, 결국 두 집안은 자기 집안 내에서 피를 이
어갈 수밖에 없었죠. 우리 핏줄은 나밖에 없었고,
저쪽 집안에는 여자 아이 하나, 그러니까 어머니와
함께 사는 웅가밖에 없었어요. 웅가의 아버지와 내

아버지는 어느 날 밤 고기잡이를 나간 뒤 돌아오지 않았죠. 며칠 후 두 사람은 큰 파도에 씻겨 바닷가에 떠밀려 왔는데, 둘이 서로 아주 가까이 붙어 있었어요.

마을 사람들은 두 집안 사이의 미움 때문에 걱정했어요. 노인들은 고개를 절레절레 흔들며 내가 아이를 낳고 웅가가 아이를 낳으면 싸움이 계속될 거라고 말했죠. 난 어렸을 때 그 얘기를 듣고서 그냥 믿어 버렸고, 웅가가 장차 내 아이들과 싸우게 될 아이들을 낳을 원수라고 생각했어요. 날마다 이 문제를 생각했는데, 풋내기 청년이 되었을 때 왜 일이 꼭 그렇게 되어야 하느냐고 물었어요. 그러자 노인들이 말하더군요. "우리도 잘 모르겠네. 하지만 자네 아버지들이 그런 식으로 지내왔어." 앞으로 태어날 사람들이 이미 죽은 사람들의 싸움을 되풀이해야 한다는 것이 저로선 이상했어요. 하지만 노인은 그래야 한다고 말했고, 난 그때 풋내기에 불과했죠.

노인들은 또, 내 아이가 웅가의 아이보다 더 빨리 강하게 자라기 위해선 결혼을 서둘러야 한다고 했어요. 이것은 쉬운 일이었죠. 난 우두머리인데다,

내 조상들의 법과 업적, 그리고 내가 가진 재산 때문에 모두들 나를 우러러봤으니까요. 젊은 여자들은 하나같이 내게 시집오려고 했지만, 내 마음을 끄는 여자는 한 명도 없었어요. 그때 사냥꾼들이 웅가 어머니에게 웅가의 몸값을 높게 부르고 있어서 노인들과 젊은 여자의 어머니들은 내 결혼을 재촉했어요. 내 아이보다 웅가의 아이가 먼저 태어나서 강해지면 내 아이들은 죽게 될 테니까요.

젊은 여자를 찾지 못한 채 지내던 어느 날 밤, 고기잡이에서 돌아오던 때였어요. 햇빛이, 아주, 낮게 내리비치며 눈이 부시게 했고, 바람은 산들거렸고, 카약들은 하얀 물살을 가르며 나아갔어요. 갑자기 웅가의 카약이 내 옆을 지나갔는데, 웅가는 검은 머리를 밤하늘의 구름처럼 날리며 촉촉이 젖은 볼로, 그렇게, 내 얼굴을 쳐다보았어요. 말했다시피, 난 햇빛 때문에 눈이 부셨고 풋내기였어요. 그런데 어찌된 셈인지 미움이 사라지고, 친절에는 친절로 답해야 한다는 생각이 드는 거였어요. 웅가는 앞으로 힘차게 나아간 뒤, 노를 두 번 저으면 닿을 만한 거리에서 뒤를 돌아보았어요. 그 여자 웅가만이 뒤돌아볼 수 있다는 듯이 말이죠. 난 다시 한 번 그것이 친절의 부름이라는 걸 알았어요. 우리가 천천히 움직이는 우미악들을 지나쳐 멀리 가 버리자 사람들이 소리를 질렀어요. 하지만 옹가는 노를 빨리 저었고, 내 가슴은 풍선처럼 부풀어오르더니 가라앉질 않았어요. 바람은 시원했고, 바다는 하얗게 변했고, 우리는 바다표범들처럼 바람이 불어오는 쪽으로 뛰어오르며, 황금빛 햇빛이 비치는 물길을 따라 소리 지르며 나아갔어요.

나스는 배를 타고 달리던 그때의 모습을 보여 주려고 의자에서 몸을 반쯤 구부려 노 젓는 시늉을 했다. 그는 난로 위 어디쯤에서 흔들리는 카약과 휘날리는 옹가의 머리카락을 보고 있었다. 바람 소리가 그의 귀에 들렸고, 소금기 묻은 바닷바람이 그의 콧속을 시원하게 해 줬다.

하지만 옹가는 해안에 도착해서는, 웃으면서 모래 위를 달려 자기 집으로 갔어요. 난 그날 밤 굉장한 생각이 떠올랐어요. 아쿠탄의 모든 사람들을 다

스리는 추장에 걸맞은 생각이었죠. 그래서, 달이 떠올랐을 때 웅가의 어머니 집으로 가서 문 앞에 쌓여 있는 야쉬누쉬의 선물을 살펴보았어요. 웅가 아이의 아버지가 되겠다고 마음먹은 힘센 사냥꾼인 야쉬누쉬가 가져다 놓은 선물이었죠. 한 젊은이가 선물을 가져다 놓으면 다른 젊은이가 다시 치워 버렸어요. 젊은이들은 저마다 전에 쌓아 놓은 것보다 더 높이 선물을 쌓아 놓았어요.

난 달과 별을 보며 한바탕 웃고는 내 재산이 보관돼 있는 집으로 돌아갔어요. 그리고 여러 번 왔다 갔다 하면서 야쉬누쉬가 쌓아 올린 것보다 한 손가락쯤 더 높이 쌓아 올렸어요. 볕에 말린 생선과 훈제 생선, 바다표범 가죽 40장, 모피 20장을 쌓았어요. 가죽은 기름을 가득 넣어 주둥이를 꼭 묶었구요. 겨울잠을 깨고 봄에 숲에 나타난 놈을 죽여서 말린 곰 가죽 10장도 있었어요. 구슬과 담요와 주홍색 옷감도 있었죠. 이 물건들은 동쪽에 사는 사람들과 바꾼 거였어요. 이 사람들은 더 동쪽에 사는 사람들로부터 이 물건들을 샀지요. 나는 야쉬누쉬가 쌓아 놓은 것을 보며 웃었어요. 난 아쿠탄의 우두머리였고, 내 재산은 다른 젊은이들의 재산을 다 합친 것보다 더 많았고, 내 조상들은 업적을 이루고 법을 세웠으며, 우리 종족 사람들은 늘 그 이름을 입에 올렸으니까요.

그래서 아침이 되었을 때, 해변으로 가서 웅가 어머니의 집을 곁눈질로 슬쩍 쳐다보았어요. 내 선물은 그대로 있더군요. 여자들이 서로 수군거리며 웃고 있었어요. 그렇게 많은 선물을 바친 예가 없었으므로 나는 의아했어요. 그날 밤 나는 선물 더미를 더 높이 쌓았고, 거기에다 무두질이 잘된 가죽으로 만든 카약을 한 대 얹었어요. 바다에 한번도 띄운 적 없는 새 카약을 말이죠. 하지만 그날도 선물 더미는 그대로 있었고, 난 모든 사람들의 웃음거리가 되고 말았죠. 웅가의 어머니는 교활한 구석이 있었어요. 난 종족 사람들에게 창피한 꼴을 당해서 점점 화가 났어요. 그래서 그날 밤 엄청난 높이가 될 때까지 계속 쌓았고, 내 우미악도 끌고 왔어요. 카약 20대의 값어치가 나가는 배를 말이죠. 다음날 아침 선물 더미는 없어졌어요.

그래서 난 결혼식을 준비했어요. 동쪽에 사는 사

람들까지도 잔치 음식과 축제 선물을 받으려고 왔어요. 우리가 햇수를 세는 방법으로 따지면 웅가는 나보다 네 살이 더 많았어요. 난 풋내기에 불과했죠. 하지만 난 추장이자 추장의 아들이었기 때문에 나이는 문제되지 않았어요.

그런데 배 한 척이 먼 바다 위로 돛을 내밀며 다가왔는데, 바람에 실려 오며 그 모습이 점점 커졌어요. 배수구에서는 깨끗한 물이 쏟아졌고, 남자들이 몹시 급한 듯 열심히 펌프질을 해 댔어요. 뱃머리에는 건장한 남자가 우뚝 서서 물의 깊이를 살피면서 천둥 같은 소리로 명령을 내리더군요. 두 눈은 깊은 바닷물 같은 옅은 푸른색이었고, 머리카락은 바다사자 같은 갈기 머리였죠. 머리칼 색깔은 노란빛이었어요. 남쪽에서 추수할 때의 밀짚이나 뱃사람들이 땋는 마닐라 로프 가닥 색깔처럼 말예요.

지난 몇 년 사이 멀리서 배를 본 적은 더러 있었지만, 아쿠탄의 바닷가까지 온 것은 이번이 처음이었어요. 잔치는 산통이 깨졌고 여자와 아이들은 집으로 도망쳤죠. 반면에 우리 남자들은 활시위를 매고는 손에 작살을 들고 기다렸어요. 하지만 배의 이

물이 바닷가에 도착했을 때, 낯선 남자들은 우리를 거들떠보지도 않고 자기네 일을 하느라 바빴어요. 썰물로 바닷물이 빠지자, 그들은 스쿠너(보통 2개, 때로는 3개 이상의 돛대가 있는 종범식 범선)를 기울여 배 바닥에 난 커다란 구멍을 때우더군요. 그래서 여자들도 슬며시 되돌아왔고 잔치는 계속되었어요.

밀물이 들어오자 바다의 떠돌이꾼들은 닻의 밧줄을 잡아당겨 스쿠너를 깊은 바다로 끌어내린 뒤 우리에게 다시 왔어요. 선물을 잔뜩 들고 왔고 정답게 굴더군요. 그래서 나는 자리를 마련해 주고, 손님들에게 주는 선물도 관대한 마음으로 나누어주었어요. 왜냐하면 그날은 내 결혼식 날이었고 나는 아쿠탄의 우두머리였으니까요. 바다사자의 갈기 머리를 한 남자도 거기 있었는데, 키가 크고 건장해서 발을 디딜 때마다 땅이 갈라지는 것 같았어요. 그 남자는 팔짱을 낀 채 자주 웅가를 뚫어지게 쳐다보았고, 해가 지고 별이 뜰 때까지 머물러 있었죠. 그런 다음 남자는 자기 배로 내려갔어요. 나는 웅가의 손을 잡고 그녀를 내 집으로 데리고 갔어요. 내 집 주위에선 노랫소리와 웃음소리가 떠들썩했고, 여자들은 그 당시에 하던 풍습대로 서로 쑥덕거리고 있었죠. 하지만 우리 두 사람은 신경 쓰지 않았어요. 얼마 후 사람들은 우리를 남겨 두고 집으로 돌아갔어요.

바다 떠돌이꾼의 우두머리가 내 집 문 앞에 왔을 때는 소란스러운 소리가 채 가시기 전이었어요. 그는 검은 병을 몇 개 가지고 왔고, 우리는 병에 든 것을 마시고는 기분이 좋아졌어요. 말했듯이, 난 아직 풋내기였고 그때까지 세상의 끝에서만 살았죠. 피가 불처럼 타올랐고, 마음은 절벽에 부딪치는 파도의 거품처럼 가벼웠어요. 웅가는 두 눈을 똥그랗게 뜬 채 구석에 쌓인 가죽들 사이에 조용히 앉았어요. 무서웠던 거예요. 바다사자의 갈기 머리를 한 남자는 웅가를 오랫동안 뚫어지게 쳐다보았어요. 조금 있으니 그의 부하들이 물건 꾸러미를 가지고 왔고, 남자는 아쿠탄을 전부 뒤져도 볼 수 없는 귀한 물건들을 내 앞에 내놓더군요. 길고 작은 총을 비롯해서, 탄약, 포탄, 번쩍이는 도끼와 강철 칼, 절묘하게 만든 도구들, 그리고 한번도 본 적 없는 신기한 물건들도 있었어요. 그자가 내게 그 물건들을 다 가지라고 손짓했을 때, 정말로 손큰 사람이라는 생각이 들었어요. 헌데 그자는 또 웅가를 자기 배로 데려가겠다는 몸짓도 하더군요. 무슨 말인지 알겠어요? 웅가를 자기 배로 데리고 가겠다는 거예요. 내 조상의 피가 갑자기 불타올랐고, 난 그자에게 작살을 휘둘렀어요. 하지만 병 속의 귀신이 내 팔의 힘을 빼앗아 버린 뒤였어요. 그자는 내 목을 잡았고, 그러더니, 머리를 벽에다 내리쳤지요. 난 갓난아기처럼 힘이 빠져 버렸고 두 다리로 더 이상 서 있을 수도 없었지요. 웅가는 비명을 지르며 집안에 있는 물건들을 닥치는 대로 붙잡고 버텼지만, 그자가 웅가를 문으로 질질 끌고 가자 물건들은 마구 떨어지고 말았죠. 그러자 남자는 그 큰 팔로 웅가를 끌어안았어요. 웅가는 발정기의 수컷 바다표범이 내지르는 울음소리 같은 소리를 지르며 웃고 있던 그 남자의 노란 머리카락을 움켜쥐었어요.

나는 바닷가까지 기어갔고 우리 종족 사람들을 만났는데, 다들 겁에 질려 있더군요. 오로지 야쉬누쉬만이 진짜 남자였어요. 그자들이 야쉬누쉬의 머리를 노로 쳤는데, 끝내 얼굴을 모래에 처박고는 움직이지 않더군요. 그리고 그자들은 자기네 노래를 부르며 돛을 올렸고, 배는 바람을 타고 멀리 가 버렸어요.

사람들은 아쿠탄에서 두 핏줄 간의 싸움이 없어지게 되었으니, 오히려 잘된 일이라고들 말했어요. 하지만 난 한마디도 하지 않고 달이 꽉 차는 날을 기다렸다가, 카약에 물고기와 기름을 싣고 동쪽으로 떠났어요. 섬들도 많이 보고 사람들도 많이 봤지요. 세상 끝에서 살아온 나는 세상이 아주 넓다는 것을 알았어요. 나는 몸짓으로 말했어요. 하지만 스쿠너를 보았다는 사람도, 바다사자의 갈기 머리를 한 남자를 보았다는 사람도 없었어요. 사람들은 한결같이 동쪽을 가리켰어요. 난 형편없는 곳에서 잠을 잤고, 먹다 남긴 음식을 먹었고, 낯선 얼굴들을 만났어요. 많은 사람들이 날 비웃었어요. 내가 머리가 좀 모자란 사람이라 생각했으니까요. 하지만 때로는 노인들이 불빛에 내 얼굴을 비추며 축복해 주기도 했고, 젊은 여자들은 그 이상한 배와 웅가와 그 남자들에 대해 물어보면서 부드러운 눈길을 보내기도 했어요.

그런 식으로 거친 바다와 모진 폭풍을 겪으며 우 날라스카에 당도했어요. 그곳에 스쿠너 두 척이 있었는데, 내가 찾던 스쿠너는 아니었죠. 그래서 난 동쪽으로 다시 갔고, 세상은 훨씬 더 넓어졌어요. 우니막 섬에는 스쿠너라는 말이 없었고, 코디악과 아토그낙에서도 마찬가지였어요. 그러던 어느 날 바위가 많은 육지에 닿았는데, 사람들이 산에서 커다란 구멍들을 파고 있었어요. 그리고 내가 찾던 스쿠너는 아니었지만, 스쿠너 한 척도 있었구요. 사람들은 산에서 캔 돌 조각들을 배에 싣더군요. 어린애 같은 짓이란 생각이 들더군요. 세상은 온통 돌로 이루어져 있으니까요. 하지만 그들은 내게 먹을 것도 주고 일도 시켜 줬어요. 스쿠너가 물 속 깊이 잠겼을 때, 선장이 내게 돈을 주며 가라고 하더군요. 하지만 난 선장에게 어디로 갈 거냐고 물었고, 그는 남쪽을 가리켰어요. 나도 같이 따라가겠다는 표시를 하니까 선장이 처음엔 웃더군요. 하지만 일손이 부족해서, 뱃일을 돕도록 해 줬지요. 그렇게 해서 그 사람들 식으로 말하고, 밧줄을 감아 올리고, 갑자기 돌풍을 만나면 팽팽한 돛을 접고, 내 순서가

오면 타륜을 쥐는 따위의 일들을 하게 되었죠. 헌데 그 일이 전혀 낯설지가 않은 거예요. 내 조상들의 피가 뱃사람의 피였기 때문이었어요.

사실 난 그 남자와 같은 종족 사람들 속에 들어가기만 하면, 내가 찾는 사람을 찾기란 쉬울 것이라고 생각했어요. 어느 날 육지가 보였고, 우리 배가 항구로 들어가는 통로를 지났을 때, 난 스쿠너가 열 손가락 안에 들 정도는 있겠거니 생각했어요. 하지만 스쿠너는 수많은 작은 물고기들처럼 수 마일에 이르는 부둣가에 매어져 있었어요. 내가 사람들 사이로 가서 바다사자 갈기 머리를 한 남자에 대해 묻자, 다들 웃으면서 여러 나라 말로 대답하더군요. 그들이 세상 구석구석에서 몰려온 사람들임을 알 수 있었죠.

난 사람들 얼굴을 하나하나 살피려고 도시로 갔어요. 그런데 바닷가에 떼지어 몰려 있는 사람들 모습이 꼭 대구들 같아서, 몇 명인지 셀 수가 없는 거예요. 게다가 얼마나 시끄러운지 귀가 멍멍했고, 너무도 부산한 움직임에 머리까지 빙빙 돌더군요. 그래서 난, 따뜻한 햇빛 아래 부산하게 움직이는 땅들을 거치면서 계속 돌아다녔어요. 추수한 곡식이 들판 가득 쌓여 있는 곳도 있었고, 입으로는 거짓말을 해 대고 마음에는 황금에 대한 시커먼 욕망을 간직한 채 여자들처럼 사는 남자들로 우글거리는 큰 도시들도 있었지요. 그에 비해 아쿠탄의 내 종족 사람들은 사냥과 고기잡이를 하며 살았고, 세상이 좁다고 생각하며 행복해했죠.

하지만 고기잡이를 마치고 집으로 돌아오는 웅가의 모습이 늘 나를 따라다녔고, 난 때가 되면 웅가를 찾게 되리라는 걸 알았어요. 웅가는 저녁 어스름에 조용한 길을 따라 걷기도 했고, 아침 이슬에 젖은 무성한 풀밭을 가로지르며 나를 끌고 다니기도 했어요. 그리고 그 여자 웅가만이 해 줄 수 있는 약속이 그녀의 두 눈에 있었지요.

그렇게 수천 군데의 도시를 거치며 떠돌아다녔어요. 마음씨 좋고 음식을 주는 사람들도, 날 비웃는 사람들도, 여전히 저주를 퍼붓는 사람들도 있었지요. 하지만 난 입을 꽉 다문 채 낯선 길을 갔고 낯선 광경을 보았어요. 추장이자 추장의 아들이었던 내가 때로는 사람들을 위해 뼈빠지게 일하기도 했어요. 자기가 부리는 사람들의 땀과 고통에서 금을 짜내며 우악스럽게 말하고 무쇠처럼 단단한 사람들을 위해서 말이죠. 하지만 난 내가 찾는 사람에 대한 말은 한마디도 듣지 못한 채, 번식지로 돌아가는 바다표범처럼 바다로 되돌아가곤 했어요. 그런데 이번에는 북쪽에 위치한 또 다른 지방의 어떤 항구에 도착했어요. 그곳에서 노란 머리의 그 바다 떠돌이꾼에 대한 이야기를 대충 듣게 되었고, 그자가 바다표범 사냥꾼이며 바로 그때 다른 나라의 바다를 항해 중이라는 걸 알게 됐어요.

그래서 난 게으름뱅이 시워시즈가 타고 있던 바다표범잡이 스쿠너에 탔어요. 그리고 당시 바다표범잡이가 한창이던 북쪽을 향해 사람의 발길이 닿지 않은 항로를 따라갔어요. 여러 달 동안 힘겹게 나아갔고, 여러 선단을 만나 이야기를 나누다가 내가 찾던 남자의 거친 삶에 대한 이야기를 많이 듣게 되었죠. 하지만 단 한번도 바다에서 그자를 보질 못했어요. 우리는 북쪽으로 갔고, 심지어는 프리빌로프스까지 가서 바닷가에 무리 지어 있는 바다표범들을 잡았고, 배수구로 녀석들의 기름과 피가 쏟아

져 갑판 위에 아무도 서 있을 수 없을 지경이 될 때
까지 따뜻한 그 몸뚱이들을 배 위로 옮겼어요. 그런
데 느린 증기선 한 척이 우리를 뒤쫓으며 커다란 총
을 쏘아 대는 거였어요. 우리는 돛을 펴고 재빨리
달아났지만, 바닷물이 갑판 위를 덮쳐 모든 걸 깨끗
이 쓸어가 버렸고 우리는 안개 속에서 길을 잃고 말
았어요.

그때, 우리가 두려운 마음으로 도망치는 사이,
노란 머리의 바다 떠돌이꾼이 프리빌로프스, 정확
히는 그곳의 공장에 도착했고, 그의 부하들 가운데
몇 명은 공장의 일자리를 잡았고, 나머지는 바다에
서 만 개의 초록색 가죽을 실어 올렸다고 하더군요.
물론 들은 이야기지만, 난 그렇다고 믿고 있어요.
바닷가를 여행하는 동안 그자와 마주친 적은 없지
만, 북쪽 바다에서도 그자의 무모함과 대담무쌍함
에 대한 소문이 자자했으니까요. 나는 마침내 북쪽
지역에 땅을 가진 세 나라의 배를 타고 그 남자를
찾으러 나섰지요. 그리고 웅가 소식도 들었어요. 선
장들이 큰 소리로 웅가를 극구 칭찬했는데, 웅가는
늘 그 남자와 함께 있었다고 했어요. 선장들 말이,

웅가가 백인들의 생활 방식을 배웠고 행복해 한다더군요. 하지만 난 더 잘 알았어요. 웅가의 마음은 아쿠탄의 노란 바닷가에 사는 자기네 종족 사람들에게 되돌아가려고 한다는 걸요.

그렇게, 오랜 시간이 흐른 뒤, 나는 바다의 통로에 있는 항구로 되돌아갔어요. 거기에서 그 남자가 바다표범을 잡으러 거대한 바다를 가로질러, 러시아 해에서 남쪽으로 이어지는 따뜻한 땅의 동쪽으로 이미 떠나 버렸다는 걸 알게 됐지요. 뱃사람이 된 나는 백인들과 함께 배에 올라 그 남자를 뒤따라 바다표범 사냥에 나섰지요. 그 새로운 땅에는 배들이 거의 없었어요. 하지만 우리는 그해 봄 내내 북쪽에서 바다표범 옆구리에 매달려 녀석들을 마구 괴롭혔지요. 암컷들이 새끼를 배게 되자 러시아 해역으로 건너갔는데, 우리 뱃사람들은 툴툴대며 두려워했어요. 그도 그럴 것이 그곳에는 안개가 짙어서 보트를 탄 사람들이 날마다 길을 잃었기 때문이죠. 뱃사람들이 일을 안 하겠다고 버티자 선장은 배를 왔던 길로 되돌리더군요. 하지만 난 노란 머리의 그 바다 떠돌이꾼은 두려워하지 않고 사람들이 거의 가지 않는 러시아 섬까지도 바다표범 떼를 쫓아 갈 거라는 걸 알았어요. 그래서 캄캄한 밤중에 망꾼이 망루에서 꾸벅꾸벅 졸고 있을 때, 보트 한 척을 훔쳐 혼자서 그 따뜻하고 먼 땅으로 갔어요. 남쪽으로 가던 도중 예도 만의 사람들을 만났는데, 거칠고 겁이 없는 사람들이었어요. 요시와라의 소녀들은 몸집이 작고 생기 넘치고 보기에 좋았어요. 하지만 난 길을 멈출 수 없었어요. 웅가가 북쪽의 바다표범이 서식하는 곳에서 흔들리는 갑판 위를 돌아다니고 있었으니까요.

세상 끝에서 마주친 예도 만의 남자들은 신을 섬기지도 않고 집도 없이 일본 깃발 아래 항해를 했어요. 난 그 사람들과 함께 코퍼 섬의 풍족한 바닷가로 갔고, 그곳에서 소금과 바다표범 가죽을 높이 쌓았어요. 우리가 떠날 준비를 할 때까지 그 고요한 바다에는 사람이라곤 나타나지 않았지요. 그러던 어느 날 세찬 바람에 쓸려 안개가 몰려왔어요. 그때 스쿠너 한 척이 우리를 가로막았고, 그 뒤로 러시아 군함 한 척이 굴뚝으로 연기를 가득 내뿜으며 바짝 다가왔어요. 우리는 바람을 타고 달아났는데, 스쿠너는 계속 다가오며 3피트 앞까지 돌진해 왔어요. 그런데 선미루 갑판 위에서 바다사자 갈기 머리를 한 남자가 범포로 뱃전을 누르며 너무도 우렁차게 웃음을 터뜨렸어요. 거기에 웅가도 있었어요. 난 단번에 알아봤죠. 헌데 대포알이 바다 위를 날아다니기 시작하자 그자는 웅가를 선실로 내려보냈어요. 이미 말했듯이, 그 배와 우리의 거리는 3피트였는데, 선장은 움찔할 때마다 얼굴이 파랗게 질렸어요. 난 러시아 군함이 쏘는 대포를 등진 채 타륜에 매달려 욕을 퍼부었죠. 그 작자가 우리 앞을 가로막은 뒤 우리를 잡아가리라는 걸 알았으니까요. 우리 배의 돛대가 대포에 맞아 부러졌고, 우리는 상처 입은 갈매기처럼 바람에 질질 끌려 다녔어요. 하지만 그자는 수평선 너머로 계속 나아갔어요. 그 남자와 웅가가요.

우리가 뭘 할 수 있었겠어요? 그들은 신선한 가죽만 가지면 그만이었어요. 그래서 우리를 러시아 항구로 데리고 간 뒤 외딴 시골로 데려가더군요. 그곳에서 우리에게 소금 캐는 일을 시켰어요. 더러는 죽고, 더러는 살아남았어요.

나스는 어깨에 걸친 담요를 벗어서 마디지고 뒤틀린 맨살을 드러내 보였는데, 러시아에서 채찍으로 맞은 상처가 줄무늬 모양으로 또렷이 새겨져 있었다. 프린스는 얼른 나스의 어깨를 덮어 주었다. 보기에 너무 안쓰러웠던 것이다.

우리는 그곳에서 힘겨운 나날을 보냈어요. 이따금씩 남쪽으로 도망가는 사람도 있었지만, 늘 되돌아오더군요. 그러던 중, 예도 만 출신의 우리들이 밤중에 들고일어나 보초병의 총을 빼앗아 북쪽으로 갔어요. 러시아 땅은 굉장히 넓었어요. 벌판에다, 물에 잠긴 땅, 거대한 숲도 있었죠. 곧이어 땅 위에 많은 눈을 뿌리며 추위가 닥쳤는데, 도무지 길을 찾을 수 없었어요. 끝없는 숲을 몇 달이나 고생고생하며 걸었어요. 지금은 기억도 나지 않아요. 거의 먹지도 못했고 죽을 고비도 몇 번이나 넘겼으니까요. 그러다가 마침내 차가운 바다에 도착했어요. 남은 사람은 세 명뿐이었죠. 한 사람은 예도 섬 출신의 선장으로, 그 거대한 나라의 지형과 얼음을 타고 다른 곳으로 건너갈 수 있는 곳의 지형을 머릿속에 그릴 수 있는 사람이었어요. 그래서 그 사람이 앞장을 섰지요. 난 그 길이 그렇게까지 먼지는 알지 못했어요. 결국 나중에는 두 사람만 남게 되었죠. 우리가 그곳에 당도했을 때 그 지방에 사는 다섯 명의 낯선 사람들과 부딪쳤어요. 그 사람들은 개와 짐승 가죽을 가지고 있었고, 우린 아무것도 없었어요. 우린 눈 속에서 그자들이 죽을 때까지 싸웠지요. 선장도 죽었고, 개와 짐승 가죽은 내 차지가 되었어요. 난 부서진 얼음을 타고 바다를 건넜어요. 일단 바다에 오르자 서쪽에서 불어온 강한 바람을 타고 얼음 조각이 해안까지 떠내려갔어요. 그 후 파스톨릭의 골로프닌 만에서 스웨덴 신부를 만났죠. 그리고는 남쪽으로, 남쪽으로 가서 내가 처음 떠돌아다니던 따뜻한 땅까지 왔어요.

하지만 바다는 더 이상 벌이가 시원찮았어요. 바다표범을 쫓아 바다에 뛰어드는 일은 벌이는 시원찮고 위험만 컸지요. 선단은 흩어졌고, 내가 찾던 두 사람을 입에 올리는 선장과 뱃사람들도 없더군요. 그래서 나는 쉼 없이 움직이는 바다를 떠나, 나무며 집이며 산들이 언제나 한자리에 선 채 움직이지 않는 뭍으로 갔어요. 아주 먼 곳까지 여행하면서 많은 것들을 알게 됐고, 읽고 쓰는 법도 배우게 되었죠. 읽고 쓰는 법을 배우게 된 건 다행이었어요. 웅가도 그런 걸 할 줄 알 것이라는 생각이 들었으니까요. 그리고 언젠가, 때가 되어, 우리가 말예요, 때가 되어 만날 날이 있으리라 생각했으니까요.

그 후 난 돛은 올릴 줄 알지만 키는 잡지 못하는 풋내기처럼 세상을 떠돌았어요. 하지만 내 눈과 귀는 늘 열려 있었고, 난 여행을 많이 다니는 사람들을 찾아갔어요. 그 사람들만이 내가 찾는 두 사람을 만났을 가능성이 컸으니까요. 마침내 한 사람을 만났지요. 산에서 갓 내려온 사람이었는데, 그는 완두콩 크기 만한 가공하지 않은 금이 섞인 돌 조각 몇 개를 가지고 있었어요. 그는 내가 찾는 두 사람의 소식을 듣기도, 그들을 만나기도, 알고 있기도 했어요. 그자의 말이, 두 사람은 부자이고 땅 속에서 금을 캐는 곳에서 산다고 했어요.

그곳은 야생 지대였고, 아주 먼 곳이었죠. 하지만 얼마 안 있어 난 그 산 속에 숨어 있는 캠프에 당도했어요. 그곳에서 사람들은 햇빛도 없이 밤낮으로 일을 하더군요. 그러나 아직 때가 아니었어요. 난 사람들이 하는 말을 귀담아 들었죠. 그 남자는 멀리 갔다고, 둘이서 멀리, 그것도 영국으로 떠나 버렸다고 했어요. 많은 돈으로 사람을 부려 회사를 세우는 문제로 갔다는 거였어요. 난 두 사람이 살던 집을 살펴보았죠. 옛 왕국에서나 볼 수 있는 궁전보다 더 화려한 곳이더군요. 그 남자가 웅가를 어떤 식으로 대했는지 알아보려고 밤중에 창문을 통해 그 집으로 살금살금 들어갔어요. 이 방 저 방 돌아다녀 보니, 왕과 왕비가 살았음직하다는 생각이 들더군요. 정말 굉장했어요. 사람들이 하나같이 그 자가 웅가를 왕비처럼 대했다고 말했고, 여자의 혈통이 무엇인지 궁금해하는 사람도 많았다고 했어요. 웅가의 기질 속에는 다른 피가 흐르고 있었고, 아쿠탄의 여성들과도 달랐으며, 아무도 웅가의 정체를 알지 못했으니까요. 그래요, 웅가는 여왕이었어요. 하지만 난 추장이자 추장의 아들이었고, 그녀를 위해 값어치를 매길 수 없을 정도의 가죽과 보트와 구슬을 이미 바친 바 있었죠.

하지만 그렇게 말만 늘어놓은들 무슨 소용 있겠

어요? 나는 뱃사람이고 바다에서 배를 다루는 방법을 알고 있었죠. 나는 영국으로 뒤쫓아갔고, 다음엔 여러 나라로 쫓아 다녔어요. 두 사람의 소식을 소문으로 들을 때도, 신문에서 읽을 때도 있었죠. 하지만 단 한번도 마주칠 수 없었어요. 두 사람은 돈이 많아서 빠르게 옮겨다니며 여행했지만, 난 가난뱅이였거든요. 그러던 중 두 사람에게 불행이 덮쳤고, 그 많던 재산은 흩어지는 연기처럼 하루아침에 날아가 버렸죠. 당시 신문에선 온통 그 얘기뿐이었어요. 하지만 시간이 지나자 아무 얘기가 없더군요. 그래서 두 사람이 더 많은 금을 캘 수 있는 땅으로 되돌아간 것을 알았어요.

이제 빈털터리가 된 두 사람은 세상에서 사라져 버렸어요. 그래서 나는 이 캠프 저 캠프를 떠돌아다녔고, 심지어는 저 북쪽의 쿠트네이 지방까지 갔지만, 두 사람은 이미 떠나고 없었어요. 이미 왔다가 갔다고 말하면서, 어떤 사람은 이리로 갔다, 어떤 사람은 저리로 갔다고 했고, 또 어떤 사람은 유콘 지방으로 갔다고 했어요. 그래서 나는 이리로 갔다 저리로 갔다 하면서 이곳저곳을 돌아다녔지요. 그

렇게 넓은 세상을 돌아다니는 게 지겨워질 것만 같
았죠. 하지만 쿠트네이에서 난 아주 험한 길, 아주
멀고 먼 길을 어느 북서쪽 원주민과 함께 갔어요.
그 원주민은 배고픔에 시달리자 죽는 편이 낫다고
생각했어요. 그는 남들이 모르는 길로 산을 넘어 유
콘 지방까지 다녀온 적이 있었는데, 죽을 시간이 다
가온 것을 감지하고는, 하늘에 맹세코 금이 아주 많
은 곳이라고 일러주며 내게 지도를 건네주었어요.

그 일이 있은 후, 세상은 온통 북쪽으로 몰려들
기 시작했죠. 나는 빈털터리였고, 개 몰이꾼으로 먹
고 살 수밖에 없었죠. 나머지는 당신이 아는 대로예
요. 도슨에서 그 남자와 웅가를 만났어요. 웅가는
나를 알아보지 못하더군요. 당시 나는 풋내기에 지
나지 않았고, 웅가는 대단한 삶을 살아온 터여서 자
기를 위해 셀 수 없는 대가를 치른 남자를 기억해
낼 시간이 없었으니까요.

그래서 어쨌냐구요? 내가 계약을 끝낼 수 있게
당신이 돈을 빌려줬잖아요. 나는 내 방식대로 일을
벌이려고 되돌아갔어요. 난 너무도 오랫동안 기다
려왔고, 그자를 내 손아귀에 쥔 셈이니 서두를 필요

가 없었죠. 말했다시피 내 방식대로 하기로 마음먹었어요. 난 내가 보고 겪은 모든 일들을 떠올리며 내 인생을 찬찬히 되돌아보았고, 러시아 해 옆의 끝도 없는 숲에서 겪은 추위와 굶주림도 떠올렸어요. 당신들도 알다시피, 난 그자를, 그자와 웅가를, 많은 사람들이 갔지만 거의 돌아오지 못한 동쪽으로 데리고 갔어요. 그들이 가져 보지도 못한 황금과 더불어 사람들의 뼈와 저주도 묻혀 있는 그곳으로 두 사람을 안내했지요.

그 길은 아주 멀었고 다져지지도 않았어요. 썰매 끌이 개들이 많아서 식량을 많이도 먹어 치웠죠. 봄이 될 무렵까지 썰매를 끌지도 못했죠. 우리는 언 강이 풀리기 전에 되돌아와야만 했어요. 그래서 썰매도 가벼워지고 돌아오는 길에 굶어 죽는 일이 없도록 여기저기 먹을 것을 보관해 두었죠. 맥퀘스턴에 세 사람이 있었는데, 그 사람들 근처에 음식을 저장해 뒀어요. 마요에서도 그렇게 했지요. 마요에는 남쪽에서 분수령을 넘어온 열 명 남짓한 펠리 족의 사냥 캠프가 있었어요. 그런 다음 우리는 계속해서 동쪽으로 갔는데, 사람 그림자라곤 없고 잠자는 강과, 고요한 숲과, 북쪽 땅의 하얀 침묵뿐이었어요. 길은 정말 멀었고 다져지지도 않았어요. 어떤 때는 하루 종일 열심히 달려도 기껏해야 8마일이나 10마일밖에 못 갔고, 밤에는 죽은 사람처럼 쓰러져 잠을 잤어요. 그 두 사람은 내가 잘못된 일을 바로 잡으려는 아쿠탄의 우두머리 나스인 걸 꿈에도 생각하지 못했어요.

저장해 둔 음식의 양이 점점 줄어들었고, 밤중에는 이미 헤쳐온 길을 되돌아가 울버린(북아메리카 지방에 사는 족제비과 동물) 녀석들이 훔쳐간 것처럼 꾸미기 위해 음식 저장한 곳을 고치는 사소한 일도 있었어요. 또다시 강으로 떨어지는 폭포가 등장했는데, 물살은 사나웠고 얼음덩이는 물위로 떠올랐다가 이내 잠겨 버리더군요. 그곳에서 내가 몰던 썰매가 개들과 함께 부서져 버렸어요. 그 남자와 웅가에게는 운 나쁜 일이었지만, 그 뿐이었어요. 그 썰매에는 먹을 것이 많이 있었고, 개들도 가장 튼튼했지요. 하지만 그 남자는 생명력이 강해서 웃어 제쳤고, 남은 개들에게 얼마 남지 않은 먹이를 주고 나서는, 그 개들마저 마구에서 한 놈씩 떼어 내어 동료 개들에게 먹이로 줬어요. 그 사내는 개나 썰매 없이도, 음식을 저장해 둔 곳을 거치면서 가벼운 몸으로 집으로 돌아가게 될 거라고 말했어요. 맞는 말이었어요. 먹을 것이 너무나 부족했고, 마지막 남은 개도 황금과 사람들의 뼈와 저주가 묻힌 그곳에 도착한 날 밤, 썰매 줄에 매인 채 죽어 버렸으니까요.

거대한 산맥의 심장부에 있는 그곳에 도착했을 때── 지도에 표시된 대로였어요── 우리는 분수령의 얼음벽에 계단을 만들었어요. 아래쪽에 골짜기가 있는지 살폈지만 골짜기는 없었어요. 드넓은 들판처럼 눈이 넓게 펼쳐져 있었고, 여기저기 거대한 산들이 별들 사이로 하얀 머리를 내밀고 있었어요. 그리고 그 이상한 평원의 중간에 틀림없이 골짜기로 보이는 곳이 있었고, 그곳에서 땅과 눈은 세상의 심장부로 쑥 내려앉았어요. 뱃사람이 아니었다면 그 모습에 머리가 빙빙 돌았을 테지만, 우리는 어지러운 벼랑 끝에 서서 내려가는 길을 찾았죠. 그리고 한쪽 면, 오직 한쪽 면만 벽이 내려앉았는데, 산들바람에 기울어진 갑판처럼 비스듬히 내려앉았더군요. 모양이 왜 그렇게 됐는지는 알 수 없지만 정말로 그랬어요. "이곳은 지옥의 아가리로군. 내려가 보자구." 그 남자가 말했어요. 그리고 우리는 내려 갔지요.

바닥에는 오두막이 한 채 있었는데, 어떤 사람이 벼랑 위에서 내던진 통나무로 만든 집이었어요. 아주 낡은 오두막이었죠. 죽은 시간대가 저마다 다른 시체들이 있었고, 조각난 자작나무껍질로 보아 그들이 죽으면서 내뱉었던 말과 저주를 짐작할 수 있었지요. 한 사람은 괴혈병으로 죽었어요. 두 번째 사람은 동료에게 마지막 남은 먹을 것과 화약을 빼앗긴 채 죽었고, 그 동료는 달아났더군요. 세 번째 사람은 험악한 회색곰에게 할퀴어 죽었고, 네 번째 사람은 사냥을 하려다 굶어 죽었더군요. 상황이 그랬죠. 그들은 황금을 두고 떠나는 게 싫었고, 그래서 황금 옆에서 이렇게 저렇게 죽어간 거였죠. 그들이 모은 아무 소용없는 금들은 오두막 바닥을 꿈처럼 노랗게 물들여 놓고 있었어요.

하지만 그 남자의 정신은 침착했고, 머릿속은 맑았어요. 내가 그 멀리까지 데리고 온 그 남자가 말이죠. 그가 말하더군요. "먹을 것이 다 떨어졌다.

우리는 이 금을 잘 살펴서 어디서 캤고 얼마나 많이 묻혀 있는지 알아낼 것이다. 그런 다음 황금이 우리의 눈을 사로잡아 우리의 분별력을 빼앗아가기 전에 재빨리 떠날 것이다. 그리고 나중에 더 많은 식량을 가지고 다시 와서 여기 있는 황금을 모두 가져가면 된다." 그래서 우리는 커다란 광맥을 자세히 살펴보았어요. 진짜 광맥이 그렇듯이 구멍의 벽면을 가로지르는 광맥이었어요. 우리는 광맥을 측정하고 위에서 아래로 추적하였고, 말뚝을 박아 구역을 나누고 자기 것이라는 표시를 해 두었죠. 그러고 나자 배고픔에 무릎이 후들거리고, 배가 무지 아프고, 가슴 두근거리는 소리가 입 근처까지 올라왔어요. 우리는 그 거대한 절벽을 끝까지 올라와 얼굴을 돌려 뒤를 돌아보았죠.

마지막 손을 뻗어 웅가를 끌어올렸지요. 그리고 자주 주저앉으면서도 마침내 음식을 저장해 둔 곳을 찾았어요. 그런데 어찌된 일인지, 먹을 것이 하나도 없었어요. 잘 숨겨 두었는데도 말이죠. 그자는 울버린 녀석들의 짓이라고 생각했는지 그놈들에게 온갖 욕을 퍼붓더군요. 하지만 웅가는 용감했고, 미소를 지으며 그자의 손을 잡았어요. 그래서 나는 마음먹은 일을 잠시 접어두었죠. 웅가가 말했어요. "아침까지 불을 쬐며 쉬어요. 그리고 모카신 가죽을 잘라먹으면 힘이 날 거예요." 그래서 우리는 모카신의 목 부분을 긴 조각으로 잘라 밤이 절반이 지나도록 끓여서 씹어 먹었어요. 다음날 아침 우리는 가능성을 따져보았어요. 다음 저장소는 5일이 걸리는 거리였어요. 갈 수 없는 거리였죠. 이제는 사냥감을 찾아야 했어요.

"나가서 사냥을 하자." 남자가 말했어요.

"그래요, 나가서 사냥을 합시다." 내가 말했어요.

그자는 웅가에게 불 옆에 계속 있으면서 힘을 추스르라고 지시했어요. 우리는 길을 나섰어요. 그자는 무스를 찾아 나섰고 나는 전에 만들어 둔 음식 저장소를 찾아 나섰어요. 하지만 난 거의 먹지를 못해서 그런 기력으로는 도저히 그 장소를 찾지 못할 것 같더군요. 그 남자는 밤에 캠프로 들어올 때 몇 번이나 넘어졌어요. 나 역시 거의 완전히 힘이 빠져서 발을 디딜 때마다 더 이상 못 일어날 것처럼 신발에 채여 넘어졌어요. 그래도 우린 모카신을 잘라 먹으며 기운을 차렸지요.

그자는 대단한 사람이었어요. 정신력으로 끝까지 버티더군요. 웅가를 위하는 일이 아니면, 소리 한 번 지르지 않았어요. 둘째 날 나는 그자를 따라 갔어요. 내 목적을 이루기 위해서 말이죠. 그자는 자주 드러누워 쉬었어요. 그날 밤 남자는 거의 죽을 것 같았어요. 하지만 아침이 되자 힘없이 욕을 해 대며 다시 사냥에 나섰어요. 술 취한 사람 같더군 요. 혹시나 포기하지 않을까 하며 몇 번이고 살펴보 았지만, 그의 힘은 정말로 강했고 정신력도 정말로 대단했어요. 녹초가 된 가운데에도 하루종일 움직 였으니까요. 남자는 타미건〔들꿩과에 속하는 뇌조. 한대 지역에 서식한다. 모양은 자고와 비슷하다〕 두 마리를 쏘아 잡았지만, 먹으려고 하지 않았어요. 그 에겐 불도 필요 없었어요. 새를 구워 먹으면 살 수 있었는데도 말이죠. 그자의 생각은 오로지 웅가 뿐 이었고, 방향을 캠프로 틀더군요. 더 이상 걷지는 못 했지만 손과 무릎으로 눈 위를 기었어요. 그자에 게 다가갔을 때 그의 눈에서 죽음의 그림자가 비쳤 어요. 그때라도 타미건을 먹으면 늦지 않았어요. 그

자는 라이플 총을 버리고 개처럼 새 두 마리를 입에
물고 기어가더군요. 나는 그자 옆에 꼿꼿이 서서 걸
었어요. 남자는 쉴 때마다 나를 쳐다보았고, 내가
아주 강한 것에 놀라워했어요. 난 그것을 알 수 있
었죠. 비록 그자가 말은 안했지만요. 그는 입술을
움직여도 소리를 내지 못했어요. 이미 말했듯이, 그
자는 대단한 사람이었고, 내 가슴은 너그럽게 대하
라고 말했어요. 하지만 내 인생을 돌이켜보니, 러시
아 해 옆의 끝도 없는 숲에서 겪은 추위와 굶주림이
떠올랐어요. 게다가 웅가는 내 여자였고, 난 웅가를
위해 가죽과 보트와 구슬로 말할 수 없는 대가를 치
렀어요.

　이런 식으로 우리 두 사람은 하얀 숲을 통과했어
요. 그동안 무거운 침묵이 축축한 바다 안개처럼 우
리 둘 사이를 짓눌렀지요. 과거의 망령이 감돌더니
우리를 온통 둘러쌌어요. 아쿠탄의 노란 해변과 고
기잡이를 마치고 집으로 달려가는 카약과 숲 언저
리의 집들이 보이더군요. 그리고 스스로 추장이 된
두 사람도 보였어요. 내가 피를 이어받은 입법자와
나와 결혼한 웅가가 피를 이어받은 입법자 말이에

요. 아 그렇지, 야쉬누쉬가 나와 함께 걸었어요. 머리에는 젖은 모래가 묻어 있고, 싸우다가 부러진 작살을 여전히 손에 들고 있더군요. 난 때가 되었다는 걸 알았고, 웅가의 두 눈에서 그 약속을 보았어요.

우리는 숲을 통과했고, 마침내 캠프의 연기 냄새가 코로 들어왔어요. 난 그 작자를 꼬꾸라뜨리고 입에 물고 있던 타미건을 잡아챘어요. 그는 옆으로 돌아누워 쉬더군요. 두 눈에는 놀라움이 솟아올랐고, 밑에 있던 손을 엉덩이의 칼 쪽으로 천천히 움직이더군요. 하지만 나는 얼굴을 가까이 대고 웃으면서 칼을 빼앗아 버렸어요. 그때까지도 그자는 영문을 모르더군요. 그래서 나는 검은 병을 마시는 시늉을 했고, 눈을 높이 쌓아 올려 내 결혼식 날 밤에 벌어졌던 일들을 되살려 보여 줬지요. 내가 한마디도 하지 않았지만, 그자는 알아차리더군요. 그러나 두려워하지는 않았어요. 그의 입가에 비웃음이 돌면서 차가운 분노가 일었고, 사실을 알고는 새로운 힘을 모았어요. 웅가가 있는 곳이 멀지는 않았지만, 눈이 두텁게 쌓여 있었고, 그는 아주 천천히 몸을 질질 끌었어요. 그자가 아주 오랫동안 가만히 누워 있었을 때 난 그자의 몸을 뒤집어 눈을 뚫어져라 쳐다보았죠. 가끔씩 그자는 앞을 보았지만, 간간이 죽음의 그림자가 비쳤어요. 내가 놓아주자 그자는 다시 기어갔어요. 이런 식으로 우리는 모닥불에 다가갔지요. 웅가가 즉시 그의 옆으로 왔어요. 그가 소리 없이 뭐라고 말을 했어요. 그리고 웅가가 알아챌 수 있도록 나를 가리키더군요. 그리고는 눈 위에, 아주 오랫동안, 조금도 움직이지 않고, 누워 있었어요. 지금도 그곳 눈 위에 있어요.

나는 아무 말 없이 타미건을 구웠어요. 그리고 나서 그녀에게 여러 해 동안 들어보지 못한 그녀 종족의 말로 말했어요. 웅가는 몸을 꼿꼿이 세웠고, 정말로, 두 눈이 휘둥그레졌고, 내가 누구냐고, 어디서 그 말을 배웠냐고 물었어요.

"난 나스요." 내가 말했어요.

"당신이?" 웅가가 말했어요. "당신이?" 그리고 웅가는 바짝 기어 와 내 얼굴을 유심히 살폈어요.

"맞아요." 내가 대답했어요. "난 나스요. 아쿠탄의 우두머리이고 당신이 당신 핏줄에서 마지막으로 남은 사람이듯이 나도 내 핏줄에서 마지막으로 남은 사람이요."

그러자 웅가가 웃더군요. 많은 것을 보았고 많은 일을 겪었지만 그 같은 웃음은 앞으로 절대 다시 듣지 못할 거예요. 그 웃음은 하얀 침묵 속에서 죽은 남자와 웃고 있는 그 여자 옆에 나 홀로 앉아 있는 듯한 싸늘한 냉기를 내 마음에 끼얹었었어요.

"이리 와요!" 웅가가 놀라는 것 같아서 내가 말했어요. "음식을 먹고 떠납시다. 아쿠탄까지 가려면 길이 아주 멀어요."

하지만 웅가는 그 작자의 노란 갈기 머리에 얼굴을 파묻고는 하늘이 꺼질 것처럼 계속 웃어댔어요. 난 사실 웅가가 나를 보면 기뻐하리라고, 또 옛 시절의 추억으로 되돌아가기를 간절히 바랄 것이라고 생각했지요. 그래서 그런 모습을 받아들이기 낯설었어요.

"이리 와요!" 나는 웅가를 힘껏 잡아채며 소리쳤어요. "길은 멀고 캄캄해요. 어서 갑시다!"

"어디로?" 웅가는 괴상하게 낄낄거리던 웃음을 멈추고 똑바로 앉아서 물었어요.

"아쿠탄으로." 난 생각만 해 오던 웅가의 얼굴에

익숙해지려고 불빛을 비췄어요. 그런데 웅가의 얼굴은 그 남자의 얼굴처럼 바뀌더군요. 입가에 감도는 비웃음, 그리고 차가운 분노.

"그래요." 웅가가 말했어요. "우린 같이 가겠죠, 손에 손잡고, 아쿠탄으로, 당신과 내가 함께. 그리고 더러운 오두막에서 살고 물고기와 기름을 먹고 또 새끼도 낳겠죠. 새끼는 우리 인생 내내 자랑거리가 될 테지요. 우리는 세상을 잊고 행복하게 살겠죠. 아주 행복하게. 좋군요. 아주 좋군요. 가자구요! 빨리 가자구요. 아쿠탄으로 돌아가자구요."

그리고 웅가는 그자의 노란 머리카락을 손으로 쓰다듬더니 기분이 좋지 않다는 듯이 미소를 짓더군요. 웅가의 두 눈에는 아무런 약속도 보이지 않았어요.

나는 말없이 앉아 여자의 낯선 모습에 놀라 어쩔 줄 몰랐어요. 나는 남자가 웅가를 내게서 끌고 갔던 밤, 웅가가 비명을 지르며 그자의 머리카락, 지금은 웅가가 만지작거리며 떠나려 하지 않는 바로 그 머리카락을 움켜쥐던 그날 밤으로 되돌아갔어요. 그리고 값비싼 선물과 오랜 세월의 기다림을 떠올렸지요. 난 웅가를 꽉 부여잡고 그자가 예전에 한 것처럼 웅가를 저 멀리 끌고 갔어요. 그러자 웅가는 그날 밤처럼 가지 않으려고 버텼고, 새끼를 지키려는 어미 고양이처럼 발버둥쳤어요. 그 남자와 모닥불이 있는 곳까지 왔을 내, 나는 웅가를 놓아주었고 웅가는 가만히 앉아 내 이야길 들었어요. 난 일어난 모든 일, 낯선 바다에서 내게 일어난 모든 일, 낯선 땅에서 내가 겪은 모든 일을 이야기했어요. 고통스럽게 웅가를 찾아다닌 일과 굶주림의 세월도 이야기했고 처음부터 내 차지였던 결혼 약속도 이야기했어요. 맞아요, 모든 걸 다 이야기했어요. 그 남자와 나 사이에서 지나가 버린 세월과 아직 젊었을 때의 날들도 모두 이야기했어요. 내가 이야기하는 동안 웅가의 두 눈에서 우리의 약속이 떠오르는 게 보였어요. 새벽을 깨우는 크고 꽉 찬 해처럼 말이죠. 그리고 그 눈에서 연민, 여성의 부드러움, 사랑, 웅가의 가슴과 정신을 읽었어요. 난 다시 풋내기가 되었죠. 왜냐하면 그녀의 모습이 웃으면서 바닷가를 내달려 어머니의 집으로 가는 옛 모습으로 돌아왔으니까요. 괴로운 근심은 사라졌어요. 굶주림과 고

통스런 기다림도 사라졌어요. 때가 온 거였어요. 그
녀의 가슴이 부르는 소리가 느껴졌고, 그 가슴에 머
리를 베고서 모든 것을 잊어야만 할 것 같았어요.
웅가가 내게 팔을 활짝 펼쳤고 난 웅가에게 다가갔
죠. 그런데 갑자기 웅가의 두 눈에 증오의 불꽃이
타오르더니 내 엉덩이로 손을 가져가는 거였어요.
그리고 한 번, 두 번, 칼을 휘둘렀어요.

"개자식!" 그녀는 나를 눈 위로 내동댕이치며 비
웃었어요. "나쁜 놈!" 그리고는 내내 웃다가 갑자기
뚝 그치고는 죽은 남자에게 돌아갔어요.

말했다시피 웅가는 칼을 한 번, 또 한 번 휘둘렀
어요. 하지만 먹지를 못해서 힘이 다 빠졌고 나를
꼭 죽이겠다는 뜻은 아니었어요. 근데도 난 그곳에
머물기로 마음먹었고, 내 인생에 끼어들어 나를 알
지도 못하는 길로 내몬 그 사람들과 함께 마지막 긴
잠을 자려고 눈을 감았어요. 그런데 내가 진 빚이
떠올라 그곳에 머물 수가 없었어요.

돌아오는 길은 아주 멀고, 지독하게 춥고, 먹을
것도 거의 없었어요. 펠리 족 사람들도 무스를 찾지
못해 내가 먹을 것을 숨겨 둔 곳을 모조리 털어 갔

더군요. 그리고 백인 세 명을 보았지만, 오두막에서 바싹 야윈 채 죽어 있었어요. 그 후로 이곳에 와 음식과 불, 활활 타는 불을 찾을 때까지는 전혀 기억이 나지 않아요.

나스는 이야기를 마치자, 불을 빼앗기지 않겠다는 듯이 난로 쪽으로 몸을 잔뜩 웅크렸다. 오랫동안 기름 램프의 그림자가 벽에다 비극적인 일을 비추며 일렁거렸다.

"하지만 웅가는!" 프린스가 소리쳤다. 그녀의 모습이 프린스에게는 여전히 강하게 남아 있었다.

"웅가요? 그녀는 타미건을 먹으려 하지 않았어요. 그자의 목을 껴안고 그자의 노란 머리카락에 얼굴을 깊숙이 파묻고 누웠어요. 나는 불을 가까이 가져다주었어요. 추위를 느끼지 않도록 말이죠. 하지만 그녀는 슬며시 다른 쪽으로 가 버리더군요. 그래서 그곳에 다시 불을 피웠지요. 하지만 사정이 별로 좋지 못했어요. 웅가가 통 먹으려 들지 않았으니까요. 이런 식으로 그 두 사람은 그곳 눈 속에 아직도 누워 있어요."

"그러면 이제 당신은?" 맬러뮤트 키드가 물었다.

"모르겠어요. 하지만 아쿠탄은 작고, 그 세상 끝
으로 돌아가 살고 싶은 마음은 별로 없어요. 하지만
내 삶에도 작은 쓸모가 남아 있어요. 콘스탄틴에게
갈 수도 있겠죠. 그는 내게 족쇄를 채울 테고, 언젠
가는 사람들이 날 목매달 테고, 그러면, 편히 잘 수
있겠지요. 하지만, 아니에요. 모르겠어요."

"하지만, 키드." 프린스가 토를 달았다. "이건 살
인이에요!"

"쉿!" 맬러뮤트 키드가 명령조로 말했다. "우리
의 지혜와 우리의 정의를 뛰어넘는 더 큰 일도 있는
거야. 이번 일의 옳고 그름을 우리로선 말할 수 없
는 거야. 우리가 판단할 문제가 아니라구."

나스는 여전히 불에 바짝 붙어 앉았다. 깊은 침
묵이 흘렀고, 세 사람의 눈에는 수많은 영상이 나타
났다 사라졌다.

옮긴이의 글 잭 런던의 생애와 문학

나는 먼지가 되느니 차라리 재가 되리라!

내 삶의 불꽃이 메마른 부패 속에 질식하느니

찬란한 빛으로 타오르게 하리라.

죽은 듯이 영구히 사는 별이 되느니

내 모든 세포가 화려하게 타올랐다

순식간에 사라지는 유성이 되리라.

인간이 진정 할 일은 존재하는 것이 아니라, 살아내는 것이다.

나는 쓸데없이 내 삶을 연장하려 하지 않으리라.

나는 나의 시간을 쓸 것이다.

I would rather be ashes than dust!

I would rather that my spark should burn out in a brilliant blaze

than it should be stifled by dryrot.

I would rather be a superb meteor,

every atom of me in magnificent glow,

than a sleepy and permanent planet.

The proper function of man is to live, not to exist.

I shall not waste my days in trying to prolong them.

I shall use my time.

1

  잭 런던은 마흔 한 살의 길지 않은 삶을 사는 동안 불꽃 같은 삶을 살았다. 그는 가늘고 긴 삶보다는 짧지만 강렬한 삶을 원했다. 어니스트 홉킨스는 19세기 미국 문학가들 중 마크 트웨인을 제외하고는 잭 런던만큼 낭만적인 삶을 산 인물도 없었다고 말했다. 런던은 그의 다채로운 삶만큼 복잡하고 모순적인 사람이었다. 재미있고 유쾌하면서도 보수적이었고, 사회의 부정과 억압에 맞서면서도 노동자의 처참한 현실을 두려워하여 작가로서의 성공을 집요하게 추구했다. 그리고 사회주의 사상을 지지하면서도 니체의 초인이나 독점 자본의 약육강식의 논리를 정당화하는 허버트 스펜서의 사회 진화론에 집착하기도 했다. 런던은 개인적 욕망과 사회 정의 사이에서 끊임없이 갈등하며 파란만장한 삶을 살다 갔다.

  잭 런던은 1876년에 캘리포니아 주 샌프란시스코의 해변에서 태어났다. 그는 사생아였다. 어머니

플로라 웰먼(Flora Wellman)은 위스콘신으로 이주한 웨일스 출신 개척 이민자의 딸이었다. 그녀는 25세에 집을 뛰쳐나와 아일랜드 선원으로서 점성술사인 체니 교수(Professor W. H. Chaney)를 알게 되어 같이 살았다. 그 사이 잭을 임신했지만, 체니 교수는 잭을 자식으로 인정하지 않았다. 잭을 낳은 지 8개월 후 어머니는 홀아비인 존 런던과 결혼했다. 의붓아버지 밑에서 자란 런던의 어린 시절은 불우했다. 의붓아버지인 존 런던은 식료품 가게를 운영하다 망했고, 농사를 지었지만 그마저 제대로 되지 않아 채소 장수, 야경꾼, 순경 등 여러 직업을 옮겨 다니며 근근히 생계를 꾸려 나갔다. 어머니는 심령술에 심취하여 아들인 잭을 제대로 돌보지 않았다.

그 때문에 런던은 어릴 때부터 신문 배달, 얼음 배달, 볼링장 보조, 통조림 공장 직공 등으로 가족의 생계를 돌보아야 했다. 잭은 의붓아버지가 한때 일하던 요트 클럽에 드나드는 동안 아르바이트로 요트 보이 같은 일을 하며 범선에 대해 이것저것 알게 되어 항해에 관심을 가지게 되었다. 런던은 통조림 공장을 그만두고 샌프란시스코 만의 굴 도둑 집

단에 들어갔다. 이 굴 해적은 밤에 굴 양식장을 습격하여 훔친 굴을 이튿날 아침 어시장에 파는 것이었다. 이 일로 런던은 하룻밤에 50달러씩 벌었다. 런던의 나이 열 다섯 살 때였다.

그 후 런던은 어업 감시원으로서 일하다가 1893년에 7개월 간에 걸친 태평양 북서부 수역의 조업에 참가했다. 이때의 체험이 뒷날의《바다늑대 *The Sea Wolf*》의 배경이 된다. 샌프란시스코로 돌아왔을 때, 미국은 대공황에 휩싸여 많은 은행과 기업이 파산하고 거리는 실업자들로 넘쳐나고 있었다. 런던은 공장 노동자로 일하며 밑바닥 생활을 전전했다. 1894년에는 미국 전역과 캐나다로 방랑의 길을 떠났다. 굶주림, 추위, 더위에 시달리면서 철도원과 경찰의 눈을 피해 화물 열차나 급행열차를 타고 다니며 부랑자 생활을 했다. 결국 유치장에서 30일 간 중노동형의 벌을 받기도 했다. 이때의 체험을 바탕으로 쓴 작품이《길 *The Road*》이다.

런던은 교육이 없으면 밑바닥 생활에서 결코 벗어날 수 없다고 생각하여 1895년 열 아홉 살의 나이로 오클랜드 고등학교에 입학했다. 실력과 노력 덕분에 1년 반 만에 고등학교를 졸업하고 스무 살에 캘리포니아 대학에 들어갔지만, 집안 사정으로 1학기 만에 그만두었다. 그 무렵부터 런던은 사회주의 정치 이론과 경제 이론을 공부하기 시작했다. 칼 마르크스의 책을 읽고 노동 운동에 참여하고 노동자 회합에서 연설도 했다. 그의 사회성 짙은 작품으로는 《밑바닥 사람들 *The People of the Abyss*》과 《강철 군화 *The Iron Heel*》가 있다. 런던은 마르크스 외에도 다윈, 스펜서, 니체의 책들을 읽고서 그들의 주장과 사상에 많은 영향을 받았다.

1897년에 알래스카의 클론다이크 지방에서 금이 발견되었다. 런던은 골드 러시의 물결을 타고 북쪽 땅으로 모험을 떠났다. 그의 나이 스물 한 살이었다. 하지만 그는 한 줌의 금도 손에 쥐지 못한 채 병만 얻고서 1년 만에 고향으로 돌아왔다. 클론다이크에 있는 동안 런던은 채굴자들과 사회주의를 논하기도 하고, 광부들의 체험담을 듣고 하고, 혹한과 싸우는 사람들의 생활을 관찰하기도 했다. 비록 금은 캐지 못했지만, 그곳에서의 체험과 관찰은 수많은 작품을 탄생시켰다. 《북쪽 땅의 오디세이아

The Odyssey of the North》,《늑대의 아들 *The Son of the Wolf*》, 단편 〈하얀 침묵 *The White Silence*〉과 〈불을 피우기 위하여 *To Build a Fire*〉,《야성이 부르는 소리 *The Call of the Wild*》와《흰 엄니 *White Fang*》 등이 그때의 체험을 바탕으로 쓴 작품들이다. 특히 1903년에 발표된《야성이 부르는 소리》는 그를 대작가의 대열에 서게 해 주었다.

1900년에 런던은 베시 매던과 결혼하여 두 딸을 낳았지만 2년 뒤에 이혼하고 1903년에 샤미안 키트리지와 재혼했다. 그리고 캘리포니아의 글렌 엘렌이라는 작은 마을로 이사를 갔다. 그가 이사를 간 것은 인간들이 우글거리는 도시 생활에 싫증이 났기 때문이다. 그곳에서 그는 목장을 지을 계획에 흥분하면서도 바다에 대한 미련을 버리지 못했다. 1907년에 책을 써서 번 돈을 모조리 투자하여 스나크 호를 만들어 7년 간의 세계 일주 항해를 계획했다. 1907년 4월에 이 배를 타고 하와이를 비롯해 남태평양 제도를 돌았으나, 건강상의 문제로 여행은 7년이 아닌 27개월로 끝이 났다. 그 사이에《스나크 호의 항해 *The Cruise of the Snark*》,《남양 이야기

South Sea Tales〉, 《모험*Adventure*》과, 항해 이전에 시작한 《마틴 이든*Martin Eden*》을 완성했다.

항해를 끝내고 돌아온 런던은 글렌 엘렌에서 말을 타고 시골을 돌아다니면서 협곡과 산을 탐험했다. 그의 후기작인 〈뜨거운 낮*Burning Daylight*〉, 〈달빛 계곡*Valley of the Moon*〉, 〈큰 저택에 사는 숙녀*Little Lady of the Big House*〉는 자연을 벗하며 단순하게 사는 즐거움과 만족에 대해 이야기하고 있다. 이런 소박한 삶 속에서 런던은 1911년에 '울프 하우스Wolf House'라는 거대한 저택을 지을 계획을 세우지만, 런던의 이 꿈은 이사가기 2주일 전에 꿈으로 끝나고 만다. 1913년 8월 22일, 원인 모를 화재가 발생하여 집이 완전히 불타고 만 것이다. 그후 다시 집을 짓기로 계획하지만, 그는 꿈을 이루지 못한 채 1916년 11월 22일에 이 세상을 떠났다. 사망 원인은 요독증으로 발표되었지만, 사실은 모르핀을 과다 사용한 자살로 추정되고 있다. 작가로서 부와 명성을 얻긴 했지만, 런던은 자신의 개인적 욕망과 평등 세상을 바라는 사회적 의식 사이에서 늘 괴로워했다고 전해진다. 현재 '울프 하우스'는 찬

란했지만 산산이 부서진 런던의 꿈처럼 폐허의 모
습 그대로 남아 있다. 그곳에 남아 있는 구조물들을
보면 그 집이 얼마나 웅장했는지, 런던의 꿈은 또
얼마나 대단했는가를 알 수 있다.

2

야성이 부르는 소리

런던이 쓴 개의 이야기에는 《야성이 부르는 소리》와 그 전에 쓴 단편 〈사생아〉와 이후에 쓴 장편 《흰 엄니》가 있다. 〈사생아〉는 작품 제목처럼 사생아라는 이름으로 불리는 늑대의 자식이, 인간에게 학대를 받은 나머지 본래 지니고 있던 야성이 한층 더 강해져 주인을 물어 죽여 버린다는 이야기이다. 《흰 엄니》는 《야성이 부르는 소리》와 더불어 동물을 다룬 문학의 세계적 걸작으로 알려져 있다. 이 이야기는 북쪽 땅의 황야에서 태어난 늑대 새끼가 인디언의 손에 사육되다가 백인의 손으로 넘어가면서 성장해 가는 일생을 그리고 있다.

《야성이 부르는 소리》는 런던에게 세계적 명성을 안겨 준 작품이다. 《흰 엄니》와 반대로 이 책의 기본 줄거리는 문명에 길들여진 개가 알래스카의 황야로 가서 야생의 법칙에 따라 생존을 위해 싸우면서 야성으로 돌아가는 이야기이다. 주인공인 벅은 처음엔 따뜻한 남쪽 나라에서 사람들에게 귀염을 받으며 살다가 북쪽 땅의 썰매 끌이 개로 팔려가게 된다. 빨간 스웨터 차림의 사내에게 몽둥이로 얻어맞고 야생의 개들 사이에서 지내면서, 벅은 원시 세계의 법칙을 배운다. 그것은 적자생존의 법칙이다. 살아남기 위해 벅은 몽둥이와 엄니의 법칙을 배우고, 몰래 도둑질하는 법을 익히며, 주도권을 잡기 위해 싸우는 법을 터득한다. 그러는 동안 조상들이 잃었던 야성을 되찾아 '유령개'로 돌아간다.

이 작품은 벅이라는 개 이야기를 하고 있지만, 사실은 인간의 삶과 깊이 관련돼 있다. 작품의 배경이 되는 클론다이크를 방문하기 전에 런던은 이미 다윈의 진화론과 스펜서의 약육강식에 의한 사회 진화론을 공부했다. 런던에게 알래스카는 자연 선택과 적자생존의 법칙이 지배하는 곳으로 보였다. 런던에게 큰 영향을 미친 또 하나의 사상은 환경과 유전에 의해 모든 것이 결정된다는 자연주의였다. 벅은 환경에 의해 애완견에서 야생 개로 바뀌고, 유전에 의해 품성이 결정되며, 핏속에 흐르는 야생에 대한 기억으로부터 서서히 늑대 개로 변화한다. 이것은 자연의 질서이자 인간의 질서이기도 하다. 남쪽 지방에서 온 핼의 가족이 가혹한 북쪽 땅에서 상냥함과 온순함을 잃고 서로를 욕하며 다투는 모습은 환경에 의해 인간이 얼마나 잔혹해질 수 있는지를 보여 주는 사례이다.

그러나 이 작품은 진화론이나 적자생존이나 자연주의의 환경 결정론에만 머무르고 있지는 않다. 죽는 순간까지 혼신의 힘을 다하여 썰매를 끄는 데이브의 모습은 감동적일 뿐 아니라 생존의 법칙을 넘어선 위대한 정신을 보여 주고 있다. 데이브를 비롯한 썰매 끌이 개들의 자부심은 인간들이 배워야 하는 목표 의식을 암시한다. 또한 존 손턴과 벅의 우정은 몽둥이와 엄니의 법칙을 넘어선 위대한 사랑의 힘을 보여 준다. 사실 손턴에 대한 벅의 사랑은 현실 세계에서 찾아보기 힘들다. 어쩌면 런던은 벅을 통해 그가 꿈꾸고 희망하는 인간의 모습을 그렸는지도 모른다. 니체의 영향을 크게 받은 런던은 인간의 바람직한 모습으로서 초인을 그렸는데, 벅은 개의 형태를 빌린 초인이라고도 할 수 있다. 한마디로 벅의 모습에 대한 런던의 태도는 일종의 이상화된 인간의 상징이라 할 수 있다. 독자들은 이

책을 읽는 동안 깊은 숲에서, 가장 높은 산에서, 가장 황량한 눈밭에서 야생과 신비와 아름다움이 넘치는 야생의 벽을 만날 수 있을 것이다.

불을 피우기 위하여

〈불을 피우기 위하여〉는 섭씨 영하 45도를 밑도는 혹한이라는 자연의 거대한 힘 앞에 무력하게 쓰러져 가는 인간의 모습을 그리고 있다. 런던이 작가로서 가진 가장 큰 매력 중 하나는 영화를 보듯이 생생하게 상황을 그려 낸다는 데 있다. 런던은 그의 이야기에서 다른 무엇보다 무엇이 일어나고 있는가에 초점을 맞춘다. 〈불을 피우기 위하여〉는 그러한 매력이 유감없이 드러나는 작품이다. 북쪽 땅에서는 절대 혼자 다니지 말아야 한다. 그러나 사내는 노인의 말을 무시했다. 젊고 억센 데다, 자신의 능력을 과신했기 때문이다. 하지만 영하 45도 밑으로 떨어지는 추위는 목숨을 위협하는 날씨임을 사내는 알지 못했다. 런던은 이 작품에서 지독한 추위가 어떤 것인지 생생하게 묘사하고 있다. 침을 뱉으면 공중에서 곧바로 얼어붙고, 잠깐만 장갑을 벗어도 손가락이 마비되며, 잠깐만 가만히 서 있어도 발가락이 감각을 잃는다. 사고를 당한 후 얼어붙은 손으로 생명을 약속해 주는 불을 지피기 위한 사내의 노력은 실로 처절하다. 잇따른 절망 속에서 사내는 영하 45도 이하로 떨어지는 날에는 혼자 다니지 말라던 노인의 충고를 떠올리지만 이미 늦었다. 불 지피기가 실패로 끝난 후 사내는 미친 듯이 뛰지만, 결국 소용이 없다는 것을 깨닫고 의연하게 죽음을 맞는다. 이 작품은 한마디로 출구가 없는 인간의 절망적 상황을 무섭도록 생생하게 보여 주고 있다. 삶과 죽음의 소용돌이 속에서 발버둥치는 한 인간의 모습을 보면서 독자들은 자신 역시 그 소용돌이 속으로 말려드는 섬뜩한 감동을 맛볼 수 있을 것이다.

북쪽 땅의 오디세이아

〈북쪽 땅의 오디세이아〉는 액자 소설(이야기 속에 또 하나의 이야기가 액자처럼 끼어 들어 있는 소설)의 구조를 띠고 있다. 초반에는 맬러뮤트 키드와 프린스라는 개 몰이꾼이자 광부인 두 백인의 삶을 보여 주지만, 중반부터는 '나스'라는 이름의 인디언 추장의 삶에 초점을 맞추고 있다. 앞선 두 사람은 나스라는 인물에게 그의 파란만장한 인생 역정을 듣게 된다. 나스는 '세상 끝 바다 한가운데' 자리한 작은 섬에서 사냥과 고기잡이를 하며 평화롭고 행복한 삶을 살고 있었다. 그러던 어느 날 노란 머리칼의 백인 남자가 그의 사랑하는 여자를 빼앗아 가고 만다. 그날은 결혼 첫날 밤이었다. 여자에 대한 그리움과 백인 남자에 대한 증오에 불탄 주인공은 그날 이후 섬을 떠나 수십 군데의 도시와 바다를 떠돌아다니며 그들을 찾아다닌다. 유색인이기 때문에 사람들에게 웃음거리가 되기도 하고, 온갖 욕설과 저주를 듣기도 하고, 백인들을 위해 뼈빠지게 일하기도 한다. 그렇게 수많은 비웃음과 모진 고생을 참아 낸 것은 오직 사랑하는 여자를 찾겠다는 일념에서였다. 그는 여자를 찾기만 하면 고향으로 돌아가서 그녀와 행복하게 살 수 있으리라 믿었다. 여자는 그의 삶의 동력이자 전부였다. 그러나 운명은, 조롱이라도 하듯 그의 믿음을 철저하게 배반하고 만다. 천신만고 끝에 여자를 찾게 되지만, 그녀의 반응은 뜻밖에도 냉담하다. 여자는 이미 그를 잊었고, 자신을 데려간 백인 남자와의 호화로운 삶에 익숙해져 있었다. 북쪽 땅의 차가움보다 더 싸늘해져 버린 여자의 돌변에 충격을 받은 그는 지켜야 할 약속 때문에 여자와 남자를 죽음의 땅에 남겨 놓고 다시 길을 나선다. 작품의 끝 부분에서 나스의 이야기를 들은 맬러뮤트 키드가 말하고 있듯이, 이 이야기는 인간의 지혜와 정의로는 판단할 수 없는 인간의 운명을 그리고 있다. 주인공은 소박한 행복을 꿈꾸었지만 예기치 못한 운명의 소용돌이에 휘말리고 말았다. 책장을 덮을 무렵, 독자들은 나스의 불행한 삶에 연민을 느낄 수도, 그의 마지막 행동에 대한 옳고 그름을 놓고 잠시 깊은 생각에 잠길 수도 있으리라.

잭 런던(Jack London, 1876~1916년)은 미국의 대표적인 대중 작가이다. 열네 살에 학교를 그만두고 여러 직업을 전전하다가 알래스카에서 금광이 발견되자 알래스카로 떠나기도 했다. 그의 다양한 삶의 경험은 그의 소설에 오롯이 담겨 있다. 대표작으로, 《마틴 이든》, 《흰 엄니》, 《강철 군화》 등이 있다.

곽영미는 서강대학교 영어영문학과 석사 과정을 마쳤고, 지금은 전문 번역가로 활동하고 있다. 옮긴 책으로, 《앨머의 모험》, 《블루 하이웨이》, 《할아버지》, 《셜록 홈즈 걸작선》 등이 있다.

야성이 부르는 소리

지은이 • 잭 런던 | 옮긴이 • 곽영미 | 펴낸이 • 임영근 | 초판 1쇄 발행 • 2002년 7월 25일 | 펴낸곳 • 도서출판 지식의 풍경 | 주소 • 서울시 관악구 신림 5동 1445-2 (151-891) | 전화 • 887-4072(편집), 874-1470(영업), 878-7906(팩스) | E-mail • vistabooks@hanmail.net | 등록번호 • 제15-414호 (1999. 5. 27.)

값 8,500원   ISBN 89-89047-07-2 02840